U0070619

吸金妙神醫 6 完

風 文創 345

微漫 著

目錄

第一百四十章　絕佳藉口

蕭老夫人那邊在籌劃著，月娘這裡也是被震驚了。打從知道沈素年有了身子之後，她就慌亂得只能在院子裡轉圈。

月娘還記得蕭戈跟自己說的話，自己為了他、為了蕭家的這些年，蕭戈真心地感謝她，也願意侍奉她，為她養老送終，只希望自己不要再做出讓他失望為難的事情了。

月娘那個時候心裡難受地揪著，她不願蕭戈用這樣的神態和語氣跟自己說話，她比誰都希望蕭戈能過得和和美美的。

難道身分真的不重要嗎？蕭戈的同僚們、京裡的大臣們，真的不會因為素年堅持行醫而看輕、笑話蕭戈嗎？

月娘不知道如何是好，只能縮在院子裡不出現。她不知道自己的堅持是不是正確的，可她知道，她讓蕭戈傷心了，月娘還從未見過蕭戈那麼低落的神色。

現在素年懷上孩子了，是蕭戈的孩子，是小姐和蕭老爺的血脈……月娘陡然振奮了起來，先不管素年的身分如何，她都希望這個孩子能夠健健康康、順順利利地誕生，至於自己糾結的身分問題……先緩緩再說吧……

素年聽到月娘來有些詫異，她已經有些日子沒有聽到月娘的消息了。

從那一次蕭戈不讓自己吃燕窩粥，抱著自己說了一句「對不起」之後，她就沒有再過問月娘的事情。月娘跟蕭戈之間的感情，不是素年隨隨便便就能妄自揣測的，她不想那麼輕易地自以為是，所以她不問，無論蕭戈如何處理，她都沒有異議。

可是，月娘從那以後就不出現在自己和眾人面前，若不是月娘院子裡的分例仍舊發放著，素年還以為她已經不在蕭府了。

「請她進來吧。」素年收起驚訝的表情，將手裡的書用書箋夾住，擱到一旁的花几上。月娘很快隨著刺萍走進來，她還是原來的模樣，只是略略清減了些。沒有蕭家繁瑣的事務拴著，月娘似乎更加不適應了。

這次見到素年，月娘的神情卻是和以往不大一樣，臉上多了些許急切，低身對著素年行禮之後，眼睛就落在了素年平坦的小腹上。

素年在心中猜測，月娘從前就不喜自己行醫，說是降低身分，連帶著也配不上蕭戈，這會兒月娘不會是覺得自己也沒資格懷蕭戈的孩子吧？若是這樣，素年可不會再顧念她和蕭戈之間的情分了。誰敢對自己的孩子做什麼，可別怪她不客氣！

正想著，素年全身戒備起來，卻忽然聽到月娘有些埋怨的聲音——

「少奶奶，您懷著身子如何還能看書呢？眼睛會瞧壞的。」

「嗯？」素年一愣，看到月娘的眼睛落在了自己放在一旁花几上的閒書。就這些書還挺來之不易的，蕭戈知道自己懷孕了之後，堅決不讓自己再去碰那些藥草，說是研磨製丹多辛苦啊，他的身子也不需要。至於銀針、艾灸之類的，說是怕會傷到自己，也不許碰。那她還能幹什麼呢？只能找些閒書來打發時間。

每日素年看書的時間其實也不長，有阿蓮盯著呢，只有一個時辰，還只有天氣好、光線明亮的日子可以，素年都快憋屈死了，這會兒月娘竟然也不同意？

「月姨，我只看了一小會兒，不礙事的。」月娘關心自己的身子，素年也笑臉相迎，跟她解釋著。

「少奶奶，月娘雖然沒有生產過，但該知道的還是都知道，當初少爺的娘親懷了少爺的時候，月娘是都看著過來的，這個時候最容易費眼睛，少奶奶還是少看為妙。」

「好，我知道了，多謝月姨提醒。」

月娘面對素年始終有些不自然，自己之前下藥為了讓素年懷不上孩子的事，素年是知道的，如果不是自己，她說不定早就已經有了身子，因此月娘來的時候，甚至做好了會被拒之門外的準備，畢竟她怎麼可能不恨自己？可是，素年對自己的態度卻好像沒有這回事一樣，月娘一時間有些不知道該如何開口。

刺萍將素年身邊的丫頭們都支了出去，只留下綠荷和她兩人。

月娘忽然跪下了，直挺挺地跪在地上，身子匍匐下去。「少奶奶，月娘知道以前是月娘做錯了，可少奶奶如今正是需要用人的時候，月娘願意將功補過，服侍在少奶奶身邊，還請少奶奶允許。」月娘的聲音不可謂不誠懇，額頭貼在冰涼的青磚上。

素年低下頭，只能看到她盤起的髮髻和上面一支簡單的銀簪。素年挑了挑眉，還沒來得及說話，身邊的刺萍就疾步上前，彎下腰一把將月娘攙扶了起來。

「月娘，您可放心，小姐身邊有我們呢，我們必然會將小姐照顧得妥妥貼貼的，您身子也不好，怎麼能勞煩您來伺候呢？」

「不麻煩、不麻煩的，這是月娘的本分，妳們都是些未出閣的小姑娘，也都沒有經驗，少奶奶能做什麼、不能做什麼，月娘知道的自然多一些，也妥貼一些。」

刺萍笑咪咪地扶著月娘。「奴婢們雖然知道的沒有您多，但什麼該做、什麼不該做，什麼能給小姐吃、什麼不能，心裡還是有數的，月娘大可以放心。」

月娘的臉色瞬間慘白，素年既然知道，她身邊的心腹丫頭們必然也是知道的。刺萍的語氣雖然仍舊和煦，但她一點都感覺不到笑意。自己果然還是太厚臉皮了……可月娘也想為少爺的孩子做點什麼，這是小姐的第一個孫子，儘管是沈素年懷上的，小姐應該也是高興的吧？月娘有時候都覺得自己是被蒙了心，當初怎麼就想起要給素年下藥來著？那個時候的堅持現在看來完全不堪一擊。沈素年是少爺看上的女子，少爺的眼光什麼時候出過差錯？是自己太一意孤行了，在蕭家獨掌大權那麼久，竟然性子都已經變得有些專斷起來，她以為自己是為了少爺著想，沒想到卻讓少爺對她寒了心……

「少奶奶……」月娘又想給她跪下去，卻被刺萍死死地扣住。

刺萍才不管她呢，她可是從頭到尾都知道的，這個月娘為了不讓小姐懷上蕭大人的孩子，暗中買通蓮香給小姐送上下了藥的燕窩粥！只要一想起這件事，刺萍就恨不得將蓮香和月娘生吃了！太惡毒了！還有，她和阿蓮竟然一直就沒發現，她們是怎麼做丫頭的？所以現在，刺萍見到月娘還有臉過來請罪、還想伺候在小姐身邊，腦子裡的火氣就壓制不住地往上冒。月娘當別人都是傻的嗎？都害過人一次了，怎可能還給她第二次機會？

「月姨。」素年開了口，語速很慢，也很平淡。「您看著素年在蕭家的這些日子，可能會覺得素年的行為魯莽粗俗，但事實上，素年是個膽小的。您可能不知道，素年從那以後便不能再吃燕窩粥了，只是看著，都覺得渾身發冷。如今，素年懷了孩子，這個孩子來之不易，素年十分珍惜，所以只要有出錯的可能，哪怕是一丁點，素年都不想放任。」素年嘆了口氣。「素年身邊伺候的人並不少，還請月姨放心。」

月娘的眼神有些木愣，素年很是明白地拒絕了自己。素年不敢了，也是呢，誰經歷了這種事情，都會不敢的。如今她沒有將自己趕出蕭府，已經是仁至義盡了，自己竟然還妄想著能到她身邊伺候？可月娘不甘心，她掙脫了刺萍的手，又跪到了地上，這次，她的頭沒有低下去，而是直直地看著素年。

「少奶奶，月娘知道您寒了心，可月娘只是想在一旁守著，不進院子也可以，在院門口也可以，月娘會離少奶奶遠遠的，只求能看著。少奶奶畢竟年輕，有些事情並不知曉，月娘只會說一說而已，月娘保證，絕不接近少奶奶身前，還請少奶奶允許。」

素年明白，月娘是真心的，她並不是突然對自己欣賞了、愛戴了，只不過是因為自己肚子裡的孩子，月娘是真心想要這個孩子平平安安地生下來。

素年有些不能理解，月娘對蕭戈、對從前的眉若南無疑是忠心的，是能奉獻出自己所有忠心的，這樣的人怎麼就對自己那麼排斥呢？簡直是神奇。

不過，素年可不打算用自己的寶寶來冒險，因此好言好語地將月娘送了回去。

從那日之後，月娘就當真徘徊在素年的院門之外，不時地讓人傳話進來——到時辰了，最好能歇息一下、應該稍微用些滋補的食物、這個時期小腿可能會出現瘦軟腫脹，可以適度地揉捏揉捏……

月娘只在外面傳話，從沒有提一句想要近身伺候的話，有時候素年請她進來喝杯茶，月娘也都是拒絕的，只說「少奶奶現在需要休養，月娘……會壞了少奶奶的心情」。

素年的心腸並不硬，雖然離聖母還有一大段的距離，但她也是會心軟的。月娘對她下藥是不錯，但她也有錯，她也沒想那麼早懷孕，所以借了月娘的手。

「要不……讓月娘進來吧？也不讓她近身，總在外面，不大好吧？」

刺萍將手裡朵花卷葉紋的碟子輕輕放下，裡面是一小盅酥酪銀耳水果羹，她皺著眉頭，不贊同地叫出來。「小姐！妳可千萬別上當，妳忘了燕窩粥的事了？」

素年看著刺萍用小勺輕輕攪了攪水果羹，甜甜的果香和淡淡的乳香交織著，慢慢散發出來。「不是還有妳們嘛，沒事的。」

「那也不行！」刺萍將小勺子交到素年的手裡。「小姐，蕭大人說了，妳身邊一點不安全的因素都不能有，在刺萍看來，月娘就是不安全的因素！誰知道她會不會再下點什麼別的藥來害人？」

「可也不能總一直這樣啊……」素年舀了一勺放進嘴裡，溫度剛好，清淡甜潤也不塞食，這個時候吃正合適。

這個酥酪銀耳水果羹的方子是月娘送來的，刺萍仔仔細細檢查了，還讓莫子騫瞧了，確認沒有問題才嘗試著讓阿蓮做做看。

小姐這段時間進食情況很差，跟葉夫人那個時候簡直是天差地別，只要看到稍微油膩一些的都會犯噁心，什麼都吃不下，為此刺萍無比著急。小姐看著比沒懷身子的時候似乎更清減了，這個時候怎麼能不多吃點東西呢？月娘提供的這個方子倒是不錯，小姐嚐了覺得甚是清爽，淡淡的酸甜滋味讓她稍微有了些胃口。

月娘說，蕭戈的娘親當初懷蕭戈的時候也是這樣，甚至比小姐還嚴重，整日整日什麼都吃不下，聞到一點食物的味道都吐得不行，直到什麼都吐不出來，只剩下酸水為止，這道甜點就是那個時候她自己想出來的。

素年將一小盅水果羹吃了大半才放下勺子，如今每日都會吐上幾次，胃裡經常是空的，這會兒有點東西了，感覺舒服了許多。

「還是讓她進來吧。」素年覺得自己能稍微明白月娘的感受了。肚子裡的這個孩子，這還沒生呢，蕭戈那兒已經沒事就會跟自己展望一下未來了。

說是若生下來是個男孩子，就讓他讀書，也不指望他讀出個什麼名堂，只要堂堂正正的就行；若是個女孩子，必然要為她精心挑選一樁親事，家裡不能有太多繁瑣的事情，門戶也不能差得太大，夫君必然要對她疼愛有加，否則，蕭戈是絕對不會放過他的。

素年只記得當時自己什麼表情都做不出來，只能木著一張臉。這孩子還要好幾個月才能生出來呢，這都已經考慮到長大成人的事情了？

可蕭戈說得一本正經，恨不得從現在開始就給自己的孩子打算著、張羅著，父母對子女的愛永遠是無私的，是驚人的。

而月娘，她就好像蕭戈的娘親一樣，雖然蕭戈並非她所生，但月娘早已把他當成自己的孩子來看待，希望蕭戈永遠都能擁有最好的，也因此才會對自己不滿意吧？

刺萍儘管不同意，但既然是小姐希望的，她還是不情不願地往院門走去。

素年嘆了口氣，轉臉去問待在她身旁的綠荷。「我是不是太聖母了？」

綠荷眨了兩下眼睛，並沒能理解聖母是什麼意思，但她大概知道素年問的是什麼。綠荷輕輕搖了搖頭。「綠荷小時候總聽娘說，若能寬恕，就盡量寬恕別人。綠荷和哥哥能跟著小姐，是我們的福氣。」

真是個好姑娘！素年扯了扯嘴角，她哪兒有這麼大的胸襟？只是不想看見蕭戈暗自為難的神情而已。

蕭戈是知道月姨的舉動的，知道月姨求到素年跟前，知道她徘徊在素年院門口，蕭戈卻什麼都不能說、不能做。

小時候月姨為了他沒少遭到白語蓉的暗算。蕭戈的父親不常在家，就算在，他也不怎麼會去管後宅的事情，白語蓉又慣會做表面功夫，因此月姨只能忍著。可月姨從來沒有退縮過，總將小小的他護在身後。其實他沒有弱小到那個程度，但月姨卻仍然拚盡自己所有能力要去保護蕭戈。從那時起蕭戈就在心裡許下承諾，以後定然不會怠慢了月姨，一定會好好地為她養老送終。

但是，月姨卻給他的妻子下了藥，這在蕭戈看來是不能忍受的，所以他很矛盾，一面瞧見月姨這麼卑微的樣子而心裡難受，一面又不敢讓素年接近她。

素年原本就很敏感，自從懷孕了以後更加敏感，蕭戈的掙扎她完全感受到了，所以，就這樣吧。

月娘低著頭，跟著黑著臉的刺萍走到屋子門口，然後站著不動了，跪下來給素年恭恭敬敬地磕了三個頭後，起身就在屋外候著。

刺萍的臉色這才微微好轉些，她還真怕月娘到小姐身邊伺候，那她肯定會鎮日緊繃的。

素年的吃食、貼身的伺候，月娘一點都沒有碰，她只遠遠地隔著一定的距離，時而溫言地提兩句建議，時而又提供幾個方子——

「少奶奶若是吃不下，就先別逼著自己吃，能吃多少吃多少，等過會兒餓了再吃些。」

「這些食物的味道不能太重了，盡量清淡些。」

「等會兒，少奶奶，您吃了太多甜瓜了，這是涼性的，可不能吃多了。」

月娘一開始還有些拘謹，奈何素年的行為處處都讓她看不下去。

素年雖然是大夫，但懷孕這種事情她還真是很少接觸，哪些該注意、哪些不能做，她一點都不知道。當初眉煙懷了孩子來跟她尋求建議的時候，素年可是和她大眼瞪小眼了半天，啥都沒能說出來。

刺萍一開始還有些看月娘不對眼，慢慢地，她覺得月娘說的都沒錯，小姐這哪像懷了身子的人？除了每日胃口不好，不大吃得下東西，然後吐幾次、嗜睡些，其餘都跟之前完全沒什麼兩樣。一點都沒自覺，平日裡該怎麼做還怎麼做，刺萍和阿蓮跟前跟後地說過幾次了，一點用都沒有，但月娘就不一樣了。小姐跟她們這些貼心的小丫頭可以胡攪蠻纏，可若是面對月娘這樣的，就有些不大好意思耍無賴，反而乖了許多，月娘說什麼，她還是能照做的。刺萍的臉色越發和緩，能有個人管管小姐，她還是很欣慰的。

於是，月娘便每天都會出現在院子裡。

蕭戈知道以後，靜靜地抱著素年坐了好久，久到素年都已經靠在他的胸口閉上眼睛睡著了……

蕭老夫人那裡總算憋不住了，找了一日將素年和蕭戈都叫過去。蕭老夫人先是隨意聊著一些有的沒的，然後才切入正題。

「你媳婦懷了身子，可是處處要小心啊！她還要操持府裡的雜事，辛苦得很，所以我尋思著，再給她找個人幫幫手。」

素年眼睛一亮。「娘，這件事素年已經處理了，我請了月姨來幫我，月姨之前也理著蕭家，很是熟悉呢！」

蕭老夫人面色一暗，月娘？「我怎麼聽聞月娘最近身子不適，一直在休養著？」

「月姨之前確實有些不妥，但如今已經大好，不礙事的。」素年笑咪咪地回答。

蕭老夫人深吸了一口氣，決定先不管這些了。「如此也好。不過，妳身子日益沈了，也不能太過勞累，但蕭戈小子總要人服侍吧？我看，趕緊抬個人才是要緊的。」

素年就猜著是這事！她還想著怎麼半天沒有動靜了呢？古代女人懷了孕似乎就必須要給丈夫找個小老婆，這素年完全不能理解。一年不嘿咻會死啊？女人辛辛苦苦難受著，忍受著身材變形懷胎生子，特別是在沒有醫療保證、生孩子死亡率極高的古代，男的他媽不嘿咻是會死嗎？素年閉著嘴，不接蕭老夫人的話。先不說蕭戈也不願意，就是他願意，自己也不會願意的。

「這事我自有安排。」蕭戈酷酷地放下一句話，也不開口了。

素年捧著茶盞開始數茶葉，宅鬥不是她的強項，她沒有發言權。

樂壽堂裡寂靜一片，蕭老夫人面對裝死的素年和冷著臉的蕭戈，哪一個她都覺得頭疼。本來想的不是這樣啊，沈素年就算離經叛道了些，總要說說場面話吧？那她就可以順水推舟了呀！蕭戈這段日子肯定沒往房裡收人，素年又長得嬌嬌媚媚，蕭戈血氣方剛的年紀，如何能忍得住？自己這是在幫他說話，他怎麼還是一副油鹽不進的死樣子？

蕭老夫人繼續深呼吸，然後將眼光轉向還在數茶葉的素年。「素年丫頭，妳倒是說句話！妳現在身子不便，如何能伺候夫君？還是抬個人妥貼些。」

被點了名，素年只好不情不願地放下手裡的粉青釉雕花茶盞，抬頭怯怯地看向蕭戈。

「素年……都聽夫君的。」

「這怎麼行！哪有讓男子管後宅之事的道理？妳給蕭戈納了妾，他還能反對不成？」蕭老夫人一拍桌子，疾言厲色起來。這個沈素年慣會仗著蕭戈對她的寵溺裝瘋賣傻，她這麼說，就是不想納妾而已！

「嗯，我會反對的。」蕭戈不緊不慢地跟在蕭老夫人之後接了一句。

蕭老夫人的氣焰頓時又弱了下來。「這……這怎麼要反對呢？素年如今的狀態，你再留在她房裡就不合適了，自然要讓別人來伺候啊！」

「不需要。」

蕭老夫人不斷地深呼吸。

素年低眉順眼地在下面看著，發現老夫人的鼻孔似乎都變大了許多。

這個蕭老夫人，從來沒有安生過，總想著給蕭戈添些麻煩，可問題是她壓根兒影響不到蕭戈，卻還每次都躍躍欲試的樣子，真是個楷模。

「不行，這不行的！哪有妻子懷孕了還留在她屋裡，會……會被人笑話的！而且，蕭家子嗣單薄，實在應該多些人為蕭家開枝散葉才是！」蕭老夫人破罐子破摔，眼睛不看著蕭戈，開始喃喃自語了起來。「從服侍的丫頭裡面抬也可以，但畢竟身分在那兒，總是不好讓她們誕下蕭家的孩子，不如，從名門望族裡選兩個……」

「那妳的意思是？」蕭戈忽然開口，彷彿有點興趣一樣。

蕭老夫人眼睛一亮，臉上出現了喜色。果然，她就說呢，天下哪有男子能不偷腥？蕭戈莫非是覺得從丫頭裡抬降低了身分？這會兒聽見有更好的選擇，可不就是憋不住了！

素年身後眼觀鼻、鼻觀心的刺萍略略詫異地抬了抬頭，卻看到坐在她面前的小姐鎮定的側臉。

素年是真的鎮定，蕭戈剛剛的口氣她太瞭解了，那可不是鬆動的意思，那代表著他十分不屑，只是問著好玩而已。

蕭老夫人對此卻不知道，連忙回答道：「這還不是看你喜歡？定然要挑個你覺得可心的。不過，我倒是有個建議，聽說采露丫頭之前經常去素年那兒，想必她們二人已頗為熟悉，采露丫頭我也知道，端的是大方得體，必然不會出什麼岔子，又是知根知底的，不如就將她納進來？」

「白采露？」蕭戈挑了挑眉。

蕭老夫人更是喜上眉梢，沒想到蕭戈竟然還有些印象，這事沒準真能成呢！正想著再多努力一下，卻看到蕭戈嘴邊勾起一抹嘲笑。

「白家也能算是名門望族？白家的女兒還妄想著能嫁入蕭家？誰給你們這麼大的念想？」

蕭老夫人剛剛醞釀起來的笑意僵在了臉上，眼裡透出不敢置信的神色。蕭戈這還是頭一次一點情面不留地嫌棄白家！從前雖然也不熱絡，但蕭戈從沒有這麼言語堅定地排斥過白家，這種態度，讓蕭老夫人心頭微微恐慌了起來。

「你這孩子……怎麼能這麼說呢？白家雖然不如從前了，但至少也能算得上是書香門第，就那麼不入你的眼？」

蕭戈沒說話，眼睛直盯著蕭老夫人看，一直看得她不自在地轉開了視線。

「這件事就這麼過去了，以後也無須重提。我不是我的父親，他雖然也不喜白家人，卻拉不下面子拒絕，可我不一樣，只要我還活著，就不可能讓白家人進蕭家，想都別想！」

蕭戈一點都不留餘地的話刺痛了蕭老夫人，她曾經借著親戚的名義出入蕭家，在眉若南離世以後更是設計蕭然，讓他誤以為跟自己發生了什麼而不得不將她娶進門，可白語蓉如何能感受不到蕭然對白家人的厭惡？

但她能如何？白家說起來還算有些家底，但那都只是表面上而已，她不過是白家眾多女兒中的一個，又能得到多好的姻緣？父母雖說對她很是疼寵，但他們為自己選擇的夫家沒一個能跟蕭然相比！

蕭家家底豐厚，家裡人口簡單，再加上蕭然風流英俊的外貌，每當他看向眉若南時眼裡流瀉而出的寵溺，再再讓白語蓉怦然心動。她想要找的夫君就要這個模樣，蕭然完全符合她心目中的憧憬，若是錯過了，她不會甘心的！

後來，她成功了。

可白語蓉現在忽然開始懷疑，她真的成功了嗎？

在蕭家這麼些年，她從沒有真正掌家過，從沒有真正成為蕭家的老夫人，終日只能縮在這個樂壽堂裡，滿腔怒氣無處宣洩！

過往的不堪將蕭老夫人刺激得爆發了，她脹紅著臉，雙目赤紅，惡狠狠地盯著蕭戈，口不擇言地罵道：「你……你這個賤種！」

第一百四十一章 墨宋請纓

「妳先回去吧，不能髒了我兒子的耳朵。」蕭戈扭過頭，慢悠悠地將素年扶起來，對著刺萍使了個眼色。

刺萍快步上前，扶著素年就往外走。

素年深知胎教的重要性，而且，蕭戈顯然也不希望自己聽到之後的對話內容。

蕭老夫人臉色仍然猙獰，她憋了太久太久，再不爆發出來她會發瘋！

蕭戈看素年走出樂壽堂後才轉過身，臉上是一片冰寒。在椅子上重新坐下來後，蕭戈只是看著白語蓉，她剛剛瘋狂的氣勢就已經開始慢慢消失。

「幾年前，在青善縣，妳給我找了樁門戶低下的親事，結果卻因為我不同意而發病，那個時候，我可是費了一番心思，好不容易請到了柳老來給妳治病，妳還記得嗎？」

白語蓉微微睜大了眼睛，她當然記得，她還能記起那個時候蕭戈略顯慌亂的模樣，她曾以為是自己從前做的表面功夫蒙蔽了蕭戈，一度得意得不知道怎麼表達才好。可後來，她才發現自己似乎理解錯誤了，蕭戈並沒有多信任她，仍然對她十分防備。那麼，為什麼那個時候他會費那麼大的心思救自己呢？白語蓉至今仍想不明白。

「因為我要妳活著。」蕭戈慢條斯理地為她解答。「我要妳一直活著，哪怕是躺在床上只剩一口氣了，我也會想盡辦法為妳續命，讓妳就這麼死了，太便宜妳了。」

白語蓉只覺得身體裡的血液都冰冷了下來，她木然地看著蕭戈，看著他以毫不在意的表情吐露極殘忍的話語。

「我娘是怎麼死的，我也不需要大肆宣揚，只要我知道就足夠了。妳做了蕭家的老夫人後感覺如何？是不是跟妳想像中有極大的出入？妳以為妳取代了我娘，就能代替她獲得我爹的感情？就能獲得蕭家的地位？呵呵……」蕭戈的嘴角有冰冷的笑意。「我會讓妳安安穩穩地待在蕭家老夫人的位置上，但只會在樂壽堂裡。沒有妳希望的權力和財富，只能拖著這條命，在蕭家耗盡自己的生命，這樣，才對得起妳費盡心思做下的這一切……」

白語蓉靠在椅子上，面色頹然，她想要激動起來，想要不顧一切地怒罵，將手邊所有能砸得動的東西砸向蕭戈那張酷似蕭然的臉上，可卻發現自己動不了，她指尖已經麻木了，做不了任何動作。眼前一陣一陣地冒著金星，她搖搖欲墜地癱在椅子上。

原來是這樣……她自己作的孽，給她自己製造了一個牢不可破的枷鎖，需要用她的一輩子來償還，而她竟然還不自知，上躥下跳地想要將蕭家掌握在手裡，豈知從一開始，蕭戈就沒有將她放在眼裡。不收拾她，只是為了讓她自己嚐到苦果……白語蓉的眼前一黑，身子不受控制地從椅子上跌落下來。

一旁的嬤嬤手足無措地看著撲倒在地上的蕭老夫人，剛剛蕭戈的那些話，根本沒有避著她，以至於蕭老夫人跌落的時候，她嚴重掙扎了一番到底要不要去扶，結果還沒掙扎完，老夫人已經摔在地上了。

「還不將老夫人扶到榻上去？再去找個大夫來。」蕭戈冷著聲音說。

嬤嬤連忙行動起來。太可怕了！自己整日在蕭老夫人身邊，聽多了對蕭戈的怒斥和貶低，都讓她差點忘了他可是面對著馬騰大軍都毫不畏懼的將軍啊！

蕭戈輕輕閉上眼睛，深呼吸了一口，才轉身走了出去。

剛走到院門口，就看到素年聽見了聲音轉過身，眼睛水汪汪的，手上捧著個針灸包。

「要不要我進去看看？老夫人情況不妙吧？救不過來會不會不大好？」

蕭戈剛剛升騰起來的肅殺情緒漸漸消失，能有一個人不管如何都站在自己身邊，能懂得他的心情，這種感覺奇妙得讓人心悸。

「去看看吧，若是還能救得回來，就試試。」蕭戈也有些不大確定。白語蓉將他娘害死，自己從知道的那刻起，就沒打算讓她善終，也不知道她的身子能不能承受得住實話？蕭戈嘲諷地搖了搖頭。「若是救不回來，那也只能是她的命了。」

素年點了點頭，帶著刺萍和綠荷往樂壽堂裡走。

月娘也跟在一旁，在經過蕭戈身邊時停住了腳步，不贊同地皺著眉。「少爺，您如何能讓少奶奶去救白語蓉？少奶奶如今還懷著身子，可累不得的，唉……」說完，月娘愁眉苦臉地追了過去。這個時候該是少奶奶休息的時辰了，休息不好，她晚上的胃口又會變差，唉……

蕭戈愣愣地站在原地，這好像是月姨第一次以嫌棄埋怨的口吻跟自己說話吧？

蕭老夫人的情況十分不好，雖然已經讓人去請大夫了，可大夫一時半會兒還沒到，素年見蕭老夫人牙關緊閉、臉色鐵青，腮幫子無意識地咬得緊緊的，口眼歪斜，已經失去了意識。

素年搖了搖頭，用銀針刺入人中穴，針尖向頭顱的方向，再迅速針刺十個指頭，分別擠出血，兩耳直上頭頂正中線交會點百會穴也刺出血，並且揉捏耳朵，分別放血。

老夫人的嘴裡開始有了些動靜，只仍不是很清醒。素年心裡明白，蕭老夫人的身子已經極為虛弱，這次犯病，就算能夠保住性命，也只能落得終日躺在床上的境地，沒什麼生活的樂趣可言了……

在月娘強烈的抗議下，素年做完了急救處理之後便迅速被她拉回了院子。「少奶奶，趕緊歇著。腿又發脹了吧？」

阿蓮將素年的腿抬起，放到自己的身上，坐在椅子上給素年揉捏了起來。

素年頗有微詞，為啥眉煙懷孕的時候毫無反應，能吃能睡、精神頭十足，到自己這裡就又吐又腫，怎麼折騰怎麼來？

「少奶奶這胎必定是個男孩子！月娘聽人說了，越是折騰，就說明肚子裡的孩子越是精神，定然是個小少爺沒錯！」月娘站在兩步開外，並不上前，只笑眯了眼睛。

素年悲憤，太精神了她扛不住啊！再這麼下去，她非掛了不可……

眉煙聽聞素年有了身子，抱著葉歡顏上門來瞧瞧她。

素年前些日子才從蕭戈那裡知道眉煙和葉少樺已經從葉府搬出來了。

「你們這是何苦……」素年嘆著氣，語重心長。

他們是因為跟蕭府走得太近而被葉府其他人嫌棄，忙不及想要撇清關係，才從葉府裡被趕出來，是被趕出來的！因此素年見到眉煙，心底止不住地滋生出抱歉的感覺。她和蕭戈不是不感動，只不過，他們兩人也將葉大人和眉煙當作摯友，並不希望他們做到這個地步。

眉煙看著素年半躺在藤椅上，面容憔悴還一副深沈的模樣，沒忍住笑了出來。「妳還是先擔心妳自己吧！這是怎麼了？我那時似乎什麼反應都沒有，妳怎麼有些淒慘？」

素年面上深沈全無，無力地捶著椅子的扶手發洩。就剛剛，她才剛將胃裡清理過！阿蓮小丫頭已賢慧地在院子裡的各個角落都放上觸手可及的漱盂，裡面撒了細沙，就等著素年需要的時候能立刻取來。

「快，把乖囡抱來讓我瞧瞧，給我添些信心！」

眉煙好笑地將女兒從奶娘手裡接過來，走到素年身邊。

素年看到小丫頭軟乎乎、萌萌噠的小臉蛋，頓時又有了勇氣。橫豎也就九個月，咬一咬牙也就過去了！素年伸出手，用指腹輕輕摸了摸葉歡顏嫩嫩的小臉，心底湧起一陣陣溫暖。

「你們這就搬出來了，匆匆忙忙的，人手夠不夠？搬到哪兒了？我去瞧瞧。」

眉煙瞥了一眼素年軟趴趴的樣子。「妳這樣還是算了吧，要是真有需要的，妳還怕我不跟妳開口？」

素年想想也是，就她現在的樣子，還是不要添亂了。不過，她已經開了庫房，列了單子，正在整理東西，她身子沈，動不了，但可以讓蕭戈將東西帶過去，恭賀喬遷之喜嘛！

日子一天一天過，素年覺得周遭平靜了許多。

蕭老夫人雖然救了回來，但果然只能夠躺在床上，需要人貼身伺候，已經行動不了了，進食、翻身都要人幫忙，只能不時地發出意義不明的聲音。白家人見狀也不往蕭家跑了，就連以前跑得最勤的白采露，也再沒有見過她的影子，一切似乎都消停了下來。

素年安心地養胎，有月娘幫著操持家事，她整個人都處在十分鬆散的狀態，成日懶洋洋的。

「對了，怎麼有幾日沒有見到墨宋了？」素年咬著用銀叉叉著的、切成瓣的蘋果，歪頭去問綠荷和綠意。最近似乎沒有看到他們比劃手腳的場景了。

「墨大人最近事務繁忙，似乎……出了點事情。」綠意開口，淡淡地說。

素年一愣，蕭戈最近眉間彷彿也有些焦慮，莫非就是為了這事？

自從素年懷孕之後，蕭戈每日回府的時辰都挺早的，回來的第一件事就是找到素年，摸摸她的小肚子，然後向她的丫頭們打聽今日素年吃了哪些東西？有沒有什麼不適？

素年問了一旁的蕭戈。「出了什麼事嗎？」

蕭戈將她的身子抱住。「有個外族向我朝求援，說他們遭到了襲擊，卻語焉不詳，只說是馬騰族人幹的，可據我所知，馬騰應該沒什麼餘黨了。況且，這個外族並非附屬於麗朝，對於是否伸出援手，朝中眾說紛紜。」

「能救就救唄！」素年隨意地說。這種事情也要糾結，大臣們真是沒事幹了。

「哪那麼容易。」蕭戈將她的手放在自己手裡握著。「這個涉及到政權，妳不耐煩聽這些，簡單來說，麗朝若是出手救助了，那麼那些每年向我們納貢的外族心裡便會不舒服，反正不納貢出了事麗朝也會救助，那他們還有什麼必要作為麗朝的附屬外族呢？可若是不救，麗朝也會讓人寒了心。沒有仁義的風度，如何能成為大國強國？」

這種政治考量，素年沒這種頭腦去思考。「那現在如何了？」

蕭戈英挺的眉毛不自覺地皺了起來。「墨宋請纓，說他要去。只因為聽說進犯的是馬騰，他就完全不能忍受。那個外族呈上來的、從他們族人屍首上取下來的兵器，也都是馬騰慣用的，所以墨宋無法忍耐，自願率兵前往。」

這孩子……素年忍不住嘆息。他心中對魏西的死一直有個心結無法解開，雖每日好似沒什麼情緒一般，卻心思深沈，這會兒能有個機會讓他手刃馬騰人，他必然不會放過。

「皇上怎麼說？」

「皇上已經答應了。但我總覺得沒那麼簡單，墨宋這次出兵處處都透著不尋常，這也是我擔心的。」

素年直起身，兩隻手捧著蕭戈的臉，輕輕地往內擠壓。「別想那麼多，墨宋我瞧著挺穩重的，不是會頭腦發熱的人，他是魏大哥一手帶出來的，要對他有信心。」

蕭戈伸手，將素年乘機揑自己臉的爪子拿下來。他並不是不放心，墨宋他也知道，並不是衝動、不顧一切的人，對戰術也有一番見解，是個會用腦子的，所以自己才這麼看好他。

讓蕭戈不安的，是對方。阿羌族從來都是與世無爭，他們自給自足，以放牧為生，族裡的青壯年雖然驍勇卻不喜跟人結仇，也因此沒有人會打他們的主意，他們也不會主動惹事。就是在馬騰跟瘋狗一樣到處咬的時候，也都有意無意地避開了阿羌族。這會兒別說馬騰的餘黨已經被自己剿清了，就算沒有，他們怎麼敢攻擊阿羌族？阿羌族又怎麼會被他們給傷到呢？這讓蕭戈十分不能理解。

他有心讓墨宋不要著急，等前方傳來準確消息以後他們再做分析，然後才商量出對策。但阿羌族的使者一刻都不能等了，說他的族人正在受到馬騰殘軍鐵蹄的踐踏，他希望麗朝能夠立即出兵，最好還是對付馬騰極有經驗的蕭將軍。

然而哪怕是阿羌族使者點了名，皇上也以蕭戈帶兵疲乏、需要暫時休養為由婉拒了。

「皇上是心疼你吧……」素年的語氣十分感嘆。

話是這麼說，蕭戈卻看見素年臉上詭異的笑容，跟她欣慰的聲音形成強烈對比，小丫頭心裡又不知道在想什麼有的沒的了。

皇上那裡，是單獨召見了蕭戈的——

「朕顧念你的夫人正懷著身子，你不便離開，所以這次就讓別人去吧……主要是你這會兒太招眼了！不過是馬騰餘黨，之前又已經被你打殘了，應該用不著你再次披掛上陣，且有個人能分散一些你身上的非議也是不錯的……」皇上絮絮叨叨地說了不少，蕭戈只是冷靜地謝恩而已，不過蕭戈的神色十分平靜，眼睛裡是皇上熟悉的溫潤，是他認識的那個蕭戈，皇上這才有些掩飾地咳嗽了一聲。「你能理解最好，不過，這個墨宋你覺得如何？」

「臣以為是可造之材，待臣告老還鄉之後，墨宋定然能夠成為代替臣的良臣！」

「告老還鄉」這幾個字有些刺激到皇上了，他們是從小一塊兒玩到大的好嗎？蕭戈都「告老」了，那他呢？

「總之，這次應該已經定下讓墨宋帶兵救援，也就是這一、兩天了。」蕭戈總結著，手下意識地輕輕撫著素年的小腹。

素年看得出蕭戈還是有些擔心，卻也不說破，她沒那個能耐幫蕭戈分擔朝野上的煩惱，只能將蕭府裡打理好，做好蕭戈的後盾而已。

素年本以為墨宋應該從此待在軍營裡等待出征的，誰知道第二天他就又回了蕭府。

素年睜著眼睛瞪著他，墨宋也直愣愣地回視。

「你……是不是有什麼重要的東西沒有帶？」素年努力思考著。不然他怎麼會有這種閒工夫？

墨宋還是那副模樣，沒什麼表情，有些彆扭地皺著眉。「我只是來打聲招呼的，老大說了，行事之前，特別是有些危險的事之前，一定要先告知一聲，不然死了都沒人知道。我在京城也沒個認識的人，所以來這裡招呼一聲。」

「死、死、死……什麼危險的事情？你要做什麼?!」素年身後，阿蓮顫著聲音，竟然還記得先將手裡一直抱著的漱盂給放下，然後才連聲問出來。

阿蓮小姑娘的膽子是比從前見長了許多，但聽到危險的事，特別是墨宋這樣的人都能認為是危險的事時，她還是會受驚的。

阿蓮的眼睛非常明亮，這會兒水汪汪地盯著墨宋，裡面盛滿了擔憂，一眨也不眨的樣子，讓墨宋剛剛彆扭的神情出現了些許慌亂。「也……也不是什麼大事……我就隨便說說而已。」

「可是……」阿蓮才不相信，他剛剛還說什麼死不死的，怎麼可能不是大事！

素年倒是對那個老大比較感興趣。「你聽哪個老大說的？太有道理了！所以說，讓你趕緊成個家，也有些牽掛嘛！」

面對素年，墨宋就從容多了。「魏老大說的。我現在成家，若真回不來了，豈不白白耽誤了人家姑娘？這……」然後，墨宋轉臉就看到阿蓮泫然欲泣的模樣，頓時又傻了眼。「不、不是，也不是回不來的……」

「阿蓮，妳去給墨宋收拾些東西，把我之前做的那些傷藥都給帶上。對了，皇上給你的賞賜裡，我記得也是有不少藥材的，能帶就都帶上，行軍在外，別的可以馬虎，身子是一點都不能怠慢的。」素年乾脆讓阿蓮去幫忙收拾行李。

墨宋雖然有自己的宅子，但一直都空著，他平日沒什麼需求，覺得在蕭府裡蹭蹭既方便又實在，也就不費那個心思去打理了，再說，他一直孤身一人慣了，也不會這些。所以墨宋的東西一直都在蕭家擺著，屬於他的庫房鑰匙素年也都給了他。

聽說是要行軍打仗，阿蓮震驚了片刻才轉身去給墨宋收拾。這可是非常危險的，搞不好就會將小命給丟了，她可得仔細著點，萬萬不能有疏漏！

「你真的要去打仗了嗎？你那麼厲害呀……」

阿蓮跟在墨宋身後走遠了，素年都還能聽見阿蓮飄過來的聲音。

第一百四十二章　吐無止盡

阿蓮和墨宋還有刺萍三人當初一塊兒來到素年身邊，就算墨宋現在有官職了、變厲害了，阿蓮始終覺得他還是當初那個在牙婆那裡瞪著眼睛讓自己把眼淚收起來的小子。

阿蓮因為生性怯弱，之前膽子也不大，如同兔子一樣動不動就害怕，在牙婆手裡的兩年中沒有被人看上過，這樣牙婆就等於是白養了一個人，所以對她愈加不耐煩，態度惡劣，甚至動不動就懲罰她。越是這樣，阿蓮就越是害怕，成日裡一雙大眼睛裡都盛滿了淚水，見有僱主來挑人都不敢抬頭。越挑不上就越被嫌棄，越被嫌棄就越是膽小，於是下一次更加沒人看上眼，這就好像一個惡性循環一樣。

她只能偷偷地躲在人後哭，然後某天紅著眼睛時，看到了因為個性桀驁而又被懲罰得臉上青一塊、紫一塊的墨宋……

阿蓮看到墨宋以後，嚇得眼淚都不敢繼續往下落，淚珠掛在臉蛋上，懵了。

她當然是知道墨宋的，牙婆都愁死了。他被人買走過一次，不過三天，又讓僱主給送了回來，讓牙婆好一頓道歉，完了還狠狠地收拾了墨宋一頓。

但墨宋壓根兒不是光修理就能聽話的，已經鼻青臉腫了卻仍舊一臉的憤世嫉俗，讓牙婆頭疼死，恨不得一天照三頓整治，可依然達不到效果。

墨宋被人扔在院子的角落裡，臉上沾滿了塵土，嘴角有血滲出，眼神卻無比嫌棄地盯著阿蓮。「哭哭哭，就知道哭！給我把眼淚吞回去！妳以為哭就會有人來幫妳了嗎？幼稚！」

阿蓮嚇得不敢開口，卻聽話地把臉上的淚漬擦掉，驚恐地瞪著墨宋淒慘卻凶巴巴的臉。

不痛嗎？牙婆在讓人教訓墨宋的時候，有時候會讓他們這些人圍著看，說是殺雞儆猴，讓他們別妄想著反抗。阿蓮瞧過一次，看著竹鞭抽打在墨宋身上的時候忍不住發出驚呼，差點厥過去，晚上還連著作了三天的噩夢。怎麼可能會不疼呢？可為什麼墨宋好像不怎麼在乎的模樣？

墨宋趴在地上，他身上一陣一陣抽疼，疼得他身子都在打顫。剛剛她哭得吵死了，還是這會兒清靜些。驀地，一雙小小的腳出現在墨宋面前。

阿蓮看著他不動了，還以為他是不是死了？這才鼓起勇氣偷偷地過來瞧，她蹲著，一點一點地挪過去，不料卻看見墨宋陡然抬起的臉，跟她的臉十分接近，那雙黑亮黑亮的眼睛正一瞬也不瞬地盯著自己。

阿蓮嚇得一屁股坐在了地上。「你、你沒事吧？」

墨宋沒理她，又將頭低下去。他最不喜歡哭哭啼啼的，煩都煩死了！哭能有什麼用？小丫頭真是煩！

阿蓮頓時又抽噎了起來，就蹲在墨宋的身邊。她只能哭，除了哭，她找不到別的宣洩方式。

「妳哭夠了沒有？有什麼好哭啊？」墨宋暴躁了起來。「要哭滾遠點哭，煩死了！」

阿蓮被吼得愣了一下，隨即哭得更大聲。「我從來都是在這裡哭的，找不到別的地方了，嗚嗚嗚嗚……」

墨宋被她哭得心煩意亂，可阿蓮正在宣洩的當口，只能等著她自己慢慢停下來。

阿蓮雖然動不動就會哭，但時間都不長，很快地，她抽抽搭搭地停住了。「你疼不疼？傷口這樣放著，會不會有事？」

墨宋沒理她，他疼得意識都有些模糊了。很快地，他聽到腳步離開的聲音。總算清靜了……墨宋心想。不過，他還沒有舒坦一會兒，就感覺到有人在搖他的身子。勉強睜開眼睛，發現那個愛哭鬼竟然又回來了！墨宋恨不得吼兩句來表達心中的鬱悶，卻見阿蓮拿著一個饅頭塞到他的嘴邊。

「他們又不給你吃飯了吧？你傷成這樣，我也不能幫你，這個給你吃，我吃得比較少。」

吃得比較少……墨宋看著阿蓮弱不禁風的身子。若是能有好東西吃，誰願意整日瘦骨嶙峋的？

阿蓮沒等墨宋開口，也沒敢等他開口，放下饅頭，轉身就跑了

就這樣，他們兩人算是建立了小小的情誼。墨宋仍舊三不五時會被教訓一頓，丟在角落裡反省；阿蓮則三不五時地挨罵哭泣，然後省出一個饅頭留給墨宋。

疼痛伴隨著哭聲，墨宋竟然奇跡地習慣了。

可這種情誼遲早會消失的，他們會被賣進不同的人家，分道揚鑣。如果最後真的沒有人家肯將他們買下，也許等著他們的，會是更加殘酷的日子。

「別有事沒事總哭，沒的讓人厭煩，妳的日子會更不好過！」

「哭有什麼用？眼淚能當飯吃啊？」

「站直一些！瘦不啦嘰的還彎著身子，誰能看見妳？」

墨宋脾氣不好，總會挑阿蓮的錯，明明他的樣子更為淒慘，卻總是以嫌棄的口吻挑剔對方。

而阿蓮竟然也都聽著，接觸久了，她才發現墨宋雖然嘴壞了些，人卻並不壞。

那一天，素年看到阿蓮小小的身子站得筆直，將她挑了出來，阿蓮高興之餘，卻免不了有些擔心，以後墨宋再犯錯被懲罰時，沒有人給他留吃的可怎麼辦呢？

幸好，阿蓮發現墨宋竟然也被買下了，跟自己一起。

她小小的臉上偷偷地出現了一抹笑容，淺淺的，卻不經意地讓墨宋發現了……

阿蓮在收拾東西上面似乎是得了小翠的真傳。素年望著滿滿當當三個巨大的包袱嘆息，青出於藍而勝於藍啊……她究竟是怎麼裝進去的？

墨宋同樣無語地看著包袱發愣，想了想，沒有開口，而是暗自打算著乾脆偷偷溜走算了，這些東西沒啥好帶的。

只有阿蓮還在一旁糾結。「還有不少裝不進去了，這可怎麼辦呢？要不，我再裝一個？」

素年和墨宋動作一致地扭頭看過去，開玩笑的吧？阿蓮不會是認真的吧？

「其實……行軍打仗也用不著太多東西……」好歹是自己的丫頭，素年咬著牙，婉轉地跟她解釋。

「嗯，累贅。」墨宋就沒那麼顧及阿蓮的情緒了，總結出了一個貼切的詞。

素年瞪了他一眼，卻發現阿蓮並沒有什麼反應，而是很認真地想了想，然後從其中一個包裹裡費力抽出了一個方方的枕頭後，嚴肅地點了點頭。

「這樣應該就不累贅了。」

素年都要給跪了！讓她整理上戰場可能會用到的東西，她塞一個枕頭進去?!再看墨宋的表情……他已經沒表情了。

墨宋反正是決定了，這些他統統不會帶的！

「拆開，都拆開我看看。」素年沒轍了，讓阿蓮將包袱都打開，她親自過目一遍。她在收拾這種包袱方面很有經驗的，之前給蕭戈收拾過。「藥必須都帶著，上面有我貼的對應症狀和服用方法，這些都看仔細了，千萬不能弄錯了。這些藥材你也帶上，說不定就能用得著。衣服也要多帶兩套，厚底的鞋子、防止濕氣的厚毯子、銀子……」素年絮絮叨叨地整理了一遍，然後擦了一下額頭的汗水。「嗯，這樣就行了！」

墨宋的臉都已經抽搐了，請問她整理出了什麼來？三個包袱仍舊是滿滿當當的樣子！喔，她拿出來了一個壺，說是沒啥用，但她又塞進去了一套杯子，說喝水用，這樣乾淨些！

「我就先告辭了，軍營裡還有些事務……」墨宋拔腿就想跑。多看這三個包袱一眼，他都覺得心裡沈甸甸的！

「綠荷攔住！你忘了這些了，要不，我讓車給你直接送到軍營裡去？」

墨宋轉過頭。別玩了行嗎？我是帶兵的將領，是去行軍打仗，不是遊山玩水的！這些東西帶著有什麼用？有什麼用啊——

可是，墨宋發現到了嘴邊的話他吼不出來，因為不管是素年還是阿蓮，她們的眼中都沒有玩鬧的情緒，只有擔心。擔心他能不能安然無恙地回來，希望他可以平平安安的。

只有三個包袱，她們都還覺得太少了。行軍打仗那麼危險艱苦，她們恨不得能塞上十個、八個，將所有可能用上的都給他帶上了！

不過墨宋不大擅長應對這種關心，他顯得有些手足無措。

最後還是蕭戈回來了，掃了一眼那三個包袱後，統統打開，從裡面揀出他覺得重要的，團成一個小小的包袱，塞到了墨宋的手裡。「不可一意孤行，你並不是孤身一人，千萬士兵的性命握在你的手裡，他們的安危你必須要考慮。」

墨宋神色凝重地點了點頭後，消失在蕭府的門口。

「那些也太少了！這些都不要嗎？」素年指著剩下的、仍舊十分碩大的三個包袱。

一旁阿蓮眼裡的擔心都快要滿出來了。

「這些都不需要，除了攸關性命的，其他的都不重要。」

蕭戈讓阿蓮將東西都收拾回去，臉上也並不輕鬆。墨宋之前都是跟在魏西身邊，雖然也帶過兵，但並沒有統帥全軍的經驗，遑論帶領如此眾多的兵馬，希望他能順利回來吧……

墨宋很快地離開了京城去援助阿羌族。那一日，並沒有宏大的歡送場面，素年卻帶著刺萍和阿蓮，在綠荷和綠意的保護下，來到城外目送他離開。

這種場面不管看幾次，素年都覺得震撼。除了他們，還有不少尋常的人家也在送別，他們的孩子在軍營裡當兵，這一次去了，還不知道能不能再見到。

身邊有年邁的老人，視線模糊地看著軍隊，無聲地抹著眼淚。同樣的裝束，根本分不清誰是自己的孩子，但老人卻執著地一直揮著手，送別著每一個人，直到再也看不見為止……

回了蕭府後，氣氛一直有些沈悶，特別是阿蓮，性子才教養得活潑靈動了些，這會兒卻跟蔫了的小花一樣，都不大愛笑了。

「沒事的，墨宋可沒那麼柔弱，妳要對他有信心才是！」素年給阿蓮打氣。

阿蓮愣了半晌，用手狠揉了揉臉，這才笑了起來。自己真是活回去了，眼下小姐正是重要的時候，自己竟然還要小姐來安慰？若沒有小姐將她買過來，阿蓮還不知道自己現在會是什麼模樣呢！迅速振奮了精神，阿蓮重新將漱盂抱在手裡。「小姐我沒事，妳要不要吐？隨時都可以喔！」

「……」素年望天，阿蓮的神經似乎被捶打得過於強大了……

莫子騫現在每隔幾日才會過來一趟，除了詢問他不懂的問題以外，還會給素年診脈。

「夫人脈象沈穩，只要照常調養即可。」莫子騫收回手，一抬頭，發現自己正被好幾個人盯著。

月娘眼睛炯炯有神地盯著莫子騫，少奶奶都消瘦成這樣了，就沒有什麼辦法嗎？

「呃……或者我給開一副止吐的方子？」莫子騫讀懂了月娘的眼神，轉而看著素年，試探性地開口。

素年一揮手。「不用！懷了身子的人不能隨便喝藥的，什麼安胎藥、補藥都不需要。我聽人說，似乎只有前面幾個月會反應劇烈，後面也許就不會再這麼吐了。」

莫子騫想了想，還是小心翼翼地補充道：「也是會有人一直吐到分娩的……」

素年的表情定格了，滿是菜色。「你能不要詛咒我嗎？安慰我一下會死嗎?!」

長期這麼吐下去，她免不了有些焦躁。一想到自己說不定會如同莫子騫說的一直吐到生，她感覺身體裡的勇氣都要散光了。

「夫人自然是不會的，呵呵，呵呵呵……」莫子騫趕緊挽救，只是素年綠了的臉一時半會兒紅不回來了。「夫人，蘭妃娘娘病逝了。」

莫子騫突然提起一個素年熟悉的名字，她有些詫異，蘭妃那種樣子，竟然能拖這麼久？

「子騫雖不在太醫院，卻也聽說丞相大人為此傷心過度，已接連幾日稱病沒上朝了。」

素年用手撐著腦袋。皇上之前放著蘭妃不管，就是因為他登基的時日尚短，丞相在朝堂上的勢力頗大，手中也掌著實權，若是妄動蘭妃說不準會激怒丞相。蕭戈這幾次被彈劾，雖然對他來說有些委屈，可蕭戈在帶兵出征凱旋而歸之後，手裡的兵權都移交給了皇上。

除了蕭戈，皇上這些時日以來定然也一點一點地將權力收回到自己手中，所以他才敢開始對蘭妃下手。現在丞相稱病不上朝，不知道皇上會怎麼處理？素年猜，應該會以籠絡人心為主吧？畢竟丞相是三朝元老了，只要慢慢架空了他，皇上應該也不介意養著一個閒人，當然前提是丞相不懷著其他的心思。

蕭戈回來後，素年問到了蘭妃的事情，蕭戈也知道她在宮裡瞧見過皇上對蘭妃的態度。

「丞相跪在殿前，說是要看看蘭妃的遺體，但皇上顧念著丞相已年邁，怕他看到後傷心過度，那就是麗朝的損失了，於是並沒允許，只將蘭妃貼身的物件給他帶回去做個念想。」

「所以丞相就病了？」素年覺得皇上還是挺好心的，要真給他看到蘭妃的模樣，丞相說不定當場就能昏死過去。

蕭戈搖了搖頭。「沒那麼簡單。蘭妃是丞相唯一的嫡女，對她的驕縱寵愛也是眾所周知的，蘭妃的離世讓他大受打擊，老淚縱橫地上了奏摺，希望皇上能將蘭妃追封成皇后。」

素年的嘴微微張開，半天也沒能合上。太敢說了！皇上又不是沒有皇后，皇后還在位呢，丞相竟然還為蘭妃請封，這是在打臉啊！「那……那皇后怎麼辦？」

「皇后娘家的地位並不如丞相，聽聞此事之後非但沒有反對，反而跟在丞相之後，也上了奏摺贊同。」

素年茫然地眨著眼睛，這樣的話，皇后也太可憐了……自己的娘家在自己被人欺負的時候都不站出來，反而要她委曲求全？憑什麼？

「皇上一直都沒有表態，所以丞相便稱病不上朝。」

「這麼說，如果皇上不同意，丞相就能一直在家裡待著？那不是正好嗎？將他手裡的權力都收回來，反正他身子不適，也不宜太過勞累。」素年覺得這壓根兒不算事，丞相想要撂挑子就讓他撂唄！換別人來做不就完了？

蕭戈笑了笑，摸了摸素年水潤光滑的秀髮。「哪就那麼簡單。好了，這些事妳也不用操心，想想明日有什麼想吃的，我回來的時候給妳買。」

「肉！」

「嗯？」蕭戈詫異地看著素年，只見她兩隻眼睛睜得滾圓，表情竟還有些迷茫。

「忽然好想吃肉！香噴噴的烤鹿肉，包在新鮮脆嫩的菜葉裡，一口咬下去……」素年吞了吞口水。她就是突然想起來的，卻已經按捺不住了，頓時覺得腹中飢腸轆轆，感覺自己能吃下許多食物。

蕭戈將她放好，讓她等會兒，然後便起身出去了。

莫非去給自己找肉了？素年心想。她以前不這樣的，可這會兒就是非常想吃，吃不到感覺晚上都睡不著一樣。

刺萍不多時便端來一小盅珍珠翡翠小湯圓，顆顆碧綠喜人，只有小指尖兒那麼一點點大。「小姐，先吃幾口吧，蕭大人吩咐廚上做出來的，說是讓妳先墊一墊。」

素年用勺子舀了幾口，清甜軟糯，也十分適口，只是這會兒她想吃鹹鮮香嫩的肉，所以只吃了小小的半碗就放下勺子，然後抱著軟枕開始發呆。

刺萍將東西收拾好出去。

月娘在門口看到小盅裡還有大半剩下了，不由得愁了臉。「少奶奶沒有胃口？」

「那倒不是，只是這會兒不大合她的口味。」

月娘開始團團轉了，這前幾個月是十分重要的，少奶奶總這麼吃不下東西，肚子裡的孩子哪裡能長得好？

「月娘，您別急，蕭大人剛剛出去了，似乎是小姐有想要吃的東西。」

「當真？」月娘的眼睛一亮，盯著刺萍求證。

刺萍心裡卻是一突，自己多言了！月娘那麼看重蕭大人，現在都這麼晚了，蕭大人卻為了小姐而親自出去尋吃的……月娘對小姐的印象該會更不好了吧？刺萍恨不得將剛剛的話再吃回去，卻瞧見月娘一臉欣慰的模樣。

「少奶奶有想要吃的東西了？太好了，少奶奶終於主動想要吃東西了！以後啊，少奶奶會經常如同這樣，不時地突然想要吃某樣食物，這是正常的，想吃東西就好呀！」

「……」刺萍端著小盅，默默地往小廚房裡走。雖然月娘並未表露出不滿，甚至有些歡喜，但她以後得記著了，再不可這麼冒冒失失，想到什麼都隨便說出口。

蕭戈的速度很快，在素年犯睏之前就回來了，並未提著食盒，而是直接從懷裡拿出一個油紙包，放在桌上打開，肉香立刻飄了出來。

素年不受控制地走過去，油紙包裡還鋪著一層荷葉，翠綠翠綠的，中間是切好的烤鹿肉，瞧著黃燦燦的，十分誘人，一旁還有兩個小包，裡面放著蘸醬。

素年直接用手拿了一片，沒想到還是熱燙熱燙的，她輕呼一聲，卻捨不得放下，忍著燙扔進了嘴裡。鹹鮮甘香、韌軟可口，醃製得也恰到好處，味道醇厚，素年滿足地瞇起了眼睛。

「急什麼？沒人跟妳搶。」蕭戈又好氣、又好笑地將她的手抓過來，扯過一旁的巾子為她擦去指尖的油漬。「都燙紅了。」

素年盯著鹿肉猛搖頭。「不燙、不燙！真好吃！」

阿蓮這時走了進來，送上一盤剛洗淨燙過的菜葉，水淋淋的極為鮮嫩的模樣。

素年的眼睛更亮了，好似餓了很久的幼崽一樣，又想要伸手去拿。

蕭戈將她攔下，淨了手以後幫她將鹿肉蘸上一點蘸醬，用菜葉包好，送到她的嘴邊。

「也不能吃多，時辰不早了，會積食的。」

素年咬著肉，點點頭。就是這個，剛剛她瘋狂想吃的就是這個味道和感覺！清爽的蔬菜減輕了鹿肉的油膩，鹿肉原本就比豬肉和牛肉要細嫩，烤的火候也恰到好處，十分爽口。

將一包烤鹿肉一口氣吃了近一半，素年才摸了摸胃，撐不下了……

蕭戈有些發愣，他只要有時間都會陪著素年用飯，她的飯量他大致也能摸清楚，可從沒見她吃過這麼多東西。

素年的小嘴吃得油汪汪的，心滿意足。

她前世的好友懷孕了之後便化身為磨人精，老是三更半夜地跟她老公說要吃這個、要吃那個，有一次凌晨，好友突然想吃乾鍋牛蛙，她老公顛顛地跑到店裡，人家已經下班了，可他硬是求著人家廚師又給他燒了一鍋，聽得素年羨慕不已。

在這個時代，她是不會想這些不現實的事情的，可沒想到蕭戈這麼晚了竟然也會去給自己買烤鹿肉！素年心下感動，眯著眼睛將蕭戈的臉捧過來，「吧唧」一聲，在他的臉上印下了一個油膩膩的痕跡。

蕭戈沒有提防，被親了之後愣了一下，然後看到素年笑咪咪的小樣子，只恨不得將人摟過來揉一揉。素年如今跟他愈加親密了，表達感情也十分坦率，讓他清楚地瞭解她有多歡喜，這讓蕭戈特別開心。他最不喜歡藏著掖著的，覺得很累。

鹿肉雖然細嫩也易於消化，但素年一口氣吃了這麼多，胃脹脹的也無法歇息，偏偏已經到她該休息的時候了，便眼睛耷拉下來，輕聲地哼唧著。

好在，阿蓮一會兒又送來一碗消食湯，素年忍著胃裡的難受硬是灌下去，然後……全部吐掉了，連同剛剛吃下的鹿肉！

清理完以後，素年呆呆地坐在床上，欲哭無淚。她剛剛吃得那麼開心，都還沒有來得及消化呢！

蕭戈一邊心疼地幫她順著背，一邊覺得素年現在呆滯的模樣特別有意思。「算了，我明日再給妳買。」

「明日也許我就不想吃了……」素年的眼眶都紅了，她難得能吃這麼多東西，容易嗎她？這也太過分了！

不過吐完了以後，倒是真的舒坦了不少。素年現在每日都要空著胃才能入睡，否則就算只睡一會兒，也還是要爬起來吐乾淨才行。

第一百四十三章　丞相病症

某一日，素年早上起來習慣性地孕吐時，阿蓮卻驚叫起來。

素年心裡一驚，看了看才發現，是黏膜出血了。

她這幾天，喉嚨刺痛到喝水都會疼，東西是一點都吃不下，人也消瘦得明顯，蕭戈都不知道怎麼辦才好，只能挖空心思去給她尋一些想吃的，多少能吃一點。

素年知道這樣下去不行，她沒有想到自己的反應會這麼大。她也不想吐，但完全控制不了，素年知道，如果繼續這麼吐下去，有可能會導致代謝紊亂及電解質平衡失調，會影響到孩子的發育。

因此即便吃什麼吐什麼，素年都會硬逼著自己吃下去，卻總是過不了多少就會吐出來。

「所以，你給我針灸吧。」素年虛弱地靠在椅子上，對面坐著驚呆了的莫子騫。

「夫人……夫人您是在跟我說話嗎？」莫子騫小心翼翼地詢問。雖然自己坐在她的對面，但萬一素年是在自言自語呢？

素年呼了口氣。「你覺得我已經有些失常了嗎？我也這麼覺得。所以不能這樣下去了，你幫我針灸止吐吧。」

莫子騫「騰」地站起身，連連擺手。「這、這萬萬不可！子騫還記得夫人說過，懷了孩子的女子切忌用針，用不好就會引起小產，這絕對使不得！」

「可若是不用針，我也差不多了。」素年苦笑。

她本以為只是前兩個月會吐一吐，沒想到吐得這麼天昏地暗，她自己都能感覺到體重減輕了。肚子裡的寶寶得不到營養，如何能長得好？

只是，現在她連拿針的力氣都沒有，因此只能求助於莫子騫。

「其實也不難，只是幾個常見的穴位，內關穴要扎右手，我左手自己扎不了。」素年說著，就讓刺萍將針灸包拿出來，擺在莫子騫的面前。「拜託了。」

莫子騫站在那裡，看到銀針針尖的寒光身上都發冷。如果他沒控制好怎麼辦？這可是蕭將軍的夫人，更是他心中已經認定的師父啊！這要是一個不好，讓素年失了孩子，他該怎麼辦？

「別猶豫，你的針灸學得還算紮實，我相信你。」素年將袖子輕輕往上拉了拉，露出手腕處的內關穴。

莫子騫強迫自己鎮定下來，素年說他學得紮實，也就是認可了他的努力。他吸了一口氣，慢慢地坐下來。他好歹也在太醫院裡當過差，也面對過不少貴人、妃子，每一次都是極慎重謹慎的，卻似乎都不及現在的緊張。

「內關、合谷、太沖、足三里，都是慣用的穴位，二指持針，斜刺，小幅度撚轉，留針。來吧。」

莫子騫一手拿針，一手在素年的手腕上尋到了內關的準確位置，卻又抬頭看了看素年。

「我真扎了？」

「等一下！」刺萍叫了出來，她緊張，無比緊張！怪不得小姐今日沒讓月娘跟著，若是月娘在，必然不會讓小姐擔這個風險的！剛剛莫子騫說了，施針不當會引起小產！刺萍胃裡一陣抽搐。可小姐也說了，再不止吐，她肚子裡的孩子也會受到影響……

「小姐，要不，我們再等等看？說不定很快就好了呢？」刺萍皺著眉，希望能讓素年打消這個念頭，太危險了。

「不能等了，我覺得我的孩子太可憐了，這麼久也沒能給他吃頓飽的，好可憐啊……」素年示意莫子騫趕緊動手。

「等一下！」刺萍再次喊停，然後越過素年，瞪著莫子騫。「莫大夫，您有把握的吧？您那麼厲害，一定沒問題的吧？」

素年無語，乾脆讓刺萍出去了，有這丫頭盯著，莫子騫就是再有把握，也能被她的眼睛盯得緊張起來。

屋子裡只剩下綠荷在旁邊候著，莫子騫定了定心神，拿著針，穩穩地下手。

「小姐……小姐妳有沒有覺得哪裡不舒服？」從花廳回院子的路上，刺萍已經不知道第多少遍詢問了，表情戰戰兢兢，高度警惕地防備著。

素年嘆了口氣，刺萍真是太緊張了。莫子騫的手法很好，動作輕柔舒緩，穴位也找得精準，撚轉的幅度並不大，讓她幾乎沒有什麼感覺。

以後，他定然會是個好大夫的，素年如此堅信著。

針灸過後，不知道是不是心理作用，素年竟然吃了小半碗飯，一直也沒有要吐的跡象。

不知道原委的月娘喜得雙手合十，好一陣禱告。「少奶奶，這就要好了！您以後可不會再受罪了！」

素年含蓄地笑著，摸著已經開始顯懷的小腹，十分溫婉的感覺。

阿蓮也頗為歡喜。「小姐，妳以後想吃什麼都可以跟我說，阿蓮一定做得讓妳滿意！」

只有刺萍，仍舊默默地關注著素年的反應。

一個晚上過去，素年奇跡般地沒有吐，她坐在床上，恨恨地捶著被子，都說一孕傻三年，自己是真的傻了，這麼好用的方法為何到這會兒才想起來？之前她是吐傻了嗎？

素年總算是從噩夢中脫離了，但針灸確實對懷孕的人有風險，所以素年本身也不敢多針，能夠吃得下飯，稍微有些力氣了之後，沒事自己就掐一掐穴位，雖然沒有針灸那麼有效果，但聊勝於無。

朝堂上，丞相仍舊稱病在家，素年覺得這種權力的風暴離自己很遙遠，只是沒想到，這一日蕭戈回府的時候，臉色有些不好。

「怎麼了？」

蕭戈不語，看著素年慢慢養回容色的小臉，眼中竟然有一抹狠戾。

素年知道這抹狠戾不是衝著自己的，有人這麼不長眼，惹到蕭戈了？

這時，刺萍端上一只精巧的碟子，裡面擺著切成了長條方形的桂花糖蒸栗粉糕，雪白的糕體裡有小小的金色桂花點綴，散發著淡淡甜香。素年從不怎麼吐了開始，就異常容易餓，她還開玩笑說是肚子裡的孩子前些日子被餓怕了，這會兒抓緊機會猛吃，說得幾個小丫頭和月娘都心酸不已，所以阿蓮沒事就會做一些清淡的糕點，讓素年餓的時候吃兩塊。

素年拈起一小塊潔白如玉的栗粉糕，直接送進蕭戈嘴裡。「臉不要苦著，吃點甜的。」

栗粉糕清甜爽口、細膩化渣，還有濃郁的桂香，饒是蕭戈不大吃甜食的人，也覺得阿蓮的手藝不錯。

看到蕭戈的眉頭鬆了下來，素年才又拿起一塊栗粉糕送入嘴中，細細地咀嚼起來。

刺萍放下碟子，輕手輕腳地離開。

蕭戈將捧著栗粉糕吃得不亦樂乎的素年重新摟住。「丞相久病不癒，找了太醫院中的太醫們挨個兒瞧了卻始終不好，於是丞相的夫人懇請皇上下旨，讓有醫聖之名的妳去給丞相瞧瞧。」

「我去？」素年低頭看了看初顯圓潤的肚子，覺得這事不可靠。「丞相是不是知道我曾經入宮給蘭妃瞧過，所以想找我問問情況？」

「興許不只。丞相此人心機之深，他必然有別的考量。」

那素年就開始亂猜了，反正閒著也是閒著。她將手裡的栗粉糕一口咬下一半，含含糊糊、口齒不清地猜道：「會不會他想要造反，所以將我扣住，這麼一來就能牽制住你？畢竟老婆、孩子都在人家手上，估計你也不敢怎麼樣。」

素年感覺蕭戈的雙臂緊了緊，她下意識地拍了兩下，才又給鬆開了。「我亂猜的，你別緊張啊！不過若是皇上對丞相早有防備，那他也得要做最後一搏了，否則難道他會順從地交出權力，讓皇上高枕無憂嗎？」

「他不會。」這個蕭戈很清楚。素年說的這些他也有想到，所以當時直接就拒絕了。別說素年如今懷著身子，就算沒懷，他也不打算讓她捲入這些政爭當中。

「可皇上是打算安撫丞相的吧？」

這才是蕭戈煩惱的地方。皇上並不想跟丞相撕破臉，但自己堅決不讓素年去丞相府，於是難辦了。

素年吃了大半碟栗粉糕後，拍了拍手，喝了口清水漱了漱口，才慢慢地說：「我現在的樣子，肯定是去不了的，不過，我可以推薦一個人去。」

「妳是說莫子騫？」

素年點了點頭。「莫子騫的醫術紮實又可靠，若丞相真有不適，他必然是個絕佳人選，但如果丞相身子不適只是個幌子，莫子騫也不會有危險，畢竟他毫無背景，丞相想來也不會因為他而打草驚蛇。」

「可丞相怎麼可能會讓一個從太醫院裡除名的大夫進入丞相府？」

「醫聖的傳人，如何？」素年眨了眨眼睛。

莫子騫一直想拜素年為師，可素年只願意教授他針灸之術，半點沒有涉及柳氏絕學，柳老留給她的醫術裡，有不少都需要被一個心地淳樸、仁心仁術的人繼承，否則必將造成災難，所以素年不敢輕易收徒。但是莫子騫這人素年一直觀察著，他心性樸實，雖然欠缺一些沈穩，但那可以用經驗和歷練來彌補，加上他對醫術的醉心，假以時日必將成為名醫。素年想著，乾脆就將他收為柳氏的傳人吧。

不管怎麼說，這一遭去丞相府也可能會發生危險，因此素年找來莫子騫，和盤托出，包括丞相身子有恙或許只是個幌子的猜測，如此一來在丞相府究竟會發生什麼事誰也不知道。

誰知莫子騫只考慮了一下就答應了，他說，萬一丞相是真的有恙呢？知道可能有病人需要醫治，他願意去。

素年愣了很久，這句話，曾幾何時她也說過，在那個大小官員求診於師父柳老，柳老不去，自己代替柳老前去，但每次都是些小病痛，整日累得半死還被柳老罵時，她就是這麼說的。

可是師父，萬一真有患者誠心來求醫，我卻因為這種原因不去診治，等我知道的話，我會非常非常內疚的。

沒想到，她又聽到了這句話。素年閉上眼睛，眼眶熱熱的。收下了這個傳人，師父一定會滿意的吧？也是個愣愣的小子呢！

「我想收你作為醫聖的傳人，你願意嗎？」

素年的聲音有些輕，莫子騫聞言傻傻地「啊？」了一聲，然後才反應過來，顯得更呆了。

「醫聖柳老，是我的師父，我想收你為柳氏傳人，你願意嗎？」素年又說了一遍。

莫子騫張著嘴，點了點頭，表情十分木訥，半天才回過神，眼睛睜得老大，滿臉的不敢置信。「願意的、願意的！真的嗎？夫人您願意收我為徒了？」

素年點了點頭。「別叫夫人了，叫師父吧。」

「師父！」莫子騫「撲通」地跪了下去，也不管素年連聲叫他起來，端端正正地磕了三個頭，然後才一臉傻笑地站起來，樂得嘴都合不攏。

「傻死了！」刺萍忍不住吐槽。

但這絲毫不影響莫子騫的笑容，他又有師父了，又能學到更多的醫術，這真是太好了！

素年正式收了莫子騫為傳人，她決定將她會的柳氏針法一點一點慢慢傳授與他。

丞相那裡，皇上以素年身子沈為由婉拒了，卻是主動地提起了素年有個傳人。

丞相夫人雖然十分希望醫聖能親自到府上，卻也不好太強人所難，便借坡下驢，乾脆地答應讓莫子騫前來。

去之前，素年讓蕭戈挑出蕭府裡功夫最好的人跟著。但蕭戈說，人一定不能多，越少、越是不起眼，越好。

於是，莫子騫只帶了兩個人去，一個小廝、一個侍女，再無旁人。

莫子騫去丞相府的這一天裡，素年一直都處在焦躁不安中。蕭戈說，丞相不會對莫子騫做什麼，他沒有什麼可利用的價值，所以定然會很安全的。

但素年還是擔心，直到莫子騫安然回來之後，她才算是鬆了口氣。

「丞相是真的身子有恙。」

莫子騫的神色很是凝重，看來丞相當真病得不輕。怪不得蕭戈跟素年說，如果皇上將人選換成莫子騫，丞相府不一定會同意，因為莫子騫是素年的徒弟，丞相怎麼會將自己的情況讓他知道？但沒想到他們同意了！想必一定是到了不得不同意的時候，丞相是真的病了！

「並不是臥床不起，而是不斷躁動不安，說話有些含糊其辭，我聽不大明白，奇怪的是，我說什麼丞相竟然也有些聽不懂的樣子。給丞相診脈的時候，他的夫人在一旁勸著，卻被他破口大罵了一通，還質問她是誰？為什麼會出現在他的府裡？更不可思議的是，丞相竟然連桌上喝水的杯子都不認識了，還連聲問那是什麼？」莫子騫感覺十分詭異，他雖然沒有見過丞相，但從素年和蕭戈的言語中，也能知道丞相必然是個厲害的角色。「莫非……真是邪症？」

「脈象呢？」

「脈象細數，口乾發苦，面色潮紅，舌質紅。」

這是肝腎陰虛火旺之症，火性炎上，擾亂心神，則極易煩躁不安。言為心聲，心火不寧，故言語顛倒，陰虛內熱，火邪干擾。素年沈思了片刻，從症狀看來，極像是阿茲海默病，也就是俗稱的老年癡呆。

這種病的成病可能因素和假說多達三十幾種，如家族史、頭部外傷、甲狀腺病、病毒感染等等。素年問過蕭戈，丞相的年歲並不小了，他寵愛蘭妃，只因為蘭妃是他最小的女兒，又在他最得志的時候降生，所以才會那麼疼愛。

但蘭妃的年紀也不小了，丞相的歲數應該很大了才是。上了年紀，身子本就衰弱，又痛失愛女，也許又另外服用了「靈丹妙藥」，會得此病，素年並不覺得蹊蹺。

「那些瞧過的太醫們怎麼說？」

「都說許是邪症。他們跟丞相夫人說了師父您曾經將萊夷族族長的邪症治癒，所以丞相夫人才會懇請皇上讓師父前去看看的。」

素年笑了笑，手在小腹輕輕摩挲。「丞相患上的並非是邪症，只是一種病症，不過這種病症不是那麼容易能醫治的。」

莫子騫看著素年。「師父也是這麼覺得嗎？我也是這麼想的，只是丞相的樣子太不對勁了，看著有些蹊蹺。我聽說，尋常人家有的老人年邁之後也會出現這種情況，但大多數都是以邪症來診斷的，請來神婆薩滿驅邪，但老人哪兒能禁得住這種折騰？往往不久便會離世。」莫子騫的神色有些暗淡。「我曾與師父遇見過，師父想要為那位老人醫治，但他的家人們都不相信，還嫌我們礙著了大仙驅邪，將我們趕出了村子。」

素年明白，在這種時代人們對天神都十分敬畏，就是前世科學已經那麼發達的時代裡，有不少落後些的村子依然信仰著。

「師父，您能醫治嗎？」莫子騫看向素年，眼睛裡閃著奇異的光。

素年愣了半晌，才緩緩地搖頭。「神疑病，癡醉不治，漸至精氣耗盡而死……」

老年性癡呆在西方和一些大城市裡，已成為排名第四位的死亡原因，現代醫學都尚無有效的治療手段，她如何能治？

莫子騫眼中的光彩，讓素年的心像是赤裸裸地暴露在空氣中一樣。如果她能治，她會治嗎？若是以前，素年一定毫不猶豫地說會，她是個大夫，不管面前的病人再十惡不赦，她都會堅持給他醫治。從什麼時候開始，素年竟然會對此猶豫了？會顧及丞相的身分，顧及到他神智清醒之後會不會做出什麼危及蕭戈的事情……

就那麼一瞬間，素年自慚形穢起來。

當初她被病痛折磨得生不如死而開始決定學習醫術的時候，跟自己說過的話都已經忘了嗎？自己這副樣子，如何還能夠被稱之為大夫？她有什麼資格掛著師父醫聖的名號？充其量，只是個會些醫術的蕭夫人而已！

啪！素年的兩隻手重重地拍打在臉頰上，力道之大，讓她的雙頰迅速紅了起來。

刺萍呆愣了半晌，才衝過來仔細查看，眼睛瞪得老大。

素年放下手，紅著臉頰跟刺萍笑笑，表示她沒有事，然後才認真地看向莫子騫。「雖然我也沒辦法治癒，但我們可以試一試。針灸之術對醒神開竅本就有大作用，應該能夠緩解丞相的症狀。」

莫子騫笑了起來。「師父放心，子騫必定竭盡所能！」

素年這才發現，他原來有一顆小虎牙，憨傻憨傻的，十分憨厚。

素年的身子沈，只能提出理論的方法再由莫子騫去實施。「多用長針，比如從足三里透豐隆，手法有些複雜，你必須勤加練習，對穴位到穴位的走向，心裡一定要有數。」

莫子騫認真地點頭，然後聽著素年告訴他選取這幾個穴位的意義。

四神聰穴開始，毫針針尖向百會穴平刺，使四針鋒集中於百會穴，留針兩刻鐘。然後讓丞相屈膝，足三里透豐隆，撚轉一小會兒；復溜透太溪，撚轉一小會兒，都不留針。剩下的，神庭穴先透刺左右當陽，然後透上星；首面向下透刺鼻交；定神向上透刺水溝，這些穴位均是撚針一小會兒，再留針一到兩刻鐘。

莫子騫聽得很認真，丞相夫人就是讓他回來跟素年說一說，明日還會再來接他去，只是素年說的這些進針手法，莫子騫覺得拿捏不準。

「我這裡有個小模型，先借你用一用，但是這個跟真人大小並不相同，只是讓你熟悉穴位所用的。」素年將柳老給她找來的假人模型遞過去。「長針透穴確實有些難，但它對醫治這種神經性病症十分有效。」

莫子騫吞了吞口水，將模型接過去，抓緊時間回去苦練了。

素年看著他離開的身影，輕輕地笑了笑，然後摸了摸肚子。「娘本以為自己跟其餘女子是不同的，卻才發現，原來都是一樣的。」她的聲音輕不可聞，就是站在她身邊不遠的刺萍，也沒能聽見。

第一百四十四章　麗軍被困

晚上，等蕭戈回來了以後，素年難得沒有縮在床上，而是嚴肅地坐在圓桌旁，見到他進了屋，先等刺萍將他的外衣除下放好，然後關上門，才示意蕭戈坐到她的對面去。

蕭戈一天沒有見到素年了，搓了搓手，將手掌搓熱了，才忍不住將素年抱到膝蓋上。

「不行不行！先坐好，我有話跟你說。」素年輕輕扭了扭身子，這樣她還怎麼好好說話啊？

「別動！」蕭戈的聲音隱含警告，對於一個長時間軟玉溫香在懷卻什麼都不能做的正常男子來說，素年剛剛的舉動非常危險。

素年也乖覺，立刻發現了不妥，當即一動也不動，然後慢慢地又說了一遍。「所以啊，都讓你坐好了……」

「……我想妳了。」蕭戈在素年的頸脖處緩緩說道。

他的氣息噴吐在素年的肌膚上，癢兮兮的，聲音裡滿是感嘆，素年能夠聽得出來。

這個男子，素年本以為他跟麗朝其餘男子本質沒有什麼區別，可她發現她錯了。多諷刺，她跟蕭戈簡直是顛倒了一樣，她都有些懷疑，自己究竟能不能夠配得上蕭戈了？心裡沈靜下來，素年將蕭戈摟著她的胳膊抱在懷裡，這麼說就這麼說吧，也不用矯情了。素年將莫子騫帶回來的情況跟蕭戈說了。

蕭戈有些詫異。「果真是身子不適？」

素年點點頭，莫子騫雖然人老實好騙，但脈象和身子的狀況他是不會診錯的。

「如此一來，丞相是不能再掀風雨了，皇上該是無比欣慰。」蕭戈輕輕笑了笑，覺得這是個好消息。

素年閉了閉眼，再睜開，裡面平靜無波，她將自己會協助莫子騫盡力救治丞相的打算說出來，說的時候，不知道是不是下意識所為，她的手有些將蕭戈的胳膊鬆開了。

一口氣說完，素年中間並無停頓。蕭戈沒有說話，素年盯著面前桌上一個豆綠色冰裂紋的茶盞。「我是大夫，從前在為蜀王醫治的時候，我問過師父，若是早知道蜀王會那麼對他，他還會不會治蜀王？師父會，因為他是大夫，只是他並不想將我也捲進去……可我也是大夫。」素年的聲音悶悶的，眼眶周圍開始發熱。她好想師父，好想從前的那個自己，可是，她又不希望蕭戈生氣，這個從來都護著自己的人，素年不想看到他為難，她難過得不知道怎麼辦才好……

蕭戈的胳膊開始動了，強制性地又塞回素年的手裡，讓她抱著。

素年一愣，滾燙的眼淚落下來，滴在蕭戈的胳膊上。

「別哭呀！怎麼了？」蕭戈嚇了一跳，將素年的臉捧過來，看到她淚汪汪的眼睛。「不能哭不能哭，我聽說這個時候哭很容易壞眼睛的，擦擦！」蕭戈扯過素年的絲帕，輕輕地給她拭去眼淚。「好好兒的哭什麼？妳想治就治啊！我還不至於會怕了丞相，不然，他也不會處心積慮地針對我。好了好了，不哭了啊……」

素年吸吸鼻子，她剛剛也不知道怎麼的，眼淚就出來了。都說懷孕以後情緒容易波動，原來是真的。不過，蕭戈真的不介意嗎？

「不介意。妳是大夫，看到病人不能當作看不見，這我明白。況且，丞相若是真如同妳說的，會這麼瘋瘋傻傻下去，那才真的是便宜了他，如果能治好，皇上還應該要感謝妳呢！」蕭戈安慰著素年。他說的是實話，皇上那裡已經掌握到了關於丞相的一些證據，這會兒丞相要是突然撂挑子，皇上絕對會無比憋屈。「我希望妳以後就像這樣，什麼都會跟我說，不管做什麼事，我都希望知道。」蕭戈拍著素年的背，微微地笑著。

素年用力點點頭，她知道自己之前並不是全身心地信任依賴著蕭戈，她覺得有些事自己作決定就可以，可是她忘了考慮蕭戈的感覺。以後不會了，素年在心裡下定決心。她雖然學得慢，但也一定會認真地學習如何做一個信任夫君的妻子。

跟蕭戈說完以後，素年覺得神清氣爽，抱著蕭戈的胳膊睡得香甜，小鼻子還時不時皺一皺，嬌憨可愛。

蕭戈半躺在床上，盯著素年熟睡的模樣看了良久，用手輕輕地將她頰邊髮絲撥開，順便手癢地摸了兩下。他從來沒覺得素年變了，素年依舊是那個聰明靈動、恬淡懶散的姑娘，永遠知道自己應該做什麼，永遠能迅速從迷茫之中脫離。

蕭戈十分滿足，他曾暗暗地想過，既然要娶妻成家，那他一定要娶到素年這樣明白的姑娘，就算之後她變得跟別的女子一般無二，他也會待她一如既往，因為這是自己的責任。這種想法，蕭戈從來沒顯露出來，可這會兒他才釋然，原來自己並不需要打算得這麼早，沈素年就是沈素年，哪怕別人覺得她粗劣虛假，在自己的面前，素年卻是真實討喜的。

這就夠了，人活一世，能遇見幾個會讓自己如此動心的人？一個就足矣。

素年挺著個肚子，開始跟莫子騫研究如何醫治丞相的病症。

莫子騫將可用的藥方都列出來，他們一一商討篩選。

「你這孩子，讓你不要隨便戳自己的！」素年看到莫子騫的臉上有明顯的針孔，忍不住發了脾氣。「沒病誰讓你隨隨便便扎針的？若是扎出個好歹來怎麼辦？」

莫子騫「嘿嘿嘿」地憨笑著，用手摸了摸幾個穴位處。「能看出來呀？我還特意抹了一點點面脂遮蓋了呢……」

素年無語，翻了個白眼，讓刺萍去端水給莫子騫淨面。

莫子騫立刻擺手說不用，太勞煩了。

「你知不知道可能會感染？誰讓你自作聰明的？」素年懶得理他能不能理解感染是什麼意思，讓刺萍打來了水，投了巾子讓他自己清理。

莫子騫有些不好意思，遮遮掩掩地將臉上的面脂洗乾淨。

素年這才發現，穴位處有的已經開始充血了，一圈淡淡的紫紅色。

這幾個穴位都在面部，醒腦開竅的穴位，讓她給別人扎針她沒問題，可若是給自己扎，素年也沒有把握，畢竟要對著鏡子，方向感會有偏差。

「誰讓你這麼做的？」素年是真的生氣了。「扎自己跟扎別人會一樣嗎？我都不敢給自己扎針，你倒好，才學了多久就敢做這種事情了！」素年非常害怕，她告訴莫子騫的都是用長針透穴，從一個穴位刺到另一個穴位，這是在腦袋上，出一點問題都會萬劫不復，他怎麼敢！

莫子騫低著頭，有些不敢看素年的臉，支支吾吾地說：「我就想先試試，心裡有些把握。我是大夫，大夫是不能出錯的，所以我想先練練手……」

「那你也不能拿自己的安危來練……」素年深呼吸了一口。她知道莫子騫是個好的，這孩子滿心都是醫術，除此以外沒別的。這樣的人，她又是欣慰又是擔心，以後還是多看著些比較好。

莫子騫再三保證以後不會隨便往身上扎針了，素年才無奈地嘆一口氣，然後繼續研究方子。

「銀杏葉、人參、首烏、桂枝、白芍、茯苓、乾薑、制遠志、石菖蒲、龍骨……這些都對症，益氣溫陽、化痰安神。」

素年仔細看了看莫子騫開出來的方子，覺得沒什麼問題。「你也可建議丞相夫人，給丞相煮一些魚頭蘿蔔湯，用鱅魚頭加入藥菖蒲煎水取得汁，跟魚頭蘿蔔一起入砂鍋，文火燉至熟爛，每日一劑，分兩到三次吃完，能健脾扶正，化痰開竅。或是用炒決明子、甘菊、夏枯花、橘餅、首烏、北五味子、麥冬、枸杞、桂圓肉、黑桑椹，用水煎服，能清肝明目、健腦益智。」

莫子騫趕緊記下這兩個食補的方子，他對藥方很有把握，這種類似偏方的就不大擅長了。

丞相府那裡，莫子騫每隔一日會去一次，在沒有十足把握之前，他只讓丞相夫人先給丞相服藥，然後終於，他打算給丞相嘗試施針了。

「你可千萬別傻啊，先給丞相夫人打好招呼，免得你扎針的時候出亂子。」素年千叮嚀萬囑咐，讓他一定先將醫聖傳人的名號拿出來了，怎麼樣也要擺出一副高人的模樣，省得丞相府的人不識好歹欺負他。

莫子騫答應著，沈著冷靜地便去了。

這一去就是一整天，莫子騫回來的時候天已經都黑了，卻遮掩不了莫子騫臉上的興奮。他說，丞相之前一段時間喝了藥，情況稍稍有好轉，今日更是清醒了許多，雖然施針的時候丞相夫人的驚叫聲讓他心驚膽戰，但效果卻是不錯，丞相直說神清氣爽。

「那怎麼回來這麼遲？」素年差一點就要讓蕭戈去找人了。

莫子騫抓了抓頭。「丞相說要感謝我，非要留我用膳，又說讓我乾脆就留在丞相府，也省得來回奔波，我推辭不得，丞相的態度十分堅決，所以只能藉著要向師父詢問醫術的藉口出來，一會兒還要回去呢。」

素年心裡一驚，丞相必然清醒了！他知道莫子騫和自己的關係，才會將莫子騫留住，這麼說來，莫子騫在丞相府還是會有危險的，不如就讓他別去了……

「師父，您放心，我不會有事的！」莫子騫看出素年面色擔憂，急忙搶先開口說話。「我想要治好他的病，這樣以後但凡遇到這種症狀，都不會再讓人誤以為是邪症而錯失了救治。」

素年抿了抿嘴，終究是點了頭。「你自己要小心，每幾日就出來一趟，實在不行就讓月竹出來報平安。」月竹是蕭戈派給莫子騫的一個功夫相當好的小廝，長得弱不禁風，好似個姑娘一樣，有欺敵的效果。

莫子騫點點頭，保證他一定注意自己的安全，這才跟素年道別，重新去了丞相府。

丞相忌憚蕭戈，害怕莫子騫受了蕭戈授意來害自己，可是除了莫子騫，竟然沒有別的大夫能讓他好起來，丞相的糾結可想而知。

若是能將莫子騫禁錮起來，逼迫他為自己治病，治完以後「喀嚓」掉也就算了，但他竟然只是個傳人，自己的病情還需要跟他的師父，也就是蕭戈的夫人、現在的醫聖商討，這真是糾結到了極致。

現在，一切都沒有生命來得可貴。丞相雖然執意要求莫子騫在丞相府裡住下來，卻也沒有為難他，他想出府也是可以的，只是要讓丞相府裡的小廝跟著，萬一丞相發生個緊急狀況也好找到人。

莫子騫的行動並沒有受到限制，每幾日都能來找一次素年，回去以後都會拿出些新的方子，並且為了打消丞相的疑慮，這些大都是食補的方子做出來的食物，他都會當著丞相的面先嚐一嚐。為此，丞相十分安心，他能感覺到這個大夫是真的想要將自己給治好，而不是作為蕭戈的探子來到他的身邊。

病人的想法就是如此，他們的感覺會變得十分敏銳，察覺到對方的善意之後也是會感動的，哪怕是再窮凶極惡、殺人無數的人，對於救助了自己生命的人都是感謝的。

一晃眼，一個多月過去了，丞相那裡並沒有其他動靜，這種蟄伏是最考驗人耐心的，朝堂上一片詭異的寧靜。

打破這片寧靜的是一份戰報——麗朝大軍陷入險情，需要救援！

這封戰報是墨宋的手下拚死送到邊關軍官手裡，送到以後那名將士也沒能救回來，戰報上面還染著暗紅色的血印，觸目驚心。

墨宋說他們被騙了，哪兒有什麼阿羌族受到馬騰殘黨的襲擊？完全是阿羌族自編自導的！麗朝大軍遭到埋伏，被圍追堵截，墨宋帶著部下一路躲避，卻被圍困住。

他們目前所在之處還算有利，周邊地勢險要，易守難攻，阿羌族暫時拿他們沒辦法，只不過他們所帶的糧食最多只夠堅持一個月了，到時，都不用阿羌族攻擊，他們就會全軍覆沒。

皇上拿著戰報的手都在抖！當初阿羌族的使者就是丞相帶上來的，若是當初隨了阿羌族的意讓蕭戈領兵，那麼這會兒在咬牙支撐著的應該就是蕭戈了，而丞相在朝中最大的威脅輕易地就被除去。真是好招啊，用麗朝將士們的生命作為代價！

皇上咬著牙，盯著朝堂上的文武百官，裡面有不少都是丞相一派，過不了多久，他一定要將這些毒瘤一個一個地連根拔起！

「諸位愛卿以為如何？」

堂下立刻有人回應，希望皇上派兵救援。「那是我們麗朝的將士，定然要給他們支援。」

也有人反對，阿羌族既然設計埋伏了麗朝一次，就有可能挖好了第二個陷阱等著，若是他們派出了援軍，豈不是著了他們的道？應該直接進攻阿羌族才是。

「愛卿既然都贊同出兵，先不拘目標是何，派誰去呢？」皇上開始不耐煩了，打斷他們的長篇大論，直接提出重點。

「這個……臣以為，盧老將軍之子盧都尉很有虎父之風範，年輕氣盛，應是合適的人選。」

「臣不同意！臣子頑劣成性，且領軍出征的經驗甚少，臣恐怕犬子無法勝任。」

「皇上，臣推舉毛將軍，將軍在圍剿馬騰之時有過傑出功勛，定然能夠擊破阿羌族。」

「臣以為不妥！毛將軍在圍剿馬騰的戰役中雖已盡力，卻仍舊戰敗，阿羌族較之馬騰只強不弱，反倒會白白犧牲了我軍的將士。」

被嫌棄的毛將軍並沒有反應，他確實不敵馬騰，剛剛若不是有人幫他反駁了，他也會自己跳出來反對的。開什麼玩笑，這是打算讓自己送死去嗎？

「臣推舉蕭戈蕭將軍！」

忽然，亂糟糟的朝堂安靜了下來，大臣的目光都移到了從一開始就冷靜站著的蕭戈身上。

說話的是一位品階並不高的老臣，皇上從還是太子時就清楚這位老臣一向中立，並不會被任何勢力收買，他從來都是兢兢業業地做好自己分內之事，在朝堂上也不會隨意發表意見，但只要是他提出的建議，先皇都會認真地參考。

「蕭將軍驍勇善戰，馬騰如此奸猾之輩都能一而再、再而三地將之殲滅，可謂麗朝開國以來難得一見的勇將。今次阿羌族使者使計想要埋伏我朝大軍，也曾明示希望蕭將軍前去，說明阿羌族對蕭將軍很是忌憚，蕭將軍的能力不容置疑！」

老臣的話擲地有聲，他也並非刻意抬高蕭戈威名，只是就事論事。有這麼一位大將放著不用，將會是麗朝的損失，更是被圍困的麗朝大軍們的損失。

老臣的話說完之後，朝堂仍然一片無聲，不少人想要說些什麼，卻又閉上了嘴巴。

皇上心裡清楚，讓蕭戈去是最能夠解除麗朝大軍困境的方法，只是，離上次出兵征討馬騰殘軍的時日並不長，再加上蕭夫人正懷著身子……

皇上沈默了。

第一百四十五章　再次出征

許多人的目光都偷偷地掃視著蕭戈，他仍舊站得筆直，英氣的眉宇間隱含凌厲。

「臣，願意前往。」蕭戈知道皇上在顧慮什麼，如果可以，他也不想將身懷六甲的素年一個人留在京城，自己去到危險重重的邊關。可是正如同素年沒辦法放著病人不管一樣，他也沒辦法見到麗朝的將士枉死。他是麗朝將軍，只要在這個位置上一天，他的肩上就擔負著守衛麗朝百姓的職責，這不是矯情的正義，而是責任感。

皇上看著堂下單膝跪地請纓的蕭戈，有些心堵。他跟蕭戈認識已經有十數年了，想當年，蕭戈的父親異軍突起，受到先皇的重用與信任，蕭戈便進宮跟還沒有被立為太子的他認識了。

性格相仿、愛好一致，人終其一生能碰到多少真正肯為自己兩肋插刀的摯友？皇上有時候都會感嘆自己的幸運。他雖然成為了麗朝天子，高處不勝寒，卻並沒有失去能夠理解自己的好友，這是多麼令人高興的事情。

蕭戈曾經跟自己提過，等到麗朝的局勢安穩下來，他就會帶著沈素年離開京城，找一個平靜的小城市安頓下來，悠閒自在地過他的清靜小日子。聽到他這麼說的時候，皇上心裡是有些遺憾的，然而蕭戈為了他可謂鞠躬盡瘁，皇上想要挽留的話一個字也說不出口。那就這樣吧，就讓他過自己想要的日子吧！至於丞相一黨的勢力，只要將丞相制住其他的便不足為懼，只要再過段時日，蕭戈就可以過上他希望的清靜日子。

可是沒想到，又需要他出征了。

皇上在當太子的時候親征過一次，為了鼓舞麗朝軍隊士氣。他只是遠遠地出現在軍營的後方，從戰場前鋒被風吹過來的血腥和吶喊便將他整個人洗禮了一番，以至於回到京城，還被先皇稱讚心性更堅毅了。

但蕭戈不是，他不能一直縮在後方調兵遣將，他得在必要之時出現在陣營前方，這種危險可想而知，出征意味著什麼，他一定更加清楚。

「請皇上准許。」蕭戈依舊單膝跪在那裡，雖然低著頭，卻仍挺直脊背，從頸部到腰部是一道流暢美麗的弧線。

皇上暗暗地深吸了一口氣。「准奏。」

朝堂上又出現了細細碎碎的聲音，蕭戈起身，退到一旁，似乎那些聲音跟他一點關係都沒有。

蕭家在京城並沒來得及跟別的權貴之家攀親帶戚，蕭家從蕭戈的父親開始才扎根京城，除了蕭戈，蕭家還有兩個女兒，都是白語蓉設計了蕭然所生，年歲雖然比蕭戈要小，卻在他娶妻之前便出閣。兩個女兒都照著蕭然的意思嫁給了尋常人家，也因從小瞧見了白語蓉在蕭家的地位，跟她的關係並不親近。

而蕭戈又娶了沈素年這個完全沒有助力的媳婦，因此在京城蕭家幾乎就是孤立的，蕭家的興衰只取決於皇上的態度，蕭戈就是個孤臣，當然這對蕭家來說仍有些影響，之前這些心思活絡的大臣們擅自揣測皇上心意，集體彈劾蕭戈，也就是因為蕭家沒有別的助力，他們才敢如此。

這會兒朝堂上明顯有人持反對意見，但剛想站出來啟奏，抬眼就看到了皇上的眼神，這是真正天子的眼神，冰冷又不怒自威，彷彿能看穿一切。

「麗朝大軍等待援軍迫在眉睫，蕭將軍身先士卒、鞠躬盡瘁，願意帶兵支援，愛卿們若是覺得自己較之蕭將軍更能勝任便啟奏，若是不能，延誤了軍情，朕一定嚴加發落！」

底下沒人吱聲了。他們在朝堂上打打嘴仗還可以，讓他們真的打仗去，那還是直接殺了他們來得痛快。

於是，皇上下旨，令蕭戈帶援軍立刻出征，去支援被圍困的麗朝大軍，即日啟程。

退朝後，皇上將蕭戈留下，並將下人都遣了出去。「你放心，你的夫人朕會幫你照看，自己切忌不要涉險。」

「謝皇上。丞相那裡還請皇上多盯著些，臣妻的徒弟如今尚在丞相府，臣妻甚是擔心。」

「知道了知道了。你心底有沒有把握？」

「……說實話，有點玄。阿羌族常年與世無爭，這次為什麼會突然針對麗朝？臣心裡一直百思不得其解，恐怕就算戰勝了阿羌族我們也仍舊存在著隱患，所以當務之急是必須加緊派人調查原因。阿羌族不可能無緣無故就來設計麗朝的軍隊，此間必然有什麼緣由。」

皇上看到蕭戈板著個臉，一本正經地跟他分析，長嘆了一口氣。「不管如何，小心為上。你夫人那裡……打個招呼的時間還是能夠給你留下的。」

蕭戈謝恩，退出去的時候又停住了。「皇上，請容臣放肆，如果臣回不來，請您千萬念在臣跟您這麼多年的交情上，垂憐臣的妻子，保她一世平安喜樂、富足安康。」

蕭戈的面容皇上有些看不真切，光線明明暗暗，可皇上卻能描繪出他臉上的認真與虔誠。三次出征，蕭戈這番話就跟他說了三次，每一次，皇上都能從蕭戈的語氣中聽出讓人為之震懾的氣勢，他是認真的。

蕭戈每一次都是認真地向皇上託付素年，他雖想伴在素年身邊長長久久，但有時候容不得他做選擇。所以蕭戈要為素年做好最完備的打算，就算自己不在了，她也能安安然然地過完以後的日子。

「我答應你。」皇上同樣嚴肅地回答，沒有用「朕」，而是「我」，以蕭戈摯友的身分，答應了他。

蕭戈這才露出了些微笑容，匆忙地離開了。

雖然聖旨裡說了要即日啟程，蕭戈還是回了蕭府。他來到院子裡，正巧看到素年站在院子中間慢慢地舒展著身子。聽素年說過，這是一種能幫助她以後生產，也能讓孩子更加聰明的動作。蕭戈起初看到時驚得一身冷汗，急忙找了莫子騫來給她診脈，確定無礙之後才鬆了一口氣。

素年身旁有一棵芙蓉樹，枝葉將陽光切割成細碎的光影灑在素年周身。她還是喜歡穿著素淨的衣服，淺淺的月牙白襯得肌膚勝雪，從背後看，幾乎看不出她的腰身有任何改變。烏髮在身後隨意散著，在院子裡時她總是這樣閒散，說是髮髻勒得頭疼。

平舉，前伸，素年動作輕緩，微微側著的面龐恬靜淡然，嘴角下意識地有些微揚，眼神寧靜沈著。

阿蓮伺候在一旁，不經意瞧見了蕭戈的身影，忙出聲提示素年，並將手裡的汗巾送過去。

素年停下動作，有些疑惑地看向院門口，一邊將汗巾拿過去，輕輕按了按額上的細汗。「今日怎麼這麼早回來？」

「……想妳了。」蕭戈也不知怎麼的，從前也沒發覺自己是個肉麻兮兮的人，但對著素年，什麼膩歪的話似乎都能隨口說出來。

阿蓮小丫頭一怔，悄悄地往後退，然後撒丫子跑走，順便將院子裡的其餘人等都招呼走，將這塊地方留給素年和蕭戈獨處。

素年走過去，拉著蕭戈坐下來，眼睛賊亮賊亮。「快來給我說說，我哪兒就那麼討喜了？」

蕭戈坐下，好笑地看著她。「難道我說得不夠多？」

「不夠不夠！眉煙說了，懷著身子可是兩個人了，要聽到的讚美也要兩份才行，這樣才會身心愉悅，生出個愛笑的孩子！」

素年說得一本正經，煞有介事的樣子讓蕭戈伸手揉亂了她的頭髮。「先留著，等我回來慢慢說給妳聽，好不好？」

素年一愣，臉上嬌俏的笑容慢慢收了起來。「你要去哪裡？是不是墨宋那兒出事了？」

蕭戈點了點頭，輕聲將事情說給她聽，說完以後，便靜靜地等著素年的反應。

素年坐在蕭戈對面，愣愣地看著自己的手，青蔥白皙，刺萍每日會用溫水加入花瓣泡了，然後用乾淨的巾子擦乾，再塗上一層素年自己做的花脂，柔軟芳香。

半晌，素年才抬起頭，眼睛裡半點水光不見，她忽然笑了笑。「我其實想抱著肚子滿地打滾，從院子這頭滾到那頭，哭著讓你別去的，可是我發現我做不出來，因為沒有道理……我從來都指望能過上混吃等死的日子，沒有岌岌可危的現狀、沒有隱隱騷動的不安，每日用無聊來打發時間，一花一世界，一木一浮生，一吃一大碗，一睡一整天，輕鬆愜意，歲月靜好。你曾經說，會帶我離開京城，隨便找一個小城住下，我記著了，所以，你去吧。」

蕭戈看著素年的眼睛，是形狀非常漂亮的杏仁眼，長長的睫羽輕輕垂著，只能看到一汪清透與幽深。

「我不能自私地以別人的性命來成全自己的懶散，我並不大方，卻也懂得大義。不過……」素年停了一下，抬起頭來。「麗朝沒有別的將軍了嗎？皇上得廣納人才才行啊！」

素年無比憂心的表情讓蕭戈的心情忽然好了些，「一吃一大碗，一睡一整天」的日子竟然讓他也隱隱期待起來。雖然自己知道素年不會反對，可正是因為知道，蕭戈心裡的愧疚更強烈。

「我現在就要走了，放心，不會有事的。」蕭戈起身，在素年光潔的額頭上輕輕用嘴碰觸了一下。「我會很快回來的。」

素年點點頭，忽然想到什麼。「要不要我幫忙收拾東西？這個我已經很熟練了！」

蕭戈一愣，笑了出來，淡淡的笑容軟化了他臉上的表情，漂亮得極不真實……

蕭戈離開之後，素年呆呆地坐在院子裡，很長很長時間都沒有說話，只用手摸了摸肚子。忽然，掌心下感受到一個圓圓的東西頂了一下，素年低頭去看，剛好看到肚子鼓出了一個小小的包。胎動素年早已感覺過，但這麼明顯被她看到的還是第一次，素年有些欣慰，小傢伙知道娘親心情不好，故意逗她開心的吧？

剛剛那些傷感的情緒突然消散了，素年心底湧起了無限的勇氣和決心。她如今並不是獨自一人混混就可以的了，她還有孩子要保護，是真正完全需要依賴她的孩子。如果……她想，如果蕭戈真的回不來了，她也不允許自己這麼消沈下去。

深吸了一口氣，素年緩緩起身。每日她都要在院子裡走上些時候，今日的任務還沒有完成呢！

「小姐，葉府眉煙夫人來了。」

素年眨了眨眼睛，指導阿蓮將魚肉卷放入蛋液中，放到蒸籠上開始蒸，叮囑阿蓮看好時間，這才走出去迎接。

眉煙近來時常來蕭府找素年，素年知道她是擔心自己才走動得這麼勤，不過，多虧了眉煙和她的乖乖女兒，倒是讓素年真淡化了不少擔憂。

「快來讓我瞧瞧，乖囡是不是又重了？」素年見到眉煙，忙先問起葉歡顏。

眉煙笑著讓奶娘將女兒抱過去，卻是不讓素年抱。素年的月分漸大了，歡顏如今喜歡揮舞著小拳頭，若是不小心傷著了素年那就不好了。

素年伸著頭，越瞧歡顏肉乎乎的樣子越是喜愛，忍不住低頭香了香，才拉著眉煙坐下來。「今兒來得正好，阿蓮正在做蛋香魚肉卷，一會兒嚐嚐怎麼樣。」

眉煙輕捂著嘴笑出聲。「那我是有口福了，來妳這兒幾次，回回都有好東西吃，阿蓮的手藝呀，我都恨不得住妳這兒不走了！」

「那敢情好，若是葉大人同意，我這裡隨妳住多久都行！」素年挑了挑眉。

眉煙咘咘地但笑不語。

如今眉煙和葉少樺搬離了葉府，眉煙自己當家作主，雖然宅子並不大，出入卻都不需要跟別人稟報，眉煙較之從前是心情舒暢了許多。而且素年瞧著，她跟葉大人的感情也升溫了不少，面龐紅潤明豔，就好像剛嫁了人的小娘子一般。

「對了，給我接生的穩婆是我娘給我找的，端的是穩妥，若是妳還沒有找到放心的，我將她推薦過來？」

素年點點頭。「那太好了，我這裡也沒個可靠的長輩，能有穩妥的人便是最好的。」素年也不跟眉煙推辭，穩婆對女子的生產太重要了，如果碰到個技術不好或是來歷不明的，那真是死都不知道怎麼死的。京城裡可靠的穩婆素年也不大清楚，她還正想著讓眉煙幫她瞧瞧呢，沒想到眉煙已經幫她想到了。「如此便謝謝妳了，幫了我一個大忙。」

「妳可千萬別這麼說，若是沒有妳，我和乖囡能不能活下來都難說，這點事妳還跟我客氣？」

素年便看著眉煙光笑。

「對了，少樺讓我告訴妳，蕭大人目前安好，讓妳放心，安安心心地將孩子生下來是關鍵，別的不用想太多。」

「我知道了，這話妳來幾次就要說幾次，我都會背了。」素年笑著答應，這是眉煙和葉大人的心意，她十分感謝。

阿蓮從小廚房裡出來了，手裡端著一個托盤，裡面是兩只方形描金粉彩花口碟，熱騰騰地冒著熱氣。

「小姐，好了，妳試試！」阿蓮將托盤在桌上放下，端著底部的小碟子將花口碟放到素年的面前，另一份端到了眉煙的面前。

魚肉卷是用青魚脊背部位的肉製成，沒有魚刺，每只魚肉卷上插著一小片翠綠的芹菜葉作為點綴，下面是嫩嫩的金黃色蛋羹，看著就勾人食慾。

魚肉鮮嫩異常，事先處理過，一點腥氣都沒有，混著芹菜葉特殊的香氣，嫩滑鮮美，底下的蛋羹加了些牛乳，蒸之前還篩過兩次，滑嫩如脂，散發淡淡的香甜之氣。

「所以我就說，來妳這裡次次都有口福，阿蓮的手可真巧！」

阿蓮垂著手站在旁邊，聽聞連忙擺手。「是小姐教得好！」

素年笑起來。「行了，多做幾份，你們分著吃吧。」

阿蓮笑咪咪地退下去。跟著小姐以後，但凡小姐吃了覺得好的東西，幾乎都有他們的分，在院子裡服侍的丫頭們也很少有貳心，能跟到這種主子是她們的福氣，不惜福是會有報應的。

「妳的丫頭們個個都讓我眼饞，都怎麼調教的？也教教我呀！」眉煙從阿蓮看到刺萍，從刺萍看到綠荷，還有守在院子裡的綠意和其他服侍的丫鬟。

素年院子裡服侍的人並不多，但每一個包括掃灑的丫鬟舉止都極是得體，也幾乎從沒有偷奸耍滑的情況，她們都想要好好表現然後留在院子裡。

素年對下人的態度好到有時候都不像一個主子，她總是微笑著說話，也從不遷怒責罰，每季都會做新的衣服及配飾，胭脂水粉定期發放，月俸也足，丫頭們到了歲數還會費心幫她們找門親事。

當然並非隨意指個人婚配，也不是為了籠絡外院的管事而不顧意願地塞過去，她會認真打聽那人到底是不是良配，才會作這個主。

前些日子，素年就將院子裡一個到了年紀的丫頭嫁給了外院的一個小管事，這個小管事為人忠厚老實，在蕭戈面前也是能說得上話的，蕭府裡不少丫頭都芳心暗許，甚至還有大膽的直接坦露過心意。

只不過這個小管事不喜私相授受，為人稍顯木訥，更是讓人覺得穩重可靠。

嫁過去的這名丫頭也不是服侍在素年跟前的，可一年多以來稱得上忠心耿耿，院子裡她負責的事務從來沒有出錯，這樣的丫頭有了這麼好的一個歸宿，院子裡其他的丫頭見了也都打起了精神。看看，跟著夫人有好日子過啊！她們這些做人家丫頭的，能有個人肯真心為了她們尋一門好親，還有什麼能比這個更有盼頭呢？

所以，眉煙才會看到素年院子裡的丫頭們都十分勤懇……

閒聊了一陣子，葉歡顏在奶娘懷裡睡著了，眉煙也起身告辭。懷了身子那會兒她也時常犯睏，可不能打擾到素年休息。

「穩婆我過幾日就給妳送來，可以讓她住在府裡，有備無患。」

素年點點頭，再次道謝。

惹得眉煙皺著眉蹲下身，跟素年圓圓的肚子抱怨。「瞧見沒，你娘親是個這麼見外的人！……動了，他動了！」眉煙突然驚喜地叫著，直起身指著素年的肚子，滿臉神奇。

素年就無奈了，好歹她也是生產過的人，怎麼弄得跟沒見過似的？

「我這裡有些補藥，妳拿回去吃著。上次我教妳的那些動作妳都學會了沒？趕緊將身子調養好。」

眉煙看到刺萍遞過來的藥包，讓身邊的人接過去，臉上的神色已經換成了感激。自己的身子自己知道，怕是今生只會有乖囡這一個女兒了，她都已經放棄了，素年卻還想著幫她把身子調養回來。

再多的感謝眉煙也不知道要如何表達，只能深吸一口氣，將感謝都記在心底，然後笑著離開。

素年生活十分規律，每日吃吃睡睡，然後在府裡走走，素年覺得如此懶散下去她必定會胖起來，只是……胖起來的只有她的胸。

當刺萍給她做的貼身小衣又有些不合身時，素年呆呆地坐在榻上，低頭就能看到一片雪白豐腴。原本的尺寸素年覺得剛好，這就過了呀，太累贅了！

倒是刺萍竟然已經預見到，提前做好了新的，尺寸雖然是估摸出來的，卻沒想到剛好。一邊服侍素年更衣，刺萍一邊唸唸有詞。「我已經又做了一些，現在穿著不合適，過段日子也許就剛好了。」

素年咬牙切齒，不可能吧？不過，想著她可以自己餵奶也就平靜了下來，就當作隨身攜帶兩個奶瓶好了，前世可都是提倡母親親自餵養的，而且在這裡找奶娘她也不放心。

蕭府一直都很平靜，之前那些針對蕭府的言論一時間都銷聲匿跡了。聽眉煙說這是皇上的意思，那些之前彈劾蕭戈、彈劾蕭府的大臣，或多或少都被責罰了，這是皇上對蕭家的表態，所以那些人精自然就消停了下來。

皇上之前之所以聽之任之，也不過是要安某些人的心，再說，蕭戈這裡也不會受到實質性的影響。但這會兒他顧不了了，人家蕭戈都率兵去了戰場，要還有人囉哩囉嗦的那就是其心可誅，說不定就是阿羌族派來的奸細，在這麼敏感的時期還想要挑撥朝廷對蕭將軍的信任，統統抓起來！皇上還真抓了兩個，寧可錯殺一千，不可放過一個。這兩個人運氣也有點背，他們是丞相的勢力，因丞相現在沒空管他們，於是做了儆猴被殺的那隻雞……

第一百四十六章　奇特胎教

丞相的病症如今基本上被控制住，沒有繼續惡化，只是仍舊記性減退、判斷能力下降，稍微複雜些的問題都難以處理，所以朝堂上的爭鬥，他彷彿從中抽身了一樣。

但丞相之前埋下去的火種卻不會這麼容易熄滅，先皇將權力下放，造成他們對權位的爭奪和貪心，想讓他們再交出來可就沒那麼容易了。

即便這會兒沒有丞相操控，朝堂上對新皇勢力抗爭的暗潮洶湧也從沒停止過。

這些素年並不關心，她關心的是還在丞相府裡的莫子騫。阿茲海默症的患者會出現激惹症狀，時常多疑，情緒也會變得焦躁，特別是丞相這樣長期大權在握的更容易被激怒。莫子騫又是個老實孩子，有時候直白得素年都想打她，說不準哪句話就會戳到丞相的憤怒點，每一次莫子騫回來報平安的時候，素年都會苦口婆心一遍又一遍地讓他三思慎行，別莽莽撞撞的，但莫子騫都會特無辜地摸摸腦袋，然後滿臉不解為什麼素年會跟他說這些，甚至回應「師父您放心，子騫向來都很穩重謹慎的」，素年只能無語。對於這種衝動又沒有自覺的人，她只能覺得極為神奇。

好在目前為止莫子騫都十分安全，月竹一直跟在他身邊，蕭戈曾說，就算丞相想對莫子騫做什麼，以月竹的身手也能保證他安全地逃出來。

而且，據莫子騫自己說，丞相待他算得上十分客氣，也沒有限制他的出入，只不過希望他不要經常離府，免得出現想要找他結果卻找不到人的情況。

「師父，丞相又請了兩名太醫入府，這兩人我認識，人都挺不錯的，當初在太醫院我們一起偷偷琢磨過針灸之術，我想……嗯，雖然我知道自己並不夠格，但能不能跟他們說一些針灸之術？您放心，柳氏醫術我一定是不會說的！」莫子騫有些不安地跟素年請示。他只是跟丞相提了一下太醫院裡也有對針灸感興趣的太醫，誰知丞相就將人給請來了。

莫子騫也是個奇葩，尋常大夫們會的他都不會，比如說私藏。

這兩位是他在太醫院時就走得挺近的好友，三人曾經一起琢磨過醫術，先皇駕崩時他們被素年站在殿前的一番話驚住，默默離開之後，從此便對針灸之術十分有興趣。

這會兒知道莫子騫成為了醫聖的傳人，兩名太醫雖然知道不合適，也按捺住想要提問的慾望，可他們身上傳出來的求知慾讓莫子騫還是沒忍住，跟素年提了。

素年這會兒捧著肚子坐在椅子上，手指在突起的腹部輕輕地點著，有時肚子裡會有回應，也突起一個小小的鼓包，她便十分開心。

「嗯，你看著辦吧。」素年沈迷於這種遊戲，語氣十分敷衍。

「師父……」莫子騫不滿意地皺著眉頭。「師父您好歹正眼看我一下啊……」

素年抬起頭，看了一眼，又低下去。

莫子騫無語凝噎。

「只要你認為那人可靠，對針灸並非只是一時好奇，覺得它是奇巧淫技，但教無妨。」

莫子騫猛搖頭。「他們不是的！他們跟我一樣，只是希望能多學些救人的醫術而已。」

「那你就教唄，不過記得了，只能教你有把握的，半點含糊都不能夠。」

「是，徒弟遵命！」莫子騫興奮得激動起來，大聲地保證。

一旁的刺萍皺著眉瞪了他一眼，最近小姐在搗鼓名為「胎教」的玩意兒，說是要聽柔和優美的聲音才可以，莫子騫的聲音無疑被排除在外。

「嗯？刺萍姑娘是不是有哪裡不舒服？怎麼臉色不大好？」莫子騫毫無半點眼色，完全沒接收到刺萍眼中的嫌棄，反倒擔心上了，略帶關切地詢問。

刺萍翻了個白眼，難怪小姐會擔心，就莫子騫這樣的呆頭鵝，怎麼能在丞相府安然地混到現在的？

知道莫子騫一切安好素年也就安心了，她這會兒全身心投入到一個剛發現的事情中——胎教。她幾乎都要忘了，還有這玩意兒呢！主要是因為沒經驗，這會兒突然意識到了，便覺得特別重要。胎教據說要聽美妙的音樂，或是輕聲哼唱，還可以給肚子裡的孩子講故事。素年覺得她不能一個人胎教，寶寶會審美疲勞的。

於是，她便挺著個大肚子，開始在院子裡「海選」起來。

「會唱歌的唱歌，會彈奏的彈奏，會跳舞的……就算了，反正也看不到。」素年坐在椅子上。

阿蓮小丫頭一來就十分誠懇地表態，她啥都不會，在旁邊看看就成。這會兒她正坐在素年身邊，用一把精巧的小榔頭敲核桃，再用銀剔子將核桃肉剃出來，放在一旁的細白瓷盤子裡。嬤嬤說了，要多吃核桃小少爺才會聰明。

只要參加的人，不管表演得如何都有賞銀可以拿，關鍵於這是能夠在夫人面前露臉的機會，因此院子裡的丫頭們都躍躍欲試，甚至別的院子裡都聞風而動，希望「海選」的範圍能擴大一些。

麗朝的歌謠多以溫婉柔情為基調，吳儂軟語，輕聲哼吟。

「人間緣何聚散，人間何有悲歡，但願與君長相守，莫作曇花過眼煙……」

面前丫鬟軟軟的聲音唱著，素年聽著聽著，肚子一動，忙將她心頭湧起的情緒壓下，笑著讓丫鬟去領打賞。

看了一圈下來，素年竟然還選出了四強，裡面有唱歌十分好聽的；有會說故事的；有古琴彈得十分出色的，就是刺萍；還有一個，只是聲音不錯，素年選出來準備寫些兒歌讓她照著唸。

肚子裡的孩子特別挑剔，素年挨個兒選的時候，但凡遇到個不怎麼樣的，自己都會被踹上一腳，也不知道是偶然還是寶寶的審美能力如此卓越，讓素年覺得十分有趣。

海選後，每日聽聽歌、聽聽琴、聽聽故事、聽聽兒歌，素年自己有時候也會哼唧，哼一些前世她喜歡的音樂，然後沒事兒就一個人自己嘀咕。

起先刺萍和阿蓮都覺得有些奇怪，等聽了一小會兒，兩人便會默默地走開。

素年嘀嘀咕咕地將她每日做的事情跟肚子裡的寶寶說，可問題是，她也沒有什麼可說的，於是就開始瞎編，編得是天花亂墜、以假亂真，阿蓮一度以為真發生過，只是她湊巧沒見到而已。後來還是刺萍將她拖到一旁好生說了一番才讓她明白過來，刺萍姊是這麼說的——

「小姐幹麼還要找一個會說故事的呀？她自己就天下無敵了……」

阿蓮只得呵呵地傻笑，不一樣啊，人家芳兒姊姊說的故事好歹也是有根有據的，小姐純粹是信口拈來、即時編造的。要她說，還是小姐更厲害些，怪不得自己經常會被忽悠住……

素年潛心安胎，府中的事情都交給了月娘處理，但月娘的心思也完全不在上面，每日盯著素年的身子，有一點點反應都神經緊繃著，特別是在素年做一些舒緩的孕婦操時，那眼睛，恨不得能放出必殺技來阻止。為了讓月娘安心，素年特意花了時間跟月娘解釋，有氧什麼的太深奧，她只說這樣的動作能讓肚子裡的孩子更聰明，且這些是自己的師父柳老說的。

月娘將信將疑，但既然是夫人的師父說的，可信度在她心裡陡然上升，不過仍舊在素年活動時守在一旁。

素年孕吐過去了，但小腿開始水腫，腫得她都覺得不可思議。自己究竟是什麼體質？跟懷孕這事兒是不是有衝突？不然怎麼就沒有消停過呢？

下肢浮腫是因為胎兒增大和羊水增多，下肢血管受到壓迫指示下肢血液回流不暢造成脈壓增高所致，這個很普遍也很正常，但關鍵是，葉夫人眉煙懷葉歡顏的時候什麼反應都沒有，別說水腫了，甚至天天來回蹦躂，無比歡樂啊！

這讓素年覺得十分不平衡，她別說是蹦了，身子根本沈得連每日的例行散步都是咬著牙堅持下來的，若不是怕到時候不好生產，她恨不得一整天都窩在榻上。生孩子的風險有多大，看眉煙就知道，所以素年不敢含糊，就算再辛苦，她也堅持著散步和偶爾的孕婦操。

「好難受啊……」素年捧著細白瓷杯盛著的核桃露，可憐兮兮地跟眉煙抱怨，兩條腿讓刺萍用軟枕墊高了，這樣水腫會稍微緩解些。

眉煙也很詫異素年的慘狀，她無法理解，自己懷孕的時候那叫一個舒坦，不僅沒什麼狀況，葉少樺對她更是百依百順，日子十分逍遙啊！這個……只能說因人而異了。

眉煙給素年帶來了蕭戈最新的情況，素年也接到了蕭戈寄回來的信，薄薄的一張紙，上面通篇一句提到他自己的話都沒有，都在問素年的情況——她如今有沒有好些？孩子在肚子裡乖不乖？有沒有每日拳打腳踢？這些問題明知道素年沒法兒回信回答，他仍舊用了僅有的時間傻傻地發問。素年接到信後，一個人在屋子裡，每一個問題都認真地回答了，雖然她的對面沒有人，但她都是認真思考過後才輕聲地說，彷彿蕭戈就坐在她的面前，微笑著傾聽一樣。

「妳放心，蕭大人那麼厲害，想必不會有危險的。少樺說，蕭大人已經識破了阿羌族的埋伏，第一次交鋒就打了場勝仗。」

素年點點頭，只是籠在袖子裡的手握了握，彷彿這樣才能更有力氣。

這時，刺萍忽然走了過來。「小姐，是時候了。」說著，從她身後走來一名丫頭。

眉煙瞧著眼熟，小丫頭就是素年院子裡的，正低著頭滿臉認真，捧著一本東西走到素年面前端端正正地坐下。

「喔，對了，今日是說故事的日子。眉煙妳也聽聽，回去可以說給歡顏聽。」素年也坐好，還將肚子上的紗衣掀開了一層，彷彿這樣肚子裡的孩子就能聽得更加清晰一般。

眉煙這還是頭一回見識到素年所謂的胎教，極感興趣，也忙坐好，打算聽認真些。

小丫頭將手抄本翻開，清了清喉嚨，便開始柔聲地唸出來。

今日的故事薰陶，說的是素年口述、由刺萍謄寫出來的安徒生童話故事——醜小鴨。

「……新生的小傢伙叫著往外面爬，又大又醜，身上灰撲撲的……」

小丫鬟的聲音十分悅耳，才說了個開頭，就將大家的注意力吸引了過去。素年在口述的時候，為了能讓孩子聽到更多的形容詞，特意加了許多生動的描述，那個生機勃勃的小小農場，似乎就活靈活現地浮現在眾人面前一樣。

「夫人……時候不早了……」眉煙身後的嬤嬤忍不住走上前低聲提醒。在蕭府待的時間有些長了，府裡還有不少事情需要夫人去處理呢。

眉煙擺擺手，示意她安靜。這隻可憐的小鴨子到處被人欺負，牠最後會是個什麼樣的結局呢？真是讓人憂心啊！

好在，後面的內容也所剩無幾了。

小丫鬟的語氣中充滿了欣喜。「那一群美麗的白天鵝都游了過去，圍在牠的身邊，用雪白柔軟的脖子蹭著牠……」醜小鴨終於蛻變成了白天鵝。「只要你曾經在一顆天鵝蛋裡待過，就算你生在養鴨場裡也沒有什麼關係……」

眉煙眼裡綻放著神奇的光芒，她覺得這個故事太美妙了，一隻從小被人譏笑嫌棄的醜小鴨，最後成為了一隻美麗高貴的白天鵝，多麼勵志的故事啊！

刺萍眼角一跳，小丫鬟的聲音還沒有停下來，那故事是她親手謄寫的，後面還有些什麼，她十分清楚……

「……這個故事告訴我們，醜小鴨之所以能變成白天鵝，並不是因為牠有多努力、多聰明，而是因為牠原本就是一隻白天鵝！所以說，努力雖然很重要，但還是敵不過命運，因此不該傻的時候千萬不能傻……」小丫鬟的聲音明顯跟之前的抑揚頓挫有了差別，雖然仍舊流暢，但情感投入就不那麼深刻了。

刺萍用餘光去看葉夫人，果然，葉夫人臉上的感動也定格住了。這麼勵志、這麼感人的故事，怎麼最後得出這個結論？不是應該感動於醜小鴨的執著和努力嗎？

「……妳……就是這麼做那個什麼教育的呀？」眉煙臉上的肌肉都有些微微顫動。太讓她大開眼界了，素年到底是怎麼想的？

「挺有意思的吧？」素年洋洋得意，這些童話故事就是深入人心啊！不過，上一次她口述了小紅帽的故事，刺萍一開始還很認真地幫她謄寫，等寫到最後，這丫頭就暴走了，十分大牌地扔了筆就走，還說什麼處罰她都認了。素年一整個莫名其妙，大野狼本來就把奶奶和小紅帽都吃了嘛，從肚子裡拖出兩具屍體怎麼了？怎麼突然發這麼大的脾氣？果然是自己太好說話了，寵得丫鬟們脾氣見長了啊……不過，最後還是她去將人哄了回來。不說這個就是了嘛，她肚子裡的故事多得是呢！那就換白雪公主吧，只是不知道說到後面，白雪公主的屍體一放三年……刺萍會不會又發飆？

這故事聽得眉煙一愣一愣的，她以為素年說要給肚子裡的孩子從現在開始教育，那必然是怎麼溫馨怎麼來，結果沒想到竟聽到這麼一個結局，茫茫然地就被葉府的嬤嬤給拖走了。

素年摸著肚子，她現在竟然能理解天底下所有母親的感情。她不求自己的孩子能有多出色、會多努力，反正以蕭府現在的狀態，混吃等死幾輩子都夠了。她只希望孩子能夠平平安安、順順利利地過完屬於他的人生，所以這些道理十分重要啊！素年癟著嘴，雖然刺萍和阿蓮誰都不理解，但這多有教育意義啊！

素年自從懷孕了以後，就特別偏愛望江樓的點心，尤其是芙蓉杏仁糕，幾乎每幾日就會惦記一次。素年的飲食從來不假他人之手，都是阿蓮親自去買。

素年不放心小丫頭獨自上街，便讓綠意跟著，沒想到，這回還真的出了點事情。

阿蓮在望江樓也算是熟客了，掌櫃的一見到她就親自出來迎接。「鄙人就猜到阿蓮姑娘今日會來，早已準備好了新鮮的芙蓉杏仁糕候著了！」

阿蓮客氣地道謝，將銀子遞過去，等著掌櫃送上糕點。

豈知掌櫃讓人去拿糕點，小二卻空手而歸，有些詫異地說：「蕭府今日來過人了，已經把糕點拿走了。」

「這怎麼可能？蕭府向來只有我會過來採買糕點，你們打聽清楚了沒有？」

「阿蓮姑娘，並不是小的拿出去的，剛剛我回後院問了，是一個剛來的小二，他聽說了是蕭府的人，以為阿蓮姑娘今日沒空派了別人過來，便拿給了他們，畢竟誰會為了芙蓉杏仁糕唬弄呢？」

阿蓮傻了眼，但她也不呆，如果不是她親自拿回去的糕點，月娘是不會給小姐吃的，小姐也不可能相信自己派了人去取。那，這個自稱是蕭府的人，這麼做的意義何在？就為了一盒芙蓉杏仁糕？

望江樓的掌櫃連連賠不是，又給阿蓮準備了一盒新的糕點。

阿蓮拿著上了馬車，仍舊想不明白。

結果半路上，馬車竟然被人給攔下了。有綠意在，阿蓮倒是不怕，她掀開車簾走了出去，見到攔下她車的是兩名衣著講究的男子，瞧著約莫跟蕭大人年歲差不了多少，且竟還有那麼一些相似。

「請問是蕭府上的馬車嗎？我們是蕭家二房的人，想要見一見如今三房的掌權者。」

阿蓮看著兩人彬彬有禮地跟自己說話，沒怎麼理解。蕭家的二房？三房？那是什麼？蕭家還有這麼複雜的說法嗎？阿蓮出來就代表了素年，自然也不能失禮，端莊地回了禮之後，才柔聲說：「兩位公子，婢子是蕭府上的丫鬟，只是出來採買東西而已，若是兩位公子找我家夫人有事，還請去府上遞交名帖。」

其中一名穿著皂青色緯絲錦衣的男子微微笑了笑。「妳是蕭夫人身前的丫頭吧？蕭夫人喜歡望江樓的點心，所以妳每幾日就會來望江樓一趟，能負責蕭夫人的吃食，怎麼可能只是負責採買的丫頭？我們只想請妳幫忙引見一下罷了。」

原來將芙蓉杏仁糕拿走的就是他們！阿蓮心裡有些戒備，他們竟然知道得頗為詳細，甚至連自己來望江樓的時間都算得準準的，還能守在這裡攔她的馬車……

「這位公子，婢子可沒有您說的那麼得勢，不過採買些點心而已，公子太抬舉婢子了。更何況，兩位公子的要求並不合適，若是真想見夫人，還請遞交名帖才名正言順。」阿蓮十分硬氣，她可不想給素年丟臉，雖然垂在袖子裡的手握得緊緊的，但她面上卻是努力保持鎮定。小姐的那些故事裡可都說了，輸人不輸陣，至少不能讓人看出她害怕了。

一旁身穿玄色衣袍的男子不耐煩地皺起了眉。「二哥，跟她一個小丫頭費這麼多勁做什麼？直接將她拿住再去蕭府，我還就不信那個女人仍舊不見我們了！」

阿蓮心裡一驚，果然來者不善，還想將她捉住來要脅小姐？光天化日之下還有沒有王法了？阿蓮這段時日受到那些「故事」的強烈薰陶，倒是受教了不少，於是立刻朗聲質問起來。「你們究竟是誰？冒充我蕭家的人想做什麼？我可告訴你們，我家大人如今正率兵出征，豈是爾等可以隨便冒充的？再不讓開，我可要報官了！」

阿蓮的聲音清脆明朗，年歲尚小，還帶著些許童音。他們本來只在街邊一角，動靜並不大，可這番話一說，特別是話裡還提到了蕭大人，半條街的人立刻都將目光投了過來。蕭府的馬車雖然低調，但蕭府的牌子相當好認，只見阿蓮站在馬車上，居高臨下地看著擋在馬車前面的兩個人，眉宇間透著凌厲，又是一副義正辭嚴的模樣，頓時不少人看那兩個人就覺得有些賊眉鼠眼。蕭大人是誰？那可是麗朝的大英雄啊！如今更是再次率兵出征，在京城的聲望極高，居然還有人不長眼攔到了蕭府馬車面前？真是活膩味了！

眼看著不少人都偷偷往他們的方向移動過來，這兩個男子頓覺不妙。那個穿著玄色衣衫的人惡狠狠地瞪了阿蓮一眼，眼神充滿了陰森，隨後才與另一人迅速離去。

「……阿蓮姑娘，妳其實可以讓我表現一下的。」

阿蓮有些虛脫，卻聽到一旁綠意淡淡的聲音傳來。

綠意將飛刀收了回去，有些惆悵。他和妹妹綠荷到蕭夫人身邊有些時日了，可一次都沒派上用場……對了，綠荷倒是挺忙的，跟著夫人一會兒一個點子，忙得不亦樂乎。

綠荷擅長使鞭，他擅用飛刀，來蕭府之前，蕭大人鄭重其事地希望他們能夠保護好素年，他們都已經有將性命豁出去的覺悟了，結果，一次真正需要他們的機會都沒有……

阿蓮哪還有力氣體會綠意的惆悵？她慢吞吞地爬進車廂，直接癱在了墊子上。好可怕、好可怕，她竟然能夠對著那樣的人說出那些話！阿蓮此刻的小心臟猛烈地跳著，好像要從嘴裡跳出來一樣。她抿著嘴，還用手捂住了嘴巴，可奇異的，除了害怕，還有一絲絲不明的情緒從心裡蔓延出來。

她也能很勇敢地維護小姐了，她也能站出來擋在小姐身前了！這是一種莫大的成就感，小小的情緒瞬間蔓延，讓她的心跳跳得更加劇烈。剛剛她應該能說得更加有力度才對，阿蓮靠在車廂上，有些懊惱，她總是在事後才想得起來如何說話才最合適……

第一百四十七章　蕭家旁支

回到府裡，阿蓮還沒忘記先將芙蓉杏仁糕端去給素年。素年正在聽刺萍彈奏古琴，曲子又是她從未聽過的。

素年時常會哼一些奇異的調子，卻完全不知道曲譜是什麼，刺萍便根據這些調子大略還原成曲譜彈奏出來。素年十分驚嘆，便開始絞盡腦汁地想，實在想不起來了，就乾脆讓刺萍直接編。

刺萍也習慣了，編就編吧，她從前是官家小姐，琴棋書畫不說精通，也是樣樣拿得出手的，特別是古琴，造詣頗深，每每編出來的素年都相當滿意。

等刺萍彈奏完畢，阿蓮才湊上去，將今日的事情說給素年聽。

素年一連吃了數塊芙蓉杏仁糕，還想再吃的時候，月娘上去將碟子奪了下來。

「夫人，一會兒該用餐了，吃得太多了小心沒有胃口。」

素年就這點不好，沒什麼控制能力，遇上喜歡吃的就拚命吃，然後真到吃飯的時候了，啥都吃不下，等過了飯點又會餓。

月娘說得有道理，素年只得抱著杯子喝了口水。「他們說他們是蕭家的人？蕭家二房？」

「嗯，我聽他們是這麼說的。小姐，他們是什麼人？為什麼不來蕭府遞帖子，非要在半路攔我的馬車？」阿蓮對此十分不解。

素年看了月娘一眼，月娘也正好回視。

將點心碟子收好了以後，月娘才正色道：「夫人，上次月娘跟您說的，就是他們了。」這件事，素年先前便知道了。那些人想要見素年，他們當然一早就遞了帖子，可是都讓月娘攔了下來。月娘也跟素年說過了，當年蕭戈的父親蕭然被蕭家逐出家門，什麼都沒有給他，蕭然一路流落到京城，幾度差點沒活下來。蕭家並不是沒背景的世家，只不過蕭然從來沒跟蕭家聯繫，旁人自然不會調查到什麼。蕭然還未離世的時候，蕭家曾經送來一些信件，那個時候正是蕭然得到先皇信任與器重之時，也不知道蕭然是怎麼回覆的，總之，之後便沒有下文了，似乎蕭然決定和蕭家老死不相往來。

「月娘不知道這些蕭家的人現在找來是什麼用意，不過老爺的意思，是不再跟蕭家有任何瓜葛，所以月娘覺得夫人還是不要見他們比較好。」蕭府的事情雖然都是月娘在管，但她並沒有直接作決定，還是會來請示了素年，並且給出她的建議。

素年也聽蕭戈說過一些，他的父親會被逐出蕭家，跟他父親的爹娘有關係，雖然知道的並不詳細，但不想再跟蕭家有牽連是肯定的。於是，素年就讓月娘看著辦了。

月娘對於那些想要求見的名帖視而不見，那些人居然還想硬闖，但蕭府是隨便闖闖就能闖進來的嗎？要真是這樣，他們還有什麼臉面見蕭大人？

也因為見不到素年，蕭家的人才會想出這麼個法子，本想將得用的丫頭抓在手裡，沈素年總不可能還不見了吧？沒想到人沒抓到，他們差點還被圍觀的人給抓了！

素年摸了摸下巴，他們怎麼知道阿蓮的點心是買給自己的？再說發生了這種事情，她能不能報官呀？

「夫人，還是先不要，一來他們並沒有得手；二來，一旦報官，可就如了他們的意了，到時候說是個誤會，順便將他們是蕭家的人給宣揚出去，白白便宜了那些人。」月娘覺得不妥。

但素年覺得無所謂，她認為這些人的身分遲早是要傳出去的，畢竟他們來到京城，為的不就是這個嗎？「那行吧，就不管了，看看他們還能想出什麼招數。」素年懶洋洋地期待著。她也是無聊久了，並且也不覺得這些蕭家的人會威脅到她什麼。當初都已經將人逐出家門了，這會兒巴巴地再找上門來？臉皮不可能有這麼厚吧……

門房那裡依然是夫人身子不適，不便見客，素年也盡量讓丫鬟們少出門，只是沒想到，對於挖空心思想見到自己的人來說，方法遠不止這兩個。

這日，前院的管事來通報月娘，官府來人了，說是有人抓到了一個小賊，從身上搜出了兩個物件，卻是蕭家的，所以來這麼一趟，讓他們給認認。

月娘疑惑著就去了，結果黑著臉回來了，站到素年的身邊，不知道該如何開口。

素年正在畫畫，畫的是一隻狐狸，半蜷著，毛茸茸的身子裹成了一顆絨球，憨態可掬的樣子，眼睛處素年卻精細地留了白，眼神竟然有些深邃的樣子。

「夫人，是他們……」月娘皺著眉頭。官府說那兩個物件十分貴重，需要蕭夫人親自去確認才行，月娘看到官差身旁站著的人，就猜出了他們的身分。

素年將筆放下，左右看了看。「要不要再給牠多添幾條尾巴？」

刺萍的眼角又開始跳了，眼瞅著素年又開始嘀咕「九尾狐」什麼的，趕緊上前將她手裡的畫拿走，省得糟蹋了。

素年空了手，遺憾地搓了搓，才看向月娘。「月姨，是哪兩樣東西您看到了嗎？他們這是打算先給我們送禮來了？」

月娘自然沒有瞧見是哪兩樣東西，只是聽官差的人介紹了抓到小賊的人，她就沒有心思再聽下去了。「夫人，這些人明顯是不見著您不會死心的，可您現在身子重著，還是不見的好。」月娘的眼中有明顯的不屑，蕭家那些人想著什麼她心底明白，不就是瞧著如今蕭家烈火烹油，又已經換了家主，所以想再來擺蕭家宗主的架子唄！呸，若是蕭然老爺尚在，他們還敢來嗎？

素年動了動身子，一個姿勢久了身子就會僵硬，有些難受。「月姨，您說我這次再避著不見，他們還會有什麼招沒有？」

「定然是有的！」月娘恨恨地說。當初蕭然老爺得到先皇的慧眼賞識後，蕭家就沒少打主意，為了接近眉若南用了不少方法，月娘也是那個時候才見識到蕭家的厚臉皮。

「我猜也是。」素年笑了笑，起身走了幾步。「那就去見見吧，左右今兒沒什麼事，權當作是消遣了。月姨您放心，先不說我會不會胡亂答應他們什麼，就算我真被忽悠得應了下來，夫君那兒不允許也是沒用的。」

月娘忽然垂了眼，神色有些尷尬。她確實擔心素年會被蕭家人的花言巧語忽悠住，而且以蕭戈對素年的態度，說不準真會順著她，到那個時候，少爺豈不是真要跟那個蕭家糾纏不清？可這會兒被素年明說了出來，月娘又有些不好意思。這段時間跟在少奶奶的身邊，時時看著少奶奶行事，月娘已有些理解少爺為什麼會對她如此不一樣了，少奶奶人聰慧，雖然有些懶散，但什麼時候該做什麼卻一點都不含糊。

「小姐小姐，阿蓮也要去！」正在忙活的阿蓮聽聞此事，特意從屋子裡跑出來，急匆匆地追到素年身後。

素年挑了挑眉，這種複雜的事情，阿蓮向來是避之唯恐不及的。

阿蓮挺了挺小胸脯。「小姐，阿蓮在街上罵過他們呢，阿蓮不怕！」頓了一下，阿蓮才輕聲地、弱弱地補充了一句。「而且還有綠荷姊姊在呢。」

綠意聞言，將頭轉過去，還有他啊！雖然他目前是無所事事了一些，但也不能這麼沒有存在感啊！

素年笑了笑，繼續往外走。

阿蓮樂呵呵地跟在後面，她現在是勇敢的阿蓮了，在大街上孤身一人都敢怒目相斥，這會兒有這麼多人在，她就更不怕了！

前院裡，不少丫鬟、婆子都有些嘀嘀咕咕。官差找上門了，難不成府裡出了什麼事情？等看到素年挺著肚子出現的時候，議論聲更大了。

素年叫人把官差引到花廳，並不避著什麼人。她剛走進去，就察覺到兩束目光落在了自己的身上，但她沒有其他反應，目不斜視地徑直走到花廳上位站好。

阿蓮特別有眼色地上前，又是放上軟墊靠枕，又是讓人伺候湯水，好一陣子才安頓下來，然後阿蓮才意猶未盡地退到一邊，勇敢地瞪著那兩個在街上見過的人。

月娘自然也跟著站在一旁，看向蕭家人的臉上都是防備的神色。

「蕭夫人，小的今日前來，是因為這兩位公子來報官，說他們偶然捉到了一個小賊，從小賊身上搜到了兩樣物件，瞧著上面竟然有蕭府的印記，所以才特意來蕭府讓您過目一下。」官差的態度特別客氣，這兒可是蕭府，他雖然只是個小官差，但該懂的禮數都是懂的。

「喔？那可真是稀奇，我們蕭家向來嚴謹，也從未出現過失竊的情況，如何會有兩個物件在小賊的手裡？莫非，官爺捉到的小賊是我們蕭家的人？」素年慢吞吞地說話，語調和緩，卻有不容置疑的威勢。

「蕭夫人誤會了，那名小賊只是普通的小賊，東西從何而來他尚未交代清楚，不過斷不可能是蕭家的人。小的今日只是打算物歸原主而已，並無其他意思。」官差直接讓人將東西捧過去。

素年一看，竟然是一塊青銅所鑄的腰牌，上面確實有蕭家的印記；還有一件紫檀香木盒，也刻有蕭府的字樣。這兩樣東西是不是蕭家的素年不大清楚，於是拿眼睛的餘光去看月娘，希望她確認一下。

月娘的表情確實像是知道的，眼睛睜得無比大，盯著那兩樣東西都不會轉動了，半晌後才悄悄地在素年耳邊說：「少奶奶，這兩樣東西月娘認得，確實是我們蕭家的。」

月娘說的是「我們蕭家」，而不是「蕭家」。素年微微點了點頭，說：「既然如此，那就勞煩你們跑這一趟了。阿蓮。」

阿蓮上前，打算將東西接過來。

先前站在一旁一句話都沒有說的兩位公子這時卻開了口。「蕭夫人且慢，在下有幾句話想說。」

阿蓮可不管三七二十一，先將東西拿到了手裡。

手裡一空的衙役還愣了愣，只看到阿蓮轉身站到素年身後的身影。

說話的公子也是一愣，不過並沒有停頓，接著往下說：「蕭夫人，說起來，我們跟您可是一家人呢，這東西物歸原主也是應該——」

「你這人好沒規矩，哪兒有這樣攀親戚的？我家夫人可從沒有公子您這樣的兄弟呢！」阿蓮出言將他的話打斷。從月娘那裡聽到了蕭家人原先的做法後，阿蓮對他們可是一點好感都沒有。

「蕭夫人，您府上的丫鬟都可以在主子說話時隨意插嘴嗎？可真是好家教！」另一人臉上有著嘲諷的笑容，勾著嘴角，不屑地看著阿蓮。

「唔……」素年眨了眨眼睛。「不可以。可我這個主子沒有說話，所以她也不算插嘴呀！」

那人臉色一僵，眼睛眯了起來，眼神變得有些可怕。

阿蓮心裡抖了抖，卻又挺起了胸膛。「我家夫人娘家姓沈，夫家姓蕭，從沒有聽說過有在外的親戚，公子你們莫不是尋錯了地方？那也無妨，看在你們將東西給送回來的分上，我家夫人定然會幫助你們尋到正確的親戚。」

素年竟然還隨著點了點頭，滿臉的誠意。

「小丫頭牙尖嘴利，蕭府的規矩什麼時候變得這麼散漫了？果然是在外的一支，一點規矩都不講——」

起先說話的人將他攔住，重新開口。「也怪我們兄弟二人沒有介紹，在下蕭司權，這是舍弟蕭司放，我們也是蕭家的人，已故的蕭然將軍是我們的三叔，我們是二房的子嗣。」

「是嗎？可我從未聽夫君說過蕭家還有別的親戚。蕭公子也知道，夫君如今並不在京城，我一個弱女子也不好辨別真偽，這個所謂的親戚，素年暫時不敢作主認下。」

「辨別真偽？妳的意思是我們是冒充的？真是可笑！蕭家的血脈豈容妳一個外人質疑？」蕭司放的脾氣明顯不大好，立刻跳騰了起來。

「蕭公子所言差矣，少奶奶是蕭戈少爺明媒正娶的蕭家太太，如何就是外人了？所謂的外人，指的是八竿子打不著的人才是！」月娘忍不住站了出來，冷冷地看著蕭司權、蕭司放兩兄弟。對這兩人，月娘有一些些印象，只是那個時候他們不過是半大的孩子，沒想到這會兒都跟少爺一般年歲了。

「我就奇了怪了，蕭府裡是個下人都能隨意說話，這也算是權貴之家的規矩？」蕭司放嗤笑出聲，看著素年的眼睛盡是同情。「蕭夫人妳也不管管？好歹，妳也算是這個家的主人吧？」

素年想了想後，點了點頭。「公子有所不知，這真的是蕭家的規矩。只要說的話是正確的，哪怕是下人都可以暢所欲言。蕭公子如此不適應，大概是因為沒見過太多權貴之家吧？這也不能怪你。」

「妳！」蕭司放惱羞成怒，正想說什麼，卻又被蕭司權攔住。

蕭司權是個比較沈穩些的人，只是他有些後悔，怎麼今日會將蕭司放一併帶來？「蕭夫人，舍弟有些魯莽，還請夫人見諒，但我們確實同是蕭家的子嗣，可否容在下細細說給夫人聽？」蕭司權臉上有淡淡的笑容。

伸手不打笑臉人，面對蕭司權的態度，素年還真不好指著鼻子將人罵出去。

「蕭夫人，小的先行告退，若是以後有用得著的地方，蕭夫人儘管說話。」官差一看這是要說到涉及私密的事情了，趕忙告辭。

素年讓阿蓮幫著送人出門，小丫頭還有些不願意，生怕她不在讓素年吃了虧。素年安撫地笑笑，她不挑食，什麼都吃，就是不吃虧。

阿蓮只得裝了些數量豐厚的賞銀，將官差送出府，然後以百米衝刺的速度又再次折返花廳，速度之快，讓素年側目。他們這兒都還沒有來得及說什麼呢，小丫頭也太心急了。

氣喘吁吁地回到素年身邊後，阿蓮雖然啥也沒有聽到，但依然擺出一副十分鄙視的模樣，看得素年哭笑不得，使了個眼色讓綠荷將她往後拽拽。

「蕭夫人，當年三叔自願出戶，老太爺和老太太如何勸阻都不成，老太爺經常在我們這些小輩面前唏噓，說三叔就是那麼個倔性子，他認定的事情，哪怕是錯誤的，他都會固執到底。老太爺因為當初沒能將三叔攔下來，十分懊悔，也曾經使人來勸他，可三叔執意不聽，這才弄成現在完全不走動的狀況。」

蕭司權輕描淡寫地將從前的糾葛一筆帶過，並歸結到是蕭然太一意孤行、性子倔強上面。素年只聽著，並不多言。

「現如今，老太爺常唸叨著，他老人家的年歲也不小了，三叔這房卻還流浪在外，他心裡著實不安，所以特意請我們來當說客，希望從前的事情就讓它過去吧。蕭戈兄弟也是蕭家的骨血，必然要重新回到蕭家族譜上才是，當然還有弟妹和妳肚子裡的孩子。」

「蕭公子請先不要斷言，還是稱呼我為蕭夫人吧。」素年淡淡地說著。「蕭公子所言極是，只不過素年進門時日尚短，蕭府從前的事情完全不瞭解，如此還是等夫君回來再說吧，到時候素年定然聽從夫君的意思。」

蕭司權的神情有些不自然，要是跟蕭戈說說他就能夠順從，他們還要費這麼大的勁兒見到沈素年幹麼？又不是閒得慌。

蕭家的人從蕭戈成親之後就一直關注著他，他們發現蕭戈雖然對別人都是一副愛理不理的模樣，但對他新過門的妻子倒是十分照顧。別的不說，蕭家也是能打聽到點事情的，太后娘娘曾要給蕭戈賜一個貴妾——是太后娘娘啊！還是在蕭戈被彈劾的時候，納一個妾就能緩解很多問題，但蕭戈硬是不知道怎麼做到的，給拒絕了！

蕭老太爺聽說了以後，嘴險些都歪了。蕭戈會這麼做無非是為了他的妻子，不然還有什麼原因要放過這麼好的機會？真是太嫩了！蕭戈竟也會做出這麼沒有腦子的事情，讓老太爺嗤笑了不少日子。

還有白家，明裡暗裡地往家裡接姑娘去小住，還都是年輕漂亮尚未婚配的，其他人又不是瞎子，哪會不知道這是在打什麼主意？結果都沒成功。所以，他們得出個結論——蕭戈對他的這個妻子十分看重！

這可是個好消息，蕭戈什麼性子全麗朝都知道，整日冷冰冰的，一看就不是好溝通的主，可如果他有一個特別看重的人，那麼只要從這個人下手，一切便簡單了許多！

「蕭夫人，蕭戈跟三叔的性子有些相似，都是不聽人勸的，可他回到蕭家是極理所當然的，他是蕭家的血脈，以後也要受蕭家的香火。過去那些事情都是上一輩的事了，都是一家人，也該是時候團聚了，妳總不忍心見到古稀之年的老爺子帶著遺憾吧？」

不得不說，蕭司權說話很有技巧，他不說別的，跳過了當年誰對誰錯，卻從感情方面入手。女子的情感都細膩，易被情所動，蕭司權說得又如此誠懇，彷彿只是一個年邁的長者不忍心看到他的後輩流離失所一樣。只不過，素年相信，若是蕭戈沒有今日的地位，蕭家早八輩子就忘了他們還有一個被逐出家門的分支！

第一百四十八章　認祖歸宗

「蕭公子，夫君的想法，素年也不好妄加揣測。不如這樣，還是等夫君回來了再說吧？」素年從頭到尾就一個說辭——等蕭戈回來再議。蕭家的事情她從沒聽蕭戈詳細說過，具體是什麼樣的她不知，也不可能聽蕭司權的片面之詞。

「如此也是應該，只不過，老爺子的身子不知能不能撐到那個時候了……」蕭司權重重地嘆了一口氣。「老爺子因此事憂思成疾，整日都纏綿病榻，他也是怕他等不到蕭戈回京才讓我們過來的。只要弟妹妳同意進了族譜，蕭戈想必也不會反對，這事並不困難。」

聽上去還真像一回事，素年不禁露出了些微笑。「聽說當初蕭家也來人勸過公爹，公爹卻是沒有同意，若是素年這麼貿貿然地同意了，那才是真正的不孝。」

沈素年是笑著說的，語氣十分輕柔，蕭司權卻渾身起了一層寒意。沈素年的意思他聽清楚了，她在意的只是蕭家，蕭家三房的蕭家，跟他們的蕭家沒有關係。蕭老太爺如何，那也是別人家的事情，她是蕭戈的媳婦，凡事都只會站在蕭戈身邊。

女子不是都會有些婦人之仁的嗎？特別是懷了孩子的女子，那心腸必然是沒有原則的軟呀！怎麼這個沈素年這麼不好說話呢？可蕭司權也不能就這麼離開了，想到蕭老太爺說一不二的性子，他咬了咬牙。「這樣吧，弟妹這麼說也是應當的，那就等蕭戈回來再行商談。不過老太爺的身子真的不好了，聽說弟妹的醫術了得，可否請妳去府上給老太爺瞧瞧？」

了。」

素年抿嘴一笑。「蕭公子又忘了，素年這會兒還不是您的弟妹呢，下次可別再叫錯了。」

蕭司權頓了頓。「是我的疏忽。」

至於去瞧病……月娘是第一個不同意的。「蕭公子還請見諒，我家夫人如您所見，正懷著身子。您也知道，我們蕭家人丁單薄，子嗣可是排在第一位的。夫人身子不宜走動，若實在不行了，夫人倒是能介紹個太醫去瞧瞧。」

「就是就是！我家夫人若是有個什麼，你們賠得起嗎？」阿蓮終於逮到了機會，趁空加了一句。

「哼，不就是懷個孩子嗎？多收幾個人不就得了？生個十個、八個的也就不稀奇了！」蕭司放就是看阿蓮不順眼。刁鑽的惡奴！等蕭家落入了老太爺手裡，看自己怎麼整治她！

阿蓮的臉瞬間黑了，大呼小叫起來。「哎呀小姐，這會兒可是到您歇息的時辰了！您的身子可比不得一些不稀奇的人，矜貴著呢，若是有些差錯，蕭大人還不扒了我們的皮啊？」說著，就要將素年扶起來。

素年哭笑不得，卻也不想再應付這兩個人，便從善如流地起身。「蕭公子，請恕素年失禮。不過你說的去瞧病……呵呵，你看素年現在的模樣，著實有些牽強。」

「就是就是！我們夫人的身分可不是隨隨便便能幫人瞧病的，就是皇上，那也是要親自下旨的！居然這麼隨隨便便就說得出口，還說我們沒規矩呢……」阿蓮扶著素年，嘴裡碎碎唸，嘀嘀咕咕的聲音還特別大，大家都聽見了……

蕭司放立時就瞪了眼睛要找她好看。

綠意只微微上前一小步，便將他攔下。

眼前這人平靜的面色讓蕭司放皺了皺眉，正要動手，卻又再次被蕭司權攔住。

「如此是我考慮不周了。那若是我們將老太爺親自送來，蕭夫人能看一看嗎？畢竟也是蕭家的老太爺。」

這個便宜太爺可不好認呢！素年但笑不語，讓月娘幫著送客，慢慢地往後院走去。

「小姐，剛剛那個蕭什麼放的眼神好討厭啊，好像……好像一條蛇一樣！」阿蓮說著還打了個冷顫，手摸了摸胳膊。「真可怕。」

「可怕妳還總是激怒他？」

阿蓮的手放下來，重新攙扶住素年。「他對小姐的態度這麼糟，別說是蛇了，就是老鼠阿蓮也能拍著胸脯上的！」

素年的腳步頓了頓，老鼠……似乎比蛇還不如吧？但阿蓮極害怕老鼠，跟天敵似的，這麼說足以顯示她的決心。

「阿蓮好勇敢！」素年捧場地稱讚。

阿蓮小臉微紅，她要跟以前膽小的阿蓮說再見了，小姐可是懷了小少爺的，刺萍姊姊說得對，再那麼膽小下去，她以後還怎麼保護小少爺？

月娘很快回來了，看樣子也沒跟那兩人多說什麼，回來後站在屋子裡看著刺萍和阿蓮伺候素年躺下，還是問了一句。「少奶奶，若是那個蕭府真的將人抬來了，您真的會瞧嗎？」

「嗯，會的。」素年點了點頭。「月姨，我不想對您說謊，我是真的會。您或許會覺得我這麼做不合規矩、傷風敗俗，或是自降身分作踐自己，我都無話可說，我只能做到問心無愧。曾經我行醫是為了銀子、為了能活下去，那個時候我並不能算是一個大夫，只是以醫術混飯吃而已。可我的師父教了我什麼是真正的醫術，那是用來救人的，不管是什麼樣的人也好，大夫的職責就是治病救人，除此以外再無其他。是非恩怨自有人去了結，但絕對不會是大夫，所以若是月姨到時不想見那個蕭家的人，您可以先去別處，我這裡有綠荷和綠意……喔，還有阿蓮和刺萍，斷然不會有事情的。」素年本想強調綠荷和綠意他們兩人有功夫在身，卻瞥到阿蓮水汪汪的眼睛裡有著滿滿的期待，趕緊將她和刺萍的名字也加了上去。

阿蓮這才咧開嘴笑了起來，嗯，有她在，她才不會讓小姐受欺負呢！而且……不是還有綠荷姊姊嘛……

月娘微微垂下頭，不再說話。素年性子雖然軟和，但執著起來幾乎是不管不顧的，誰都無法讓她改變主意。月娘雖然這幾個月才跟她走得近些，卻也還是隱約摸清了一些。

「對了，月姨，這兩樣東西果然是蕭家的？」素年的注意力轉移到了阿蓮手裡捧著的東西上，一個很特別的腰牌、一個紫檀木盒，看著都挺有年頭的東西了。

月娘的眼睛轉過去，裡面的情緒忽然就洩漏了出來。

兩個物件上都刻了一個「蕭」的字樣，筆鋒剛勁飄逸、字形獨特，若不是一開始官差說了有蕭府的印記，素年都不一定能認得出來是「蕭」字。

「少奶奶，這確實是蕭家的，而且，是只屬於少爺血脈的東西。」月娘的聲音變得有些奇異，眼睛盯著上面，好似在看一個故人一般。

這兩樣東西起先並不是蕭家的，而是眉若南帶進蕭家的，它們具體有什麼作用月娘並不清楚，只知道蕭然老爺被逐出家門以後，眉若南突然發現東西不見了，還讓人好找了一番，沒想到卻是留在了蕭家。

素年將腰牌拿在手裡摩挲了一會兒，冰涼的質感從掌心一直順著手臂蔓延，這個腰牌應該是一對的，造型如同一隻單翼的大雁一般，如此獨特，必然有另一半存在著。紫檀木盒上面有一把精巧的小鎖，盒子整體卻是嚴絲合縫，素年看了半天都不知道是怎麼開的。

「先收起來，等夫君回來以後再說。」素年讓刺萍將東西妥善保管好，才舒展了一下身子，摸了摸肚子，歇息去了。

月娘之前詢問素年的假設本是說說而已，可沒想到過不了幾日，蕭家真的將據說是纏綿病榻的蕭老太爺給抬到了府上來。

聽到門房傳來的消息時，月娘都呆住了，她是真沒想到啊，蕭家人已經無所顧忌到這個地步了？

「正好，你隨我一起去看看。」素年叫上今日正巧前來的莫子騫，一塊兒去了前院。

結果……也真是夠了！素年看著躺在軟輦上不時哼唧的蕭老太爺，這他媽也能叫病入膏肓？除了臉色潮紅，有些陰虛火旺之外，素年覺得他挺健康的呀！

「蕭夫人，還請妳瞧一瞧。」蕭司權站在老太爺的身邊，見到素年以後恭敬地抱拳，態度比起前兩日更為誠懇。

不得不說，蕭老太爺的演技屬於絕對的實力派，當真哼唧出一種快要不行了的感覺。

莫子騫站在一旁，眼中是沒有掩飾的詫異。「蕭夫人，這位老爺子瞧著並無大礙……難不成是什麼疑難雜症？」

「……算是吧。」素年面對如此心思單純的人，也不知道該如何回答，總不能說這位難受得如此逼真的老爺子只是演得好？「這位是太醫院出來的莫大夫，素年身子不便，就讓莫大夫為老爺子診脈吧。」素年乾脆讓莫子騫上去試試。

反正蕭家人的目的也不是真的瞧病，所以也不在乎，誰瞧都一樣。

聽說是疑難雜症，莫子騫頓時興奮了起來，面露掩飾不住的詭異笑容走過去，將蕭老太爺的手腕拿在了手裡。診了一會兒，莫子騫的面色更加奇怪了，他歪著腦袋，滿臉不解，好一會兒才茫然地收回手。「師父，這究竟是什麼病症？為何我診不出來？」

刺萍長嘆了口氣，端著笑容走過去，十分有禮地將莫子騫請了回來，然後小小聲地在他身邊說了一句。「真是個呆子！」

莫子騫莫名其妙，可也無從反駁。身為大夫卻診斷不出來，可不就是個呆子……

素年依舊帶著微笑。「老太爺似乎並無大礙，之前吃的什麼藥還照常吃著就行，將養著一段時間應當就會恢復了。」

「如此，便多謝夫人。」蕭司權立刻道謝。

莫子騫仍舊茫然，怎麼了到底？不是疑難雜症嗎？師父怎麼都沒有去診脈就斷定無事了呢？關鍵是，病患家人還真就認同了？

刺萍嘆了口氣，莫子騫這副呆呆的模樣她看著都替他急，於是將人喊到一旁，跟他大致解釋了一下，當然，語氣不大溫柔就是了。

「老爺子需要多休養，還是趕緊回去吧。」素年見他們沒什麼動作，便好心地出聲提醒著。「老人家年歲見長，可不能勞頓著。」

剛剛還在哼唧著的蕭老太爺忽然慢慢地靠著軟墊坐直了一些。「孫媳婦呀，妳也說了不能勞頓著，我這還沒有喘口氣呢，現在就讓我回去，不大好吧？」

「蕭老太爺誤會了，老太爺若是想歇息，歇多久都行。」素年笑著讓人送上茶點。「只是，『孫媳婦』這個稱呼，小女子不敢當。老太爺儘管休息，若是需要什麼，跟管家說一聲即可。」素年說著就起身，不打算奉陪了。每日這個時辰，她要在園子裡繞一繞的。

「站住！妳就是這麼跟長輩說話的？真是沒規矩！蕭然小子就算除了祖籍，也沒有改姓，可見他還是拿自己當蕭家人的！沒有個長輩約束著，看看這都成什麼樣子了！」

莫子騫這會兒剛聽刺萍說完，就聽到蕭老爺子渾厚的聲音，心領神會地點了點頭。也是，若真有病，哪還能有這麼足的中氣？是自己看走眼了，也不怪刺萍姑娘說自己是呆子。

素年側過身，正面對著蕭老太爺。「聽說老爺子當初也使人來找過公爹，若公爹真的還拿自己當作蕭家人，怎麼會不歡而散呢？」

「放肆！容不得妳妄議長輩的事！怪不得白語蓉那會兒忙著要給蕭戈小子張羅妾室，果然是上不得檯面的！」蕭老爺子哪曾如此被人當面揭短？立刻不管不顧地攻擊起來。

素年笑了笑。「老爺子，既然您這麼看不上小女子，那小女子也不能這麼沒有眼色，小女子這就派人將您送回去，以後也絕不出現在您面前，這樣一來皆大歡喜。」說著，素年就向管家招手，讓他去找人來將蕭老太爺抬回去。

「混帳東西！妳只是個外人，我也不屑與妳多說什麼，但妳肚子裡的孩子可是我們蕭家的骨血，容不得他流落在外！明兒個我開了祠堂，讓蕭戈小子認祖歸宗，他在地下的爹娘也能瞑目了！」

蕭老太爺施捨的語氣讓素年摸不明白，老爺子哪來這麼大的自信啊？難道加入蕭家族譜是多麼普天同慶的大事，他們還需要感恩戴德？

「長輩之事，素年不敢擅自定奪，還得等到夫君回來以後再說。」

「有什麼好再說的？認祖歸宗這種事情，蕭戈怎麼可能會反對？難不成還要讓蕭家以後的子孫沒個宗族？」

「老太爺，當初您將蕭然老爺逐出家門的時候可不是這麼說的，您說，蕭家是倒了八輩子血楣了才會有老爺那樣的子孫，還說若是不將老爺逐出族譜，蕭家指不定就給老爺拖累了！」月娘忍不住開口了。她當初作為眉若南的丫鬟，見證過蕭家這些人的嘴臉，再看看他們現在不要臉的模樣，真真令人作嘔！

「妳這個賤婢，這裡哪有妳說話的地方！孫媳婦，妳就容忍這種賤婢在蕭家待著？真是有辱門風！」

一旁的蕭司權滿臉的無奈，他家老太爺在府裡作威作福慣了，明明說好了今日是來好好說話的，沒想到還是這樣。幸好蕭司放今日沒來，不然還不知道會怎麼樣。

「祖父，我們今日是來商議的……」蕭司權輕聲地在蕭老太爺耳邊說著。

「有什麼好商議的？我來認孫子還需要商議？看看他們這裡不像樣子的，一個賤婢都能隨便說話，不成體統！」蕭老太爺的聲音並未放輕，氣勢足得不得了，好像現在就已經是素年、蕭戈的長輩，可以代他們管理蕭府一樣。

素年將月娘拉回來，拍了拍她的手。「老爺子想認孫子在情在理，但也要孫子肯認您才成，不然您去大街上隨便拉一個人認來做孫子，您看看人家願不願意？」

「妳胡說什麼！」

「怎麼是胡說呢？更何況，哪有您這樣隨便到人家府裡來認孫子的？小女子沒將您趕出去，已經是顧念到您的年歲了。不過，看您這麼精神氣兒，想必也是休息好了。管家，讓你找人找到了沒有？還不將老人家送回去？」

管家早已候在一旁，聽見素年的話，一揮手，從他身後冒出幾個年輕力壯的家丁，默不作聲地上前，將蕭老太爺放到軟輦上，抬著就走。

老太爺都懵圈兒了，被抬起來以後才開始手舞足蹈。「你們幹什麼？造反了不成！」

素年有些同情地看著蕭司權。「真是辛苦蕭公子了。」

蕭司權一愣，眼中有些情緒抑制不住地流露出來，卻又迅速消失。他朝著素年行了禮，轉身追了出去。

「以後，若是蕭家的人再上門，一律不見吧。」素年揮了揮手，帶著莫子騫回到花廳，繼續之前的話題。

「丞相大人真的已經好了許多？」素年有些不敢相信，阿茲海默症耶！怎麼可能說好就能好？

莫子騫卻是一臉肯定。「是真的！師父，丞相不是從太醫院找來了兩名太醫嗎？那是我的好友，我們一起想辦法為丞相調養身子，但不知道怎麼的，之前都說無法醫治的太醫又找來了，說是他們想到了醫治的法子。」那些太醫是曾經到了丞相府後無功而返的，丞相夫人這才會求到皇上那裡去，但這會兒，他們竟然找到辦法了！

丞相府的人對於太醫還是十分信服的，莫子騫雖然名義上是醫聖的傳人，但他也是曾被太醫院逐出來的人，而另兩名太醫瞧著雖比他年歲大上一些，可跟其餘的太醫相比，卻也能夠稱為年輕。所以，當太醫們摸著臉上看似睿智的皺紋，沈吟著說他們有辦法的時候，丞相夫人立刻就選擇了相信他們，讓莫子騫等三人將針灸停了，接受老太醫的醫治。

莫子騫也不是真呆，素年跟他說過丞相府裡的一些事情，也知道他之所以能這麼安全，只是因為丞相需要他的治療，但他沒有表現出來，而是一如既往地關注著丞相的身子，噓寒問暖，每日都會為他診脈。

「丞相大人的脈象雖看似平穩了許多，但時常會出現異狀，丞相大人的精神也恢復了清醒，只是晚上卻不易入眠。我聽丞相說，他覺得似乎有無窮的精力，一點都不會感覺困乏。」莫子騫百思不得其解，丞相的狀態他看在眼裡只覺得蹊蹺，可丞相府的人卻覺得太醫不愧是太醫，短短時日就能讓丞相恢復如斯，確實要比所謂的醫聖傳人厲害太多了。

「丞相的面色是不是有些隱隱泛青？」素年有些不確定地問。莫子騫描述的狀態素年也從未見過，阿茲海默症可謂醫學上的難關，沒有可治癒的方法，所以素年也同樣好奇。只是……晚上入眠困難，本人卻又覺得有無窮的精力……這柳老曾經提起過。

那是一種名為「百轉千回」的醫毒，原理素年無法確切知曉，她也不是理科化學出身，只知這種醫毒一旦讓人服下，可有「起死回生，返老還童」之功效，讓患者脫離痛苦，恢復如初，而且獲得無限的精力，不會覺得困乏，夜幕降臨也不想入睡，面色泛青，人卻瞧著十分精神，彷彿真的脫離了病痛的折磨一樣。但是，服用了「百轉千回」之後，人會消瘦得特別快，就好像身體裡所有的鮮活都被激發了，燃燒到一個鼎盛的時期之後，迅速湮滅。

如同針灸中的續命針法一般，也是刺激細胞活力，激發生命力的做法，但續命針法只能在彌留之際施展，而「百轉千回」，則是讓人加速死亡的毒藥而已。

莫子騫認真地想了想。「確實有些。本來覺得只是病容才會如此，這會兒回想起來，似乎真有些不對勁。」莫子騫補充道：「而且，丞相大人進食並不多，總說是沒胃口，吃不下，加上睡不安穩，人雖精神了，卻也瘦了許多。」

素年心頭一凜，就算不是「百轉千回」，也應該是差不多的東西無疑了。這種東西必然是後來出現的太醫們讓丞相服下的，但他們是怎麼弄到這種東西的？丞相又為何會輕易地服下？

「你先別回去了，既然丞相已經接受太醫的醫治，你就不需要在那裡了，太危險了。」

莫子騫睜大了眼睛，呆呆地問：「為什麼？丞相能有好轉的跡象這太神奇了，在丞相府的話，我說不定就能知道原因呢！」

「你傻啊？小姐讓你別去是為了你著想！那是什麼地方？是丞相府！你在裡面還能有命出來嗎？」刺萍翻著白眼，對著莫子騫小聲吼著。

沒想到莫子騫卻一點都不在意，還有些害羞地低聲感謝刺萍的關心。「多謝刺萍姑娘提點。」

刺萍懶得理他，斜睨他一眼，繼續給素年剝核桃。阿蓮之前用核桃仁做的蜂蜜琥珀核桃仁素年特別愛吃，核桃的清香混著蜂蜜的甜蜜，一小碟只一會兒就給素年消滅了。

月娘看得笑咪咪的，都說多吃核桃，孩子生出來會聰明呢！於是，她這會兒也挨在刺萍的身邊敲核桃玩。

素年看著莫子騫和刺萍的互動，覺得頗有意思。刺萍一直都認為莫子騫有些呆，除了醫術，小孩子都能將他騙得團團轉，偏偏他還真就回回都十分吃驚的模樣，刺萍瞧著都腦仁疼。

「呵呵呵，沒關係的。子騫知道師父是擔心我，可我很想知道丞相到底是如何恢復的？之前我和瀾笙、錢晨努力了那麼久，也只能控制住病情，無法尋到治癒的方法，子騫不想錯過。」

「萬一要賠上命呢？為了一個可能殺了你的人送命，莫大夫你的想法可真高明！」刺萍冷哼一聲。

莫子騫摸了摸頭，傻憨憨的樣子。「不敢當、不敢當！」好像刺萍是真心誇他一樣。

刺萍一口氣差點沒緩過來，手裡的小錘子握得緊緊的，指尖都泛白了。

月娘眼瞅著，輕悄悄地伸手掰開刺萍的手指，將小錘子從裡面拿出來。萬一刺萍姑娘跳起來用錘子去敲莫大夫，那可就不好了……

莫子騫也看見了刺萍怒氣滿面的樣子，還有些弄不清楚為什麼，只得眨了眨眼睛。「刺萍姑娘放心，子騫不會做出令人擔心的事情的。」

「誰擔心你啊？你趕緊回丞相府待著去吧！」刺萍將抓在手裡的核桃「啪」地拍在桌上，氣沖沖地起身出去了。

桌子上，一顆被拍得粉碎的核桃靜靜地躺在那裡，莫子騫不禁吞了吞口水。

月娘將小錘子默默地收了起來。

素年仍舊興致盎然，刺萍向來穩重可靠，這會兒竟然情緒變動得這麼激烈？莫子騫可以啊，居然還有這個功能？

第一百四十九章 沈家遺骨

「師父……刺萍姑娘不會是討厭我了吧？」莫子騫的小心臟撲通撲通的。剛剛刺萍姑娘好嚇人的樣子，只是，那都是因為擔心自己吧？

「……你這是想哭還是想笑啊？」素年有些摸不準莫子騫此刻無比糾結的詭異表情，還好現在是白天。

莫子騫最終還是執意要回去丞相府，他說丞相現在並沒有打算加害他，而他也確實不大想離開，就算現在丞相已經完全交由太醫們醫治了，但他厚著臉皮，還是能找到機會給丞相把把脈的。

素年拗不過他，只得作罷，卻叮囑了月竹一定要多加防範，尤其是發覺丞相病情加重的時候。

「丞相的病情會加重嗎？」莫子騫有些好奇，師父怎麼會知道的呢？

素年沈吟片刻，還是將自己猜測的醫毒一事說了出來。

莫子騫聽得目瞪口呆，馬不停蹄地立刻趕了回去。

「也不知道他這樣的大夫，以後會如何？」素年抬頭望天，側了側眼光，看到刺萍端著蜂蜜琥珀核桃仁走了過來。

雪白的細瓷碟子，核桃仁被包裹在香甜的蜂蜜糖漿中，散發著淡淡的甜香，再配上一杯阿蓮調製的桂花酥酪，絕佳的搭配。

「小姐，莫大夫還真回去了？」

「嗯，還是回去了，希望不要出什麼事情才好。」素年淺淺地喝了一口桂花酥酪。

「莫大夫有些……嗯，不是太精明，也不知道在丞相府裡會不會出什麼事情？不過是為了見識見識病情而已，莫大夫這也太不明智了。」刺萍有些不以為然。

素年放下杯子。「誰說不是呢？丞相府裡危機重重，特別是現在這個時候，且莫子騫也不是個圓滑的，指不定會出什麼事情呢！」

刺萍嘆了口氣，她一直覺得莫子騫為人忠厚，若就這樣捲入了危險中而喪命，實在太可惜了。

「妳覺得莫子騫此人如何？」

「嗯？」刺萍抬起頭，看到素年正用手撚起一顆核桃仁丟進嘴裡，彷彿剛剛只是隨意問問的。刺萍想了想，道：「莫大夫……有些太單純了。」

素年扭過頭。「誰問妳這個了？妳覺得他怎麼樣？妳的年歲也不小了，我瞧著莫子騫似乎對妳也很有好感的樣子——」

「小姐！」刺萍皺著眉打斷素年的話。「刺萍的事，小姐就不要多考慮了，莫大夫那樣的人，刺萍是高攀不起的。」

「他那樣的人？……妳嫌棄他傻傻的啊？」

「不是的。莫大夫雖然不夠聰明，但他心性樸實、前途無量，刺萍只是罪臣之女，如何能有這種想法？」

「怎麼就不行了——」

「小姐妳就別再說了，刺萍並不是那麼不知好歹的人。小姐以後若是心疼刺萍，就給刺萍選一個忠厚老實的管事，刺萍已感激不盡。」

刺萍從屋裡出去了之後，阿蓮走進來打算給素年淨手，才進門就看到素年伏在榻上「嗚嗚」地裝哭，一邊哭還一邊用手捶著胸，說：「孩子大了不好帶了啊，嗚嗚嗚……」

阿蓮剛邁進去的一隻腳倏地停住，半晌後開始緩緩地往回收。要不，她還是過一會兒再過來吧？

只是，素年早就看到阿蓮呆呆的模樣了，猛一抬頭，對著阿蓮就皺著眉眼哼唧。

「小姐，妳這是怎麼了？」阿蓮只得走過去。剛剛不是還好好的嗎？再往桌上瞧去，點心也吃了不少，說明小姐情緒很不錯呀！

素年於是拉著阿蓮坐下來，開始訴苦。「……妳說，我這麼操心著為了誰啊？刺萍這丫頭還不領情！嗚嗚嗚……」

「小姐，咳……這個……阿蓮也不懂。」阿蓮的小臉紅撲撲的。她還沒及笄，整天跟個孩子似的，小姐跟她說這些……

素年想想也是，於是將假哭收了起來，端端正正地坐好，眼睛卻還在滴溜溜地亂轉。

阿蓮這才站起身，端了一盆水來，將素年腕上的一只羊脂白玉玲瓏鐲取下，給她淨手。「小姐，阿蓮同刺萍姊姊是在來到妳身邊以後才相熟的。」阿蓮一邊用溫水淋在素年的手上，一邊慢慢地說：「不過那時候阿蓮雖然跟刺萍姊姊說不上話，卻也一直都注意著她……」

阿蓮說的「那時候」，指的是她們還在牙婆手裡的時候。刺萍容色出眾，在一群小姑娘裡特別顯眼，阿蓮想不注意到都不行。

可那麼漂亮的刺萍，卻總是沒有被人買走，因為太漂亮了，都怕買回去徒增事端。阿蓮記得，只有那麼一次，刺萍被一名眼尾微微上挑的女子給挑中了。

阿蓮能記得那個女人，是因為她的眼睛就好像一隻狐狸，她嘴角上翹，看人的眼神都露著不懷好意的光芒，阿蓮見到時，頭就低了下來，一點都不想被她買走。

那個女子的眼睛在小姑娘們的臉上都繞了一圈後，染成嫣紅色的指尖輕輕一點，指著刺萍說，就是她了。

牙婆十分高興，刺萍的年歲也不小了，再拖下去，可是一點兒好價錢也賣不了的，於是急匆匆地辦理了手續，讓人將刺萍給帶走了。誰知過不了兩天，刺萍就被人送了回來，奄奄一息的樣子，讓阿蓮遠遠看著都有些喘不過氣。

「妳看看妳調教出來的人，反抗主子不說，還一味尋死，真是晦氣！」

牙婆連連賠罪，安撫了來人，又換了一個姑娘送了過去。

後來阿蓮才知道，刺萍是被人買回去做妾的，但她抵死不願，折騰得幾乎死過去，才被人送了回來。刺萍後來的下場無疑是淒慘的，牙婆怎麼能容忍她的名聲壞在一個臭丫頭的手裡？但又捨不得讓她就這麼死了，白白損失不少銀子，所以刺萍被狠狠修理了一番以後，給了她最差的待遇，可刺萍卻不覺得有什麼，每日照常過日子。阿蓮在一次被罵了之後偷偷地哭，遇見了坐在柴堆旁的刺萍。阿蓮不知道刺萍在那戶人家經歷了什麼，她只能隱隱約約地感覺到，這個抬著頭看向天空，眼睛裡幽深得令人害怕的姊姊，身上散發著悲傷的感覺。

用柔軟的手巾仔仔細細地擦乾素年的每一根手指後，阿蓮將盆端了出去。

素年坐在桌邊，用手撐著下巴，看著桌上的一套茶具發呆。刺萍在她身邊的時間不算短了，可她竟然從沒有察覺到刺萍有這樣的經歷。刺萍所表現出來的總是積極向上的，正直、果斷、行為得體，知道什麼時候該做什麼事情。如果不是阿蓮說了，誰能想得到刺萍心裡也許還存在著傷口？這可難辦了，素年嘟著嘴。也不知道刺萍會固執到什麼地步？還有莫子騫，他看著對刺萍很有想法，但不知道有多大的想法……唉，只能先看看了。

自蕭家老太爺一事之後，蕭家似乎平靜了不少。素年認為蕭家應該是放棄了，畢竟她的態度那麼堅決，不等到蕭戈回來是什麼想法都不會有的。

可月娘卻不這麼想，她認為蕭家那些人沒有這麼安分，肯定還會有別的招。

於是素年便開始等了，等啊等啊，結果等來了一個小女孩。

門房說有外面有個小姑娘要求見，素年抬著頭想了半天，愣是沒有想到一個可能人選。小女孩？她沒有相熟的小女孩呀！只有一個葉歡顏勉強算是吧，但人家還不會走路呢！

素年讓刺萍去前面看看情況，她在院子裡繼續皺眉猜測，總不會冒出一個蕭戈的私生女吧？那也太狗血了點。

刺萍很快回來了，臉色倒還好，素年見狀放了心，若真是蕭戈的女兒，刺萍絕對不會這麼平靜，那必須是滿院子找稱手的凶器才是。

「小姐，這個小女孩說她姓沈……」刺萍的口氣有些不確定。她跟著素年以後，從來沒見過其餘的沈家人，她和阿蓮都覺得奇怪，卻也不好問什麼，這會兒有個姓沈的小姑娘找上門來，刺萍也無法斷定。

姓沈？素年的嘴微微張開，有些呆了。沈家不是沒人了嗎？小翠說只有自己活了下來，沈家的旁支也都銷聲匿跡了，怎麼又冒出來一個小姑娘？

這見到了人，萬一人家一問關於沈家的事情，不都露餡了？她可什麼都不知道啊！

「小姐……見不見？」刺萍覺得素年的面色有些奇怪，一點都不像聽說了自己親人出現時該有的表情。

「呵呵，見不見呢？」素年傻笑，然後一拍大腿，見了！一個小女孩而已，還不好忽悠？再說，若真是沈家的遺孤，自己這個冒牌的也可以為沈家做些貢獻了。

由於是小女孩，素年讓綠荷直接去將人接到院子裡來，等她瞧見了小姑娘以後，素年才明白刺萍的語氣為什麼那麼的猶豫。小女孩還沒有阿蓮大的樣子，比素年第一次見到阿蓮的時候還要瘦弱，細細的胳膊、細細的腿，衣服有些偏大，鬆鬆地掛在身上，眼睛怯怯地看了素年一眼，就好像被驚到一樣，又迅速低了下去。

當初素年跟小翠從牛家村裡出來的時候，好像也沒有這麼淒慘吧？

阿蓮主動給小女孩拿了一張凳子，小女孩卻不敢坐下，還是阿蓮硬拉著她，她才勉強只挨了個邊，頭垂得更低了。素年有些罪惡感，關鍵是她還一句話都沒說，這罪惡感來得可真冤……

「別怕啊，妳叫什麼名字？來找我有什麼事嗎？」素年平常說話的聲音就已經十分柔和了，這會兒恨不得能溫柔得滴出水來。

沒想到素年都這麼溫柔了，小女孩卻「撲通」一聲就給跪到了地上。

素年嚇得一驚，身子往後傾了傾。什麼情況？她真沒有威脅的意思啊！

「蕭夫人，我叫沈薇，我……我也只能來找您了。我在京城沒有認識的人，沈家也沒有旁人了……我……」沈薇匍匐在地上，頭埋得低低的，言語有些支吾，聲音中還帶著顫抖，整個人縮成小小的一團，在地上抖著。

懷了孩子以後，素年就更不能瞧見這種場景，趕緊讓阿蓮將人拉起來。「有話好好說。餓了吧？先吃點東西吧。」

阿蓮去了小廚房，不一會兒就端出一碗麵來，她怕素年會餓，一直在灶上熱著一鍋高湯。

細細的麵裡加了香菇、雞肉、火腿丁和新鮮的蔬菜，再撒上一些蔥花，沈薇看著放到她面前的碗時，下意識地吞了吞口水，肚子裡一陣痙攣。

「快吃吧，小心燙。」阿蓮笑咪咪地將筷子擺上，然後退到一旁。

沈薇卻不敢，看著碗裡冒出的熱氣，臉上十分惶恐。

「吃吧，有什麼話吃完再說，不吃掉我也懶得聽。」素年從旁邊拿出一本書，翻至裡面夾著書箋之處，開始看了起來。

等她看了一會兒，刺萍輕輕咳了一聲，素年才抬頭看去，沈薇已經將麵吃完了。

小姑娘有些不好意思地羞紅了臉，她是真餓了。

「好了，說說吧，妳說的沈家，跟我是同一家嗎？」

「並……並不是，我們家只是沈家的一個旁支。我的爹娘輕信了他人，做生意將家裡都賠光了，母親……母親帶了弟弟投了河，姊姊被追債的人抓走，爹想去將她救出來，卻……於是就只剩下我一個人。小時候娘帶著我和姊姊去過沈家，只是那時我還太小，夫人不一定能記得我……」

「嗯，是記不得了。」素年說得十分乾脆。

沈薇臉色一白，眼眶立刻就紅了，忙不迭地又往地上跪。「夫人，沈薇已無親人，京城如此之大，我不知道能夠靠誰活下去。夫人，沈薇別無他求，只求能留在您身邊，我年歲雖小，卻也會服侍人的，讓我做什麼都行，只是別再讓我孤獨一人了！」

素年看到沈薇又跪在了地上，不禁皺了皺眉，語氣有些不悅。「先起來先起來，我這裡不興動不動就跪這一套，若是不能好好說話，就出去吧！」

阿蓮有些奇怪，小姐對人向來十分有耐心，特別對小姑娘，還是漂亮的小姑娘，那簡直是可以寵著來的。這個沈薇雖然瘦弱了些，但眉清目秀，按理說小姐不會這麼不耐煩才對啊！

沈薇聞言，立刻從地上爬起來，動作迅速靈巧，雖然仍舊低著頭，卻是不敢再跪著了。

「妳爹娘都不在了，妳一個人是怎麼到京城的？」

沈薇抿了抿嘴。「我一路乞討過來的。」她的聲音低不可聞，像是對之前這段經歷不想再提的樣子，眼眶紅著，裡面有水光蓄著，瞧著特別可憐。

阿蓮見著，都有些不忍心了。

只是素年卻不放過她，靜靜地聽著她的話，時不時還追問一、兩句。

刺萍起先並沒有覺得什麼，慢慢地也聽出了意思，便將阿蓮拉到後面，讓她去小廚房裡準備些點心，說小姐一會兒該餓了。這個沈薇的樣子確實是過過苦日子的，刺萍看她露在外面的手，是雙做活、辛勞的手，她的虛弱狀態也不是一日、兩日能裝出來的，但小丫頭卻有些奇怪，她見到小姐的表現，並不是快要苦盡甘來的輕鬆，而是深深的懼怕，特別是小姐突然問起話的時候，沈薇眼裡的慌亂根本無法掩飾。然而慌亂歸慌亂，她說出的話都特別真實，所以刺萍覺得還是將阿蓮支走比較好，阿蓮小丫頭心腸太軟，眼瞅著就要出聲支援沈薇了。

素年總算沒什麼問題了，這才展顏笑了。「妳跟我同姓沈，既然找了過來，於情於理我都不能置之不理。這樣吧，我身邊也不缺服侍的人，妳就暫時在這裡小住下來，妳放心，我是不會虧待妳的。」

沈薇立刻想要跪下來，但想起素年之前的話，硬生生地又忍住了。「多謝夫人垂憐！只是沈薇如何能夠心安理得地住在蕭府卻什麼都不做？來京城的路上，要想換到些吃的，就必須有所付出，所以還是讓我服侍您吧，就算做些灑掃我也是願意的！」

「蕭府這麼大，不缺妳一個，就這麼著了。刺萍，妳去將西廂那間屋子收拾出來，帶沈薇先過去。」

沈薇還想說什麼，刺萍卻已經有禮地上前請她離開了。

「少奶奶，月娘覺得這人還是不要留在府裡的好，雖然瞧著是挺可憐的，但誰知道是不是蕭家搞的鬼？」

素年笑了笑。「月姨您放心，我並沒有讓她近身。但她應該真的是沈家的人，我不能眼睜睜地看著她流落在外。」

那也是。月娘不說話了。沈家是素年的娘家，讓少奶奶將人趕出去確實有些不近人情。月娘的面色堅定起來，她要嚴密地監視這個沈薇，絕對不能讓她做出危害到小少爺的事情！

刺萍回來回報沈薇已經安頓好了，對撥給她住的地方很是惶恐，仍舊想要來素年身邊伺候。

「先放著吧，她也確實是吃過苦的，可她來我這裡究竟是為了什麼，以後會知道的。」

素年也不在意，不管沈薇為何而來她都無所謂。若沈薇當真是為了尋親戚，那只要她安安分分的，素年不介意養著她，等到適合婚配的時候再給她找一門親事，以自己妹妹的名義風風光光地嫁出去；但是，如果她想動點壞主意……那就對不起了，光是身邊這幾個護著自己的小丫頭，都不會放過她的。

第一百五十章　動了胎氣

沈薇到蕭府的第二天，一早就過來要給素年請安，來到院子外才發現，素年這會兒還沒有起身呢！

素年有了身孕後，月娘幫著處理家事，但若是有棘手的事情，還是會來請示素年。為了不讓素年累著，月娘特別盡心，素年也就樂得天天賴在床上。

「夫人……還沒有起身嗎？」沈薇聽到的時候，眼睛都瞪大了。

阿蓮笑得特別沒有底氣，抬頭看了看日頭，似乎……不早了。

「那……那我等著就成！」沈薇迅速將吃驚的表情收好，乖順地站在院門口等著。

阿蓮見了竟然有些不好意思。「要不妳先回去吧，小姐起身了以後再來？」

沈薇搖了搖頭，整個人小小的一團。

阿蓮嘆了口氣，走回了院中。

素年睜開眼睛從床上爬起來時，冷不丁看到阿蓮蹲在床邊，似乎在看自己醒了沒有。素年無語了，抱著被子坐好，瞪著阿蓮。「妳是要嚇死我呀？」

阿蓮嘿嘿一笑，站起身。「小姐才沒有那麼容易被嚇到呢！小姐，沈薇姑娘在院子門口等妳好半天了，妳都不餓嗎？」

這兩句話有邏輯連貫嗎？素年才睡醒，昏昏沈沈地思考著，然後摸了摸肚子，正巧肚皮動了一下，她認真地點點頭。「嗯，確實是餓了。」

起身用了一小碗粥、兩個半翡翠卷、半塊香噴噴的雞蛋餅後，素年才放下筷子。

看到素年吃得不算少，月娘站在一旁眉開眼笑的。素年之前懷孕初期胃口並不大，後來甚至吐得天昏地暗，月娘為此幾乎愁死，提供了各種方子讓阿蓮做來試試，她卻是真的沒有碰過素年的吃食。這會兒素年的胃口開了，能多吃些，月娘就高興得不得了。

素年看得莞爾。

「小姐，沈薇姑娘在院門口等著呢！」阿蓮提醒了一下。

月娘剛剛還笑著的臉立刻就僵住了。

「讓她進來吧。」素年喝了口水，等著沈薇。

素年讓阿蓮找些衣服送過去，阿蓮便將她們以前的衣服翻了出來，都是來不及穿就穿不下的簇新衣裙，收拾保管得很妥當，拿出來時還是極新的。

沈薇有些不自在地來到素年面前，低聲向她道謝。

「不值當，都是些小事情，妳就安心地在這裡住下就成。對了，妳也快及笄了吧？」

「我已經十五歲了。」

素年瞪起了眼睛，十五歲了？騙人的吧？那她豈不是比阿蓮還大一些？

阿蓮也是滿臉的不相信，她可是拿沈薇當作妹妹呢，原來她比自己還要大？

素年發現，沈薇在跟自己說話的時候，完全不敢看她……或者說，是不敢看她的肚子，眼睛只要瞄過來都會迅速地挪開，明顯到綠荷、綠意都悄悄往自己身邊靠了靠。

只有阿蓮仍舊在兀自震驚著，甚至特意站到沈薇旁邊比了比，自己比她高那麼多呢！

「夫人，我雖然有些笨拙，但針線還是不錯的，我給您縫一套衣服吧？感謝您收留了我。」沈薇抬起頭，眼裡閃著希冀的光。

「哪能讓客人做這種事？說出去，還以為我們蕭府苛待客人呢！」刺萍笑著將話接過去。「況且，小姐有些衣服是穿不習慣的。」

沈薇無意識地咬了咬下嘴唇。「那……那我給夫人您做雙鞋吧？或者別的什麼？不做點事情，沈薇心裡總是不能安定……」沈薇的聲音在素年的注視中慢慢弱了下來，她的一隻手抓在裙襬上，虛握成拳，掌心裡都是汗水，黏膩膩的，很不好受。

素年盯著她看，前世十五歲的時候她在做什麼呢？好像是在準備升學考試吧，每日只知道學習、考試，活得充實又簡單。

而面前這個同樣十五歲的孩子，她的眼神在躲閃，素年不用聽脈都能知道她此刻的心跳必然十分快速，且天氣明明很涼爽，沈薇的鬢角處竟然有一層細密的汗水，小小的身子有輕微的顫動。自己並不可怕吧？那麼，讓她這麼害怕的究竟是什麼呢？

素年不願猜測，每一種惡毒的想法她都不願意加諸到這個小女孩的身上，她不想讓沈薇這樣漂亮的小姑娘以後後悔，在做了她自己並不願意做的事情之後，將一生都毀了。

嘆了口氣，素年垂下眼睛，就當作是為肚子裡的寶寶積德吧。

「妳來到我這裡是為什麼呢？」

沈薇身子一顫，眼睛不受控制地睜大，然後又慢慢平靜下來。「我是來投靠夫人的。」沈薇的聲音裡有自己都無法控制的顫抖，但她卻依然堅持著說出來。

「讓我猜一猜，是蕭家嗎？還是丞相？應該不是丞相，他如今沒有那種空閒。那麼是白家？但老夫人都那樣了，也應該不會有別的想法了。應該就是蕭家吧?!他們讓妳來做什麼了？」

「夫人……」沈薇抖著嘴唇，卻只能發出這一點聲音。

「是要來害我的孩子嗎？我若是生不出孩子，蕭戈也執意不再娶的話，那麼我們這一支也許就不會有後人了，這麼一來，蕭家想要接手也有些倚仗了，不是嗎？」

阿蓮一下子整個人都跳到素年面前，不敢置信地看著沈薇，用她的身子擋在沈薇和素年之間。

「……」素年伸了伸頭。「別激動，站開些，我都看不見了。」

阿蓮站在素年身前不肯讓開，之前對沈薇憐惜的同情全然消失，皺著眉瞪著她。「妳居然是蕭府派來的？咦？小姐，那她為什麼姓沈啊？」阿蓮的氣勢只持續了一句話就又弱了下來。不對啊，蕭府怎麼能找到一個姓沈的人送過來？

素年嘆了口氣，使了個眼色讓刺萍將阿蓮拉開。「我話還沒有問完呢，妳著什麼急啊？」

那邊，沈薇已經全身癱軟了。她只是個十幾歲的小女孩，沒有太多閱歷也不夠沈著冷靜，原本就戰戰兢兢的，又被素年的話和阿蓮的氣勢驚住，已經不知道怎麼辦好了。眼淚在她眼眶裡打著轉，順著臉頰滑落下來。

素年看著就知道自己猜得差不到哪裡去。「他們給了妳什麼好處？是許諾妳今生不愁錢財呢，還是能嫁個好人家？竟然說動妳來做這種事情？」

沈薇突然放聲哭了起來，不是尋常女子默默流淚的哭法，是痛哭，大聲地將聲音放出來，似乎只有這樣，她的難過才能從身體裡釋放一樣。

「我不要好處，我什麼都不要，我只要我的弟弟……」

素年只能聽清楚這麼一句，剩下的都淹沒在了沈薇的哭聲裡。

月娘皺了皺眉，有心想上前制止，這樣會驚嚇到小少爺的。

可素年卻示意她不要管，就讓沈薇哭，哭個痛快之後，若是個聰明的孩子，應該知道該怎麼做了。

沈薇這頓哭，時間並不短，眼睛都腫成了核桃，鼻音濃重，眼淚也浸濕了三條帕子，好不容易才將情緒穩定下來，眼神卻極為哀痛。

或許是因為不用再掩飾了，沈薇已不再有慌亂的情緒，她垂著頭，一副任人宰割的樣子。

「是蕭家讓妳來的嗎？」

「是。」

「來做什麼？」

「讓我找機會弄掉夫人肚子裡的孩子，最好讓您無法再有身孕。」

饒是心裡猜到了，素年也忍不住寒氣直冒，肚子一陣痙攣。她閉了閉眼睛，將胸口的那股氣壓下去。

再睜開，素年眼裡的冷光讓沈薇開始顫抖。

「我跟妳無冤無仇，更與妳同為沈姓，是什麼讓妳竟然答應了蕭家來做這種喪盡天良的事情？」素年覺得惱火，她自認來到麗朝這麼久，從沒有做過對不起別人的事情，可現在，竟然有人將主意打到了她還沒有出世的孩子身上！只要一想到她的孩子會出什麼事情，她就恨不得將這些人統統都殺了！

「不行不行！」素年站起來，開始在院子裡走動，看看漂亮的花，看看蔚藍的天。她不希望自己的情緒影響到孩子，澄清的天空讓她心緒穩定了些，這才重新坐了回來。

月娘如果不是被刺萍死死拉住，早就衝上去將沈薇亂棍打死了！她手裡正緊緊抓著一根不知道從哪裡尋來的木棍，幸好刺萍發現得快。

素年看著跪在下面的沈薇，指甲在地上摳出深深的印記，指縫幾乎裂開，然而她的面色卻十分灰敗。

「我的家裡，就只剩下我和弟弟了。母親帶著弟弟投河，卻終究沒有狠下心來，弟弟並沒有死去，和我一直相依為命。我們一路乞討度日，即便每日只有一點點吃食，弟弟都會捧到我面前讓我先吃，他那麼小，我卻沒辦法保護他……蕭家人說，如果我辦不到，他們就會送我弟弟去見我爹娘。那是依賴著我的弟弟，若是沒有他，我也活不成了……」

沈薇語氣平靜，低著頭，只能見到一個小小的下巴尖兒，她的身子偶爾會顫抖一下，那是強烈抑制住情緒卻總會失控的表現。

「所以妳就可以為了妳弟弟來加害小姐了？若是妳弟弟知道了，他才不會感謝妳呢！」阿蓮激動地在旁邊斥責，可她眼眶也是紅紅的。

阿蓮也有個弟弟，被賣給牙婆之前，娘抱著她哭了一場，而她的弟弟則偷偷地給她送來了幾個饅頭。弟弟那時只有三歲，懂得不多，只知道饅頭可以填飽肚子，是好東西，平日裡阿蓮只能吃稀粥，這幾個饅頭是弟弟偷偷藏起來的。

看著弟弟黑瘦的臉和對著她討好的笑容，阿蓮心裡一點都不恨了。她願意的，如果賣了她換來的那些錢，能讓弟弟活得好一些，她真的願意的，因為那是跟她同脈相連的弟弟。看著跪在地上的沈薇，阿蓮忍不住抬起袖子將眼淚擦掉，抖著嘴還想說什麼，卻終是什麼都說不出來，一扭身跑走了。

「妳弟弟多大了？」

沈薇怔了怔。「六歲了。」

六歲，正是懵懂的年歲，卻被人拿來作為籌碼要脅。素年稍微設想了一下，假如她的孩子也被人捉住，拿來要脅自己……素年又開始站起來繞圈圈了，這個不能想，想一想剛剛壓下去的情緒就又上來了，寶寶似乎也在抗議，小腳踢得比以往要重一些。

「少奶奶，跟她還有什麼好說的？直接報官啊！將她和蕭家那些禽獸都抓起來！」月娘見棍子派不上用場，也不強求，丟了棍子就想要去報官。

沈薇猛地抬起頭，下嘴唇被咬得血肉模糊，可她什麼話都說不出口，她能說什麼呢？她怎麼樣都沒關係，可是她的弟弟，那個才六歲就那麼懂事的弟弟，蕭家人定然不會放過他的。

「月姨，稍安勿躁。現在報官也只是讓蕭家人這一次的計劃失敗而已，可是下一次呢？下下次呢？」素年坐回來，看了看沈薇。「我不會放過蕭家，他們有膽子想出這麼惡毒的計劃，就必須要有膽子承擔後果。不過，我倒是可以給妳指一條路，也許，能救妳和妳弟弟一命，如何？」

「我願意的！」沈薇連思考的時間都不需要，直接就應承了下來。只要能救她的弟弟，不管要她做什麼她都願意！

素年讓刺萍先將她帶回去，沈薇起身的時候，膝蓋已經有些站不住了，雙眼半點神采都沒有，如同行屍走肉一般被帶回了她住的地方。

「少奶奶！您就是思慮得太多，這種人還要給她什麼機會？要我說，就應該報官，讓她嚐嚐惡果！」月娘仍舊心裡不忿。多可怕啊！居然是要來害小少爺的，還打算讓少奶奶以後都生不了孩子！真是想一想，全身的雞皮疙瘩都起來了！

素年摸了摸肚子，那裡有一個小生命，她拚死都會護住的生命，她怎麼可能不生氣？可是，沈薇的弟弟才六歲，也同樣是個孩子，如果不是為了弟弟，沈薇一定不會願意的，素年相信自己的眼光。沈薇的目光在瞧見自己肚子的時候，裡面的情緒十分複雜，所以她才不敢看，且她也不願意，但為了弟弟卻不得不硬著頭皮來到自己這裡。最可恨的，就是打算利用這兩個孩子的蕭家！素年的眼睛眯了起來，這樣的人根本不配在這個世上活著，但要真讓他們就這麼死了，也太便宜他們了！

這兩日，沈薇過得可謂膽戰心驚，她不知道素年打算做什麼？想要她做什麼？弟弟在蕭家人的手裡會不會出事？等素年再看到她的時候，小姑娘已經憔悴得幾乎沒個人形了。

「妳這樣子怎麼還能取信於蕭家的人？一旦他們察覺到我已經知道了，妳的弟弟可就危險了。」

沈薇搖搖欲墜，本就瘦骨嶙峋的身子好似一陣風就能吹倒。

「既然妳已經成功進了我的院子，蕭家人一定會找機會跟妳見面的，妳需要讓他們相信，妳已經得到了我的信任。只要拖著，妳的弟弟就會安然無恙，這個妳懂吧？」

見沈薇點了點頭，素年也不說別的了，給她開了個寧神的方子。其實不用沈薇的配合，她一樣能夠讓蕭家人得到教訓，但誰讓她放不下這對小姊弟呢！

揮了揮手，素年讓沈薇下去養好，將手邊的信件重新拿了起來。

就在素年想著如何整治蕭家人的當口上，一個消息從邊界傳了回來。

皇上下旨召素年進宮的時候，她想著是蕭戈要回來了，心裡盤算著以蕭戈的腳程，說不定能在自己生產之前趕回來呢，心裡不禁樂滋滋的。

但見到皇上之後，素年的笑容便收了起來。皇上的臉色不對勁，一點喜色都不見，難道……並不是好事？素年的心突突直跳，如果是壞事，對她來說，也只有蕭戈了……

「妳……妳先喘口氣！」皇上緊張地看著沈素年瞬間慘白的臉，覺得有些說不出口。這個在自己面前很少失態的女子，現在挺著個大肚子，面無血色，瞧著就讓人心驚。

「喘好了，皇上您趕緊說吧。」素年大口地呼吸了幾下，眼睛盯著皇上，生怕他會說出令自己無法接受的事情，兩隻手攥得緊緊的，用掌心的疼痛來強迫自己打起精神。

皇上見狀，也只好閉了閉眼。「蕭戈也被圍困了……」

素年眼前一黑，指尖用力地掐住掌心才勉強站住。

一旁的宮女接到皇上的示意，趕緊將沈素年扶著坐了下來。

素年緩緩地深呼吸，腹部傳來異樣的感覺。手掌輕輕摸了摸肚子，素年在心裡不斷地安慰自己：沒事，只是圍困，只要不是確切地見到了屍體，都有生還的可能，沒事，沒事的……

好不容易，素年才鎮定下來。「皇上，如今怎麼辦？是要派人去突圍嗎？」

皇上卻緩緩搖了搖頭。「沒那麼容易。蕭戈那裡傳來軍情，他已經弄清楚阿羌族的情況了，阿羌族如今剛換了族長，性子好鬥有野心，將阿羌族的目標直接瞄準麗朝，他深知阿羌族在各族之間一直以來都擁有良好的名聲，便以此設計埋伏，已經有數個外族跟麗朝一樣受到蒙蔽，甚至慘遭滅族。」

「所以呢？那不是正好，大家群起而攻之，滅了阿羌族，將蕭戈救回來啊！」素年急於想聽到實質性的計劃。如今的情況稍有疏忽就會命喪黃泉，現在怎還能這麼悠閒地分析？

皇上並沒有動怒，他知道沈素年這會兒的心情。他也想派出天兵天將將阿羌族殺了替天行道，但問題是不能。「阿羌族在換族長之後並沒有立刻施展他們的野心，而是十分有誠意地與數個外族結盟，進行聯姻，所以現在的問題並不只是一個阿羌族。他們攻擊了其餘外族，甚至將他們滅族後，獲得的利益也不是阿羌族一族獨享的，因此，若是只有我們麗朝出兵，也並沒有把握能將人救回。」

「怎麼可能！堂堂麗朝的軍隊竟然不敵外族？不過是幾個外族結盟而已，怎麼可能會有這麼大的威力？那若是外族都結盟起來進軍麗朝，麗朝的江山豈不是要易主了？」

「放肆！」小太監尖細的嗓音在殿裡迴盪，他渾身顫抖，都不敢去看皇上的臉色了。這個女人簡直膽大妄為！她也不看看自己在哪裡？在什麼人的面前？剛剛的話……剛剛的話，誅她九族都不為過啊！

素年還在喘息著，她知道自己在找死，可她剛剛卻無法控制自己的情緒。怎麼可能無法出軍？蕭戈是為了麗朝才被圍困住的，麗朝怎麼能棄他於不顧？

皇上的臉色確實糟糕，他早知道沈素年膽大包天，卻沒想到竟然放肆到這種地步，可素年臉上的悲戚，讓皇上想治她罪都很難開這個口。

他何嘗不想瀟灑妄為？但麗朝的百姓不止蕭戈一人，若是貿貿然地行動，卻不能有力地打擊到阿羌族，那麼百姓將遭遇的只會是阿羌族的報復，所以這件事不能急，必須要有十足的把握才行。蕭戈也是這麼想的，才會在軍情裡讓他再三慎重行事。

「朕已經派出使者，分別去向幾個擁有實力並且中立的外族求援，如果能得到他們的相助，圍剿阿羌族才會有獲勝的把握。特別是夏族，他們跟之前的阿羌族很像，主張和平，卻擁有超越阿羌族的實力，如果能得到他們的援助，就能夠將阿羌族的野心撲滅。」

皇上就好像沒有聽到沈素年剛剛的話一樣，隻字不提，讓一旁的小太監手捂著胸口，無聲地嘆了一口氣。他還從沒有像剛剛那麼害怕過，以後，若是蕭夫人再進宮，他還是找個藉口溜走吧……

素年一直靜默著。

皇上看她低著頭，還以為她在思考什麼。

直到離她近旁的宮女發現了不對勁，驚叫出來。「蕭夫人！您怎麼了？」

素年微微抬起頭，臉上的汗水已經滴落下來，嘴唇泛白，臉色疼得都透明了。她扯了扯嘴角，卻無法扯出一個笑容。「我……肚子疼……」

「太醫！快傳太醫！」皇上的聲音裡有些許驚恐。沈素年可不能有事啊，蕭戈除了軍情，還特意再次叮囑了自己要看顧好沈素年的！不會有問題的吧？可千萬別出事啊……

第一百五十一章　夏族王妃

延慧宮。

素年躺在榻上，巧兒滿臉焦急地看著還在給素年把脈的太醫，恨不得拽著他的鬍子，命令他將素年治好。

太醫的手終於收了回來，摸了摸鬍子才慢聲道：「蕭夫人只是情緒激動，氣血上湧，動了胎氣，老夫開幾副安胎藥，靜養一陣子便可，蕭夫人的身子康健，沒有大礙。」

巧兒這才鬆了口氣，也不管太醫說什麼，坐到素年身邊拉著她的手，眼中盡是擔憂。

蕭大人的事情巧兒略有耳聞，沒想到向來情緒淡定的小姐竟然會著急成這樣，若是蕭大人真的回不來了……巧兒都不敢想像。

過了一會兒，素年慢慢甦醒過來，她微微轉過頭，看到了巧兒和早已哭成淚人兒的阿蓮。「沒事，我的孩子可是跟我一樣堅強的。」說著，素年就要撐著身子坐起來。

阿蓮趕緊要上前去扶，卻沒有巧兒動作快。

巧兒在素年的腰後面塞了一個軟枕。「小姐，我請示過皇上了，妳這幾日就先住在我這裡，等身子好一些了我再送妳出宮。」

素年點點頭，她也想留在宮裡，起碼有什麼情況能早一點知道。「那就麻煩妳了。」

「小姐妳說什麼呢！」巧兒抿著嘴，看著曾經讓她覺得無所不能的小姐如今憔悴的臉色，心裡就一陣難過。「小姐妳就安心養著，妳放心，如今延慧宮裡已經都是我的人了，必然不會讓妳有任何危險的。」

素年扯了扯嘴唇，打算讓阿蓮回去報個信。

阿蓮卻死活不肯走。「小姐，妳身邊沒個人哪行？阿蓮就留下來服侍妳吧？」

「這不還有我嗎？妳放心，我會照顧好小姐的。」巧兒十分可靠地拍了拍胸口。

阿蓮怔了怔。「那不一樣啊，您可是娘娘……」

「在小姐面前，巧兒永遠是巧兒。」

阿蓮的嘴角抽動，這不行、這不行，連宮裡的娘娘都跟她搶飯碗了，她更應該表現好點才行！

素年看著她們倆，面色終於和緩了些，伸手習慣性地將巧兒拉過來，手指搭在上面，好一會兒都沒能放開。

「……小姐，莫非我又不知不覺地中毒了？不可能啊，我一直都十分小心了，難不成這些人裡又有我沒能察覺出來的內賊？」巧兒緊張了起來，僵硬地笑了笑。小姐的神情有些異常，看來自己識人的本事還是不強啊！

「阿蓮，妳還是待在宮裡吧，讓人回去報個信就成。」素年放下手，立刻改變了主意。

「小姐，巧兒伺候妳就行了嘛！」巧兒鼓著頰，她多難得才能見一次小姐，還打算多親近親近呢！

素年嘆了口氣。「還是算了，讓一個有身孕的娘娘伺候我？皇上非生吃了我不成！」

巧兒下意識地想反駁，卻如遭雷劈一般地愣在原地。有身孕？小姐說的是自己嗎？她……有身孕了？

阿蓮十分伶俐地將巧兒拉坐下來，小姐說過，有孕頭三個月很重要的，可不能累著。

「哎，怎麼哭了？」素年看到巧兒愣了一會兒後，臉上迅速有淚珠滑落下來，不禁有些詫異，這要說是喜極而泣吧，感覺也不大像呀！

「小姐，我的孩子……他終於肯原諒我了……」巧兒斷斷續續地說著，捂著臉痛哭起來。太好了，之前因為自己的疏忽導致孩子沒了，小姐那個時候就說過，孩子還想要來自己這裡的，可巧兒一直等呀等呀，等得她都沒了信心。是不是她的孩子不肯原諒她，原諒她這個不稱職的娘親，所以才一直不願意再來？「嗚嗚嗚嗚……」

殿裡充滿了壓抑的哭聲，皇上在殿外還以為是沈素年終於按捺不住，情緒失控，爆發出來了，想著這時候進去不大好，打算等會兒再過來，可是……這個哭聲越聽越熟悉，皇上離開的腳步停了下來。怎麼這麼像是巧兒在哭？難不成沈素年憤怒之餘遷怒了巧兒？以巧兒對素年的忠心，那絕對是罵不還口、打不還手，如果沈素年真要拿巧兒出氣，巧兒定然是躺平了任她折磨的！這還得了？皇上立刻轉身往殿內走。

雖然他知道蕭戈出了事沈素年定然很傷心，但自己難道就不傷心嗎？傷心了卻拿自己的妃子出氣，就算顧念蕭戈的面子，皇上也是不允許的！黑著臉跨進殿中，皇上一眼就看到巧兒捂著臉痛哭的身影，沈素年則半躺在榻上，看著巧兒的眼裡竟然還帶著一絲笑意！

「這是怎麼回事？」皇上冷著聲音。

跟在他身後的小太監聞言抖了抖，皇上這是生氣了！怪不得之前沒有發作，原來皇上是打算秋後算帳啊！

巧兒見到了皇上，卻只能抽噎著，什麼話都說不出來。

皇上見狀心疼無比，皺著眉頭就對沈素年斥責道：「朕顧念妳是蕭戈的妻子才這麼縱容妳，沒想到妳竟然是這樣的婦人！慧嬪有何過錯？妳是要借為難她來發洩對朕的不滿嗎？」

素年挑了挑眉，為難巧兒來發洩對皇上的不滿？皇上也太看得起他自己了吧？在素年的心中，巧兒和皇上的分量孰輕孰重，這還用比較嗎？

皇上瞧見素年不為所動的模樣更加惱火，又想說話時，卻被巧兒牽住袖口，他轉身看去，只看到巧兒水淋淋的眼睛和染了濕意的臉頰，頓時更心疼了。「妳現在是娘娘，她不過是個將軍夫人，妳怕她做什麼！」

「皇上！」巧兒的語氣裡有些埋怨。「小姐沒有欺負臣妾！小姐說……小姐說……臣妾有身孕了！嗚嗚嗚嗚……」巧兒好不容易說完，又開始繼續哭。

這下子輪到皇上僵住了，剛剛巧兒說什麼了？哭音太重，他沒有聽清楚啊……

「別哭了，情緒太激動對孩子不好。」素年輕飄飄地說了一句。

巧兒立刻聽話地擦了擦眼淚，抽抽噎噎地停止了哭泣。

「有……身孕了？」皇上的眼光落在了巧兒的腹部，那裡已經有他們的孩子了？

真是個呆子！素年在心裡唾棄，這反應跟蕭戈當初聽聞自己懷孕的時候也好不了多少。

素年不好光明正大地鄙視，只能暗暗翻一個白眼。「皇上，您剛剛說『沒想到妳竟然是這樣的婦人』，妾身極想知道，皇上說的，是哪種婦人？」

嗯？皇上愣愣地抬頭，看見沈素年面露微笑，笑意卻只到嘴角，頓時有些後悔。沈素年從來都不是個好惹的，雖然自己是皇上，不用怕她，但巧兒對她可是言聽計從，她要是在巧兒面前說個什麼，自己吃了虧可能都還沒意識到呢！

「咳，朕剛剛有說過嗎？喔，朕是說，蕭夫人深明大義，定然不會為難慧嬪的。朕還有些事情要處理，先走了。來人，延慧宮裡需要什麼，都不用經過中宮，趕緊下去辦！」

小太監「喳」了一聲，快速消失在殿裡。

皇上嘴裡說著有事要處理，眼睛卻盯著巧兒，就是不離開。他的孩子……也不知是不是上天在懲罰自己，自從巧兒落胎之後，後宮中雖然也有妃嬪懷上，卻都沒能保住，即便處理掉了蘭妃，還是會莫名其妙地落胎。如今巧兒又懷上了，是不是上天終於結束對自己的懲罰了？他想做個好父親，在好皇上的基礎上做個好父親。先皇臨終前的遺憾，他一點也不想有。

素年就在宮裡住下了，每日皇上都會抽空來看巧兒，素年便乘機旁敲側擊救援蕭戈的進展，有巧兒在身邊護著，素年問得百無禁忌。

派出去的使者說，他們已經將夏族的王妃請來麗朝，這位王妃的孩子已經被夏族首領欽定為夏族下一任繼承人，若是能說動王妃，就極有可能得到夏族的支援。

「一個女子能夠有這麼大的影響力？」素年有些不相信。

皇上冷哼一聲。「當初蕭戈為了一個女子跟朕鬧彆扭的時候，朕也不相信！」

「……」素年黑線，怎麼蕭戈在皇上嘴裡完全不冷酷呢？

「這名王妃能坐穩位置，必然有她的手段。夏族首領的王妃不止她一個，夏族王子中也有比她的孩子大上不少的，首領卻只立了她的孩子作為繼承人，這足以說明這個王妃在首領心裡的影響力。」

素年將信將疑，但不管怎麼樣，等她見到王妃以後，定然要誠懇地請求，希望對方不是一位心腸冷硬的女子才好。

皇上卻嘆了口氣，能夠在夏族擁有那麼高的威信，這名王妃必然是個狠角色。阿羌族在攻擊其餘外族的時候並沒有去惹夏族，反而給他們留出了一大片區域，討好意味明顯。跟麗朝聯手制裁阿羌族，說實話，對夏族來說可說是毫無好處，這王妃但凡是個精明的，都不會那麼容易同意……但皇上卻不敢跟沈素年說，她的肚子如今已經十分大了，太醫說分娩也就在這個月，若是讓她知道又激動起來，有個好歹，他要如何跟蕭戈交代？

素年閒來無事，便跟巧兒探討一些懷孕需要注意的事項，她此時極需別的事情來轉移自己的注意力，之前在殿上因為過於焦慮動了胎氣，素年知道這是非常危險的，她不能去想，只要設想一下蕭戈現在可能的境地，她的肚子就會一陣一陣痙攣。

但素年仍然每日都會詢問那位夏族王妃是否已經抵達京城？聽皇上的意思，如果夏族真的同意跟麗朝聯手，一些小的外族必然也不會拒絕。蕭戈的生死竟然繫在一名女子身上，素年心裡十分不安。王妃一天不到，素年的焦慮就一天不能散去。

巧兒看出素年的強顏歡笑，便賣力地幫著打探消息。

這日，巧兒的宮女匆匆忙忙地跑回延慧宮，在巧兒耳邊低聲說了些什麼，素年只看到巧兒的臉色微變，然後來到自己面前。

「小姐，夏族王妃已經入宮了。」

「什麼？」素年皺起了眉頭，昨日皇上不是還說了王妃來到京城尚需幾日的嗎？怎麼這會兒都已經入宮了？素年著急起來，不行，她也要去見見，她要親自去求這位夏族王妃，希望她能出手相救。

巧兒匆匆將素年攔住。「小姐，皇上現在正在接見王妃……」

「所以呢？」素年轉過頭，臉上是沒有隱藏的焦急。

巧兒看得明白，她是瞭解小姐的，小姐真想做一件事情時，就算粉身碎骨也不會放棄的。「所以，我知道怎麼樣能夠接近正殿。」巧兒一眨也不眨地看著素年。

「那，就勞煩妳了。」

「王妃，如今的狀況就是這樣。夏族首領聽說身子不適，並沒有接見我朝使者，朕希望王妃能將我朝意願轉述給首領，助我朝大軍擊潰阿羌族惡徒。」皇上看著坐在賓席的夏族王妃，她並不像自己認識的那些夏族人，而是像麗朝江南地區的女子一樣，渾身透著優雅溫婉的氣質。

夏族王妃正端著一盞茶，一下一下地用蓋子將茶碗裡的茶葉撇開，然後動作輕緩地低頭輕輕喝了一口，面上甚至還出現了滿意的神情。

將茶盞放下後，夏族王妃才正面看向皇上，臉上是得體柔婉的笑容。「皇上，我族首領身子不適，並不想在這個時刻跟阿羌族有所衝突。雖然阿羌族如今十分凶猛，我們夏族卻是不怕的。」

「王妃此言差矣，阿羌族野心勃勃，定然不會滿意現狀，若是讓他們這樣的族群壯大起來，王妃，朕不覺得夏族能夠倖免於難。」

「這個就不勞煩皇帝為我族操心了。說起來，夏族似乎跟阿羌族更為親近一些，若是阿羌族真侵犯了麗朝，對我族來說未必不是一件利事。」夏族王妃仍舊是笑容滿面的樣子。

正殿裡所有人的心都是一凜，她怎麼敢說出這樣的話來？

皇上卻是不動聲色。「只可惜，阿羌族只是占了出其不意之利而已。麗朝的基業，怎麼也不可能是這麼一個族群能夠撼動的，王妃不妨換個想法試試？」

夏王妃但笑不語，眼睛裡卻沒有透出一絲贊同的神色。

皇上雖然依舊面不改色，但他心裡卻知道，要夏族出手的可能性實在是太小了。

沒想到這個夏王妃竟然有這麼大的權力，事實上，麗朝的探子已經打探到，夏族的首領並不只身子不適而已，可究竟是如何只有這位王妃知道。從王妃剛剛的態度來看，似乎她就可以作決定一樣。這個女人不是那麼好說話的……皇上在心裡嘆息，他當然不準備放棄，可要想打動這位王妃，他得要好好考慮一下能夠拿得出來的籌碼才行。

「皇上，蕭夫人在殿外求見。」小太監湊到皇上身邊輕聲地說。

皇上的眉頭皺得更緊了，沈素年怎麼會知道的？他已經下令不要往延慧宮傳消息了，難不成是巧兒？

「皇上，蕭夫人說了，若是不讓她進來，她就一直等在外面，說是……夏族的王妃總不能住在這裡吧……」小太監愁眉苦臉地補充。早知道他就躲開了，沒想到還是沒來得及！

「……傳吧。」皇上深吸了一口氣。這種朝廷大事本不想讓沈素年參與，但畢竟關係到她的丈夫，讓她進來也好。況且這沈素年不是向來古裡古怪嗎？說不定能跟這位陰陽怪氣的夏族王妃合拍呢！

小太監通知素年進去的時候，素年還愣了一下，沒想到竟然會這麼順利。她來之前可是計劃好了的，如果皇上不同意，她當真會一直守在這裡，誰來拉她她都不會離開！剛剛她還物色了一根殿柱，打算死死抱住來著。

「蕭夫人，請隨咱家來。」小太監僵硬地笑著，將素年往正殿內帶。「蕭夫人，這位夏族的王妃有些不大好相處，還請夫人小心慎言。」

素年用力點了點頭。她會的，她知道這位王妃有多麼重要的作用，她又不傻，這麼關鍵的人物自己才不會去惹呢！素年決定，她要以從未有過的真誠去打動人家，希望能夠讓同是女子的王妃動了惻隱之心。素年是這麼打算的，卻在看到端坐在賓席上的女子時愣住了，以至於都忘記了要給皇上請安。

素年想起來那年在一座小城裡，她遇見一位溫婉優雅、洞悉一切的女子，她將自己請過去，希望自己能夠助她受孕。

素年當時只覺得這名夏夫人不是尋常人，身上擁有跟蕭戈一樣的上位者氣息，對方只在那個小城待了短短時間便消失離開了。

素年在給她調養身子的時候也曾經無聊地猜想過她的身分，也許是個貴族的女眷，甚至有可能是身分高貴的妃嬪，但她怎麼也沒有想到，當初的夏夫人竟然根本就不是麗朝的人。

怪不得她說她的夫君沒能陪在她的身邊，怪不得她行蹤神秘卻出手大方。素年愣愣地站在正殿門口，眼睛盯著夏族王妃失了神。

王妃感覺到殿門口站了人，她並不想跟麗朝有過多的糾纏，這次來到麗朝也是因為一些事情，否則麗朝的使者怎麼可能順利地將自己請過來？

「皇上，既然您有別人要接見，那我就先離開了。」夏族王妃站起身，微微低身，點到為止地行了基本的禮數，便打算往殿門口走。

王妃禮儀端莊，目不斜視，步履輕盈，眼看著就要從素年身邊擦身而過時，耳邊卻聽到輕輕的聲音響起——

「夏夫人。」夏族的王妃，便是當初的夏夫人。

王妃腳步一頓，轉眼看去，卻在看到素年的臉時愣住，這張臉，她曾經在心裡一遍一遍提醒自己不能夠忘記的，雖然那個時候素年年歲並不大，卻已經能夠顯露出傾城之姿，這會兒看來果然清麗絕倫。沒想到，自己竟然在這裡又跟她遇上了。

「夏夫人，您還記得我嗎？」素年的聲音有些顫抖，腦子裡不知道為什麼忽然想起自己跟眉煙一起去寺廟裡祈福時，自己抽到的那支籤文——

欲求勝事可非常，爭奈親姻日暫忙，到頭竟必成中箭，貴人指引貴人鄉。

解籤的師父只說「有意興變，到底安然，若問用事，只近貴人」。她當時還以為說的是蕭家那時候的境況，可是現在，素年更願意相信那支籤文指的是現在。

到底安然。只要最後能安然，素年願意從現在開始相信神佛。

第一百五十二章　宮中產子

夏王妃笑了起來。「記得的，沈娘子可是我的恩人，我就算失憶了，也不會不記得沈娘子對我的恩情。」

皇上用力抓住扶手。嗯？有門兒！沈素年和夏族王妃認識？而且似乎是和諧的關係啊……

「哈哈哈，沒想到王妃竟然與蕭夫人是舊識，不得不說，這就是緣分吶！」皇上十分開心地笑了笑，一邊朝著沈素年使眼色，讓她將人攔住，別放跑了。

素年這會兒心思完全沒有注意到皇上，卻也將夏王妃引導到一旁坐了下來。

「蕭夫人？怎麼沈娘子並不是麗朝皇上的妃嬪嗎？」夏王妃有些好奇，能在這裡見到素年，她還以為素年是進宮做了娘娘。

素年搖了搖頭，正要說什麼，卻被夏王妃打斷。

「說起來真是巧，我正打算派人去尋沈娘子的蹤跡。若不是沈娘子，也不會有今日的我，沒想到竟然就遇上了呢！」

「夏王妃的身子……」

「嗯，多虧了妳，喜得麟兒，也保住了我王妃的地位。」夏王妃說得隨意，很是輕鬆的樣子。「對了，還沒恭喜沈娘子，也要做母親了。」夏王妃的笑容跟剛剛敷衍皇上的完全不一樣，態度和善非常，看著素年肚子的時候，眼裡的善意毫不假裝。她也是做母親的，這會兒瞧見素年有了身孕，便對她更多了一分親切。

素年的手摸了摸肚子，笑容卻只能在臉上微微浮現一點點。「王妃，我的夫君如今被阿羌族圍困，生死未卜。皇上說，如果能夠得到夏族的支援……」素年忽然有些說不下去了，她原本想，如果真的能夠求得夏族王妃的憐憫，她捧著肚子跪下來都可以，可是現在，王妃居然是自己認識的人，還是自己曾經給予過幫助的。素年從沒有打算利用自己對病人的恩情來達到什麼目的，她現在居然有些猶豫了。

夏王妃的眼神閃動。她對素年的感激是真心的，如果沒有素年，她也許就懷不上孩子，就會被那幾個賤人以天命為由害死。她們沒想到，自己藉口散散心，回去之後竟很快懷上了首領的孩子，這才坐穩了位置，有足夠的時間慢慢地奠定自己在夏族的基礎。這一切，夏王妃相信都是靠著那一個時時都臨危不亂的小姑娘所賜，沈素年，那個擁有沈穩心性的小姑娘。儘管知道她做的也許不見得有效果，卻依舊盡心盡力，想方設法要將自己的身子調養好，更是忍著害羞為她算出同房的最佳時間。得知自己懷上孩子的那一剎那，夏王妃覺得什麼都值了，她恨不得為沈素年立個牌匾，每日上三炷香供著才好。

如今自己大權在握，夏族的一切可以說都掌握在她的手裡，等到她的孩子長大，她會將這些都交給他。現在夏族需要做的是養精蓄銳，若是跟阿羌族對著幹，只會徒增消耗。

可是，現在自己面前坐著的是她想要報恩的人，瞧著很快就要生產了，夫君卻被圍困在戰場上。夏王妃知道不能夠意氣用事，但她那時對著蒼天發過誓，此生必定會報答沈素年的……

「沈娘子，妳的夫君是個什麼樣的人？」

素年回過神，有些沒聽懂夏王妃的問話，她此刻腦子裡很亂，許多情緒不斷在翻攪，然而夏王妃的問題卻讓她逐漸冷靜下來了。

蕭戈是個什麼樣的人啊……素年的眼睛往殿頂上看去。「他是個有責任心的男子，也許以後並不能夠保證會永遠喜愛我，但至少我知道他不會讓我失望。」素年笑了笑，眼眶卻紅了。「他就是這樣子的人，從來都知道自己要的是什麼，他會丟下我去戰場，是因為他對麗朝有責任，他不會做出對不起我的事情，是因為對我有責任……」所以她才會願意嫁給蕭戈吧？素年的眼淚逐漸泛出來，將她的視線模糊。從什麼時候起，自己對他已經信任到這種地步了？也許有責任心的男子並不止蕭戈一個，但只有他，才能讓自己這麼心甘情願地嫁了吧？

夏王妃看著素年的眼神裡帶著憐惜，素年的感情她能感覺得到，真好，一個女子活在世上，未必能遇見一個讓自己全身心信任的人，至少，她就沒能夠遇見。

在那個小城接受醫治的時候，夏王妃就十分欣賞素年，不單單是她沈著的心性，更是因為素年像她年輕的時候，看著她就好像看到了從前的自己。

「王妃，素年生平從沒有求過人，誰都沒有，因為素年明白，與其求別人憐惜，不如重新選擇另外的道路。可我現在才知道，有的時候，並沒有另外的路可以走。」素年起身，在王妃的腳邊跪下來，她的肚子太大了，腰彎不下來，只能將頭低垂著，不讓人看見她臉上的表情。一個來自未來的靈魂，從來都覺得下跪讓她很不舒服，她也只跪一跪天子、跪一跪長輩，其餘的時候想要讓她下跪，她是打從心裡唾棄的，可是沒想到，有這麼一天，她會跪得如此心甘情願。「夏王妃，素年為麗朝的將士們求您，請您看在麗朝和夏族長久以來和睦的情誼上，協助麗朝對抗阿羌族。」

「只要夏族答應，什麼條件都好商量。」皇上也震驚了一下，然後才跟在後面補充。

夏王妃沒有動彈，只深深看了一眼素年垂著的頭。「若是我不答應，妳會怪我嗎？」

素年好久好久才輕微地晃了晃腦袋，聲音輕得幾不可聞。「不會，您也有族人需要顧及，這只能是素年的命不好了。」素年閉著眼睛。是呢，她的要求太自私了，麗朝的人命是人命，夏族的就不是了嗎？他們定然有他們的考量。可是……蕭戈怎麼辦？他是不是還帶著他的將士們苦苦在等待著救援？皇上已經派了人出去了，可單單只有麗朝的軍隊，不知阿羌族是不是又已經設計埋伏好了？

肚子裡一陣痙攣，素年咬緊牙關，等待這一波疼痛過去。她忍得住的，她不要現在離開，她還沒有等到王妃的回答。王妃只是說了如果，還沒有肯定地拒絕不是嗎？還有機會的，一定還有機會的！然而，突然來襲的疼痛讓素年腦子裡一片空白，身子似乎不能保持平衡，手掌撐在一旁，觸及到冰涼的漢白玉地磚才能尋回一點點清醒的意識。怎麼還沒結束？之前也疼過的，不是一會兒就好了嗎？怎麼還這麼疼？

「來人！快來人——」

素年在失去意識前，聽到了皇上略帶驚恐的聲音響起……

事實上，素年只暈厥了一小會兒，很快地她就再次甦醒過來，然而一波波的疼痛讓她覺得還不如昏過去算了！可她知道不行，也許，自己就要生產了，暈過去對分娩一點幫助都沒有，說不定還會影響到孩子。

她這會兒躺在不知道哪一個宮殿的床上，疼痛讓她的意識無法集中，手抓著床上鋪著的錦墊，幾乎將之揪爛。

阿蓮在一旁不知所措，急得眼睛都紅了，只能給素年擦擦汗，抓著她的手安慰她不會有事的。

皇上已經派人去蕭府將穩婆接進宮，也傳了太醫先來看看。巧兒聽到消息找了過來，死活要進去瞧瞧，但皇上說她也正懷著孩子，看見血光會不吉利的。

「皇上！臣妾的娘親是小姐救好的，若是沒有小姐，臣妾早就被人買走折磨死了，還能在這裡考慮吉利不吉利嗎？」

小太監都麻木了，慧嬪娘娘從前是多麼賢慧溫婉啊，性子柔和得讓宮裡伺候的人都十分喜歡，可這會兒竟然衝著皇上吼？這日子實在過不下去了，小太監覺得他得跟皇上申請換崗，去別的宮裡伺候，省得整天擔心被皇上的怒氣給波及到。說起來，自己經歷的幾次驚險都是蕭夫人帶來的，果然避著蕭夫人才是上上策啊！

巧兒越過皇上跑進了殿內，小太監看得心驚動魄。慧嬪娘娘懷著孩子啊！這還不足三個月，是最重要的時候，懷著龍種還敢跑成這樣，皇上您都不說說的？

皇上自然是擔心的，但他也發覺了，只要跟沈素年扯上關係，身為天子的他似乎也有些無能為力。「跟著去看看吧，仔細著點。」

小太監聽出了皇上語氣裡的無奈，只得朝追過去的宮女們使了使眼色：都警醒著點兒，慧嬪娘娘這般無理，皇上都不予追究，妳們自己掂量著吧！

巧兒見到素年因為疼痛而狼狽的樣子，眼淚瞬間就掉下來了。「小姐！小姐妳沒事吧？」

素年咬著牙將這一波疼痛忍過去，神經才得以暫時鬆懈。「我也想說沒事，但生孩子哪兒會沒事？」

「嗚嗚嗚嗚……」巧兒也沒有生產過，跟阿蓮是一個級別的，她團團轉著，也不知道該做什麼，還是小姐提醒了，她才使人去做點東西來。小姐說，生孩子可是件力氣活兒，她這幾天吃得比較少，得趕緊趁現在補充一些。

巧兒讓人去準備了以後，心裡不放心，乾脆親自前去小廚房裡動手。

阿蓮抓著素年的手，讓她疼了就用力捏自己。小姐平日裡最喜歡捏一捏自己的臉和手，說是肉嘟嘟的，捏一捏病痛全無。這會兒只要能緩解一些小姐的疼痛，阿蓮不怕被捏的！

素年沒想到宮縮居然如此的疼，她本來想著反正大家都會生孩子，還有人一個接一個生了那麼多孩子，其他人能做到的事，她也一定能做到的。沒想到，這是要她的命啊！那些生好幾個孩子的人，妳們都他媽的是神嗎？這種疼痛怎麼能一而再、再而三地承受？

可是肚子裡的孩子卻十分乖巧的樣子，只偶爾會動一小下，他知道是要出來的時候了嗎？素年只要一想到一會兒就能跟她的孩子正式見面，疼痛似乎也能夠忍得住了。

巧兒很快端來了一碗她自己下的麵，從前小翠有事情下不了廚的時候，她就會下這種麵給小姐吃，小姐還說她有煮麵的天賦來著呢！

那邊巧兒和阿蓮抓緊著機會在素年疼痛稍緩的時候餵她吃東西，皇上這邊又有頭疼的事情了，夏族王妃請求去看一看沈素年。

「呵呵呵，蕭夫人可能是要生了，怎麼能讓王妃進去那種污穢的地方呢？」皇上心裡翻著白眼，嘴裡倒是很客氣。

反正聽夏王妃的意思，她是不打算讓夏族出手了，因此皇上對她的態度立刻敷衍了起來。算了，他就不信麗朝的軍隊還對付不了一個阿羌族，就算阿羌族已經有了數個外族聯盟，但傾麗朝全部，他也要將阿羌族給滅了！

雖然皇上很客氣地在心裡翻白眼，但夏王妃就沒那麼好的耐心了，直接光明正大地瞪了皇上一眼。

「依皇上的意思，女子生產是一件污穢的事情嗎？真是可笑！在我們夏族正好相反，將它看作是一件神聖的事情！」

「咳，朕的意思是，夏王妃身分高貴，不適合去那樣的地方，若衝撞了妳可就不好了。」

「生孩子有什麼高貴低賤可言？皇上此言差矣。更何況，蕭夫人對我有恩，我去看一看也是人之常情。」

「夏王妃，朕就跟妳坦白了說吧，朕知道妳來到麗朝肯定是在夏族已做了萬全的準備，讓我們不敢將妳作為人質，但麗朝人也是有血性的，剛剛蕭夫人那樣求妳，妳卻拒絕了，蕭夫人此時若是再看到妳，也許會更加難受。」皇上不退讓。他這還是第一次見到沈素年如此卑微，這個女子似乎從來脊梁都是直挺著的，皇上一直以為沈素年對蕭戈的用心遠遠及不上蕭戈對她的，可剛剛見到她垂著頭下跪時，皇上被震撼到了，原來沈素年並不是冷心冷清，只是自己一直沒有感受到罷了。

夏王妃的眼睛眯了起來。「皇上什麼時候聽到我拒絕了？」

「難道不是？王妃如此果決之人，居然說了『若是』，這應該是顧及到了蕭夫人的心情才會如此吧？」

「蕭夫人對我有恩，我理應答應她，只是我也不能棄我的族人於不顧，所以，我還想要跟皇上商量一下，怎麼樣才能保我夏族族人長年安穩。」

皇上的眼睛猛地一亮，夏王妃這是在跟他提要求，那就說明了她打算讓夏族出手相助了！這麼一來，阿羌族便會無暇顧及，麗朝軍隊的折損也將被控制住。至於夏族會提出什麼要求，只要不是太過分，皇上都會答應的。

「先讓我見見蕭夫人吧，我好歹也是生產過的，說不定能夠幫得上忙。」夏王妃沒有繼續那個話題，而是又將一開始的要求提了出來。

皇上糾結了，他不讓夏王妃去是不想讓她跟沈素年接觸，誰知道這個女人有沒有安好心？不過看她的樣子，似乎也是不會加害於沈素年的。嘆了口氣，皇上只得同意了，只是特意讓兩個宮女隨身伺候著夏王妃，以防止她發生危險。

夏王妃知道這兩個宮女其實是要監視自己，她也不在乎，跟著人去了素年那裡。

素年一碗麵吃得是無比艱辛，咬兩口就開始疼了，只能專心致志地忍著，一口麵能吃一刻鐘，可不吃又不行，她怕真到生的時候沒有勁，那就悲劇了，不僅她的孩子會有危險，她也有得受了。

「多吃些，妳這樣怕是還有一陣子。」夏王妃進屋看到素年糾結著一張臉卻仍然在堅持吃東西時，不禁點了點頭。是個清醒的孩子，就算沒有生產過也知道什麼事該做，不過，是誰告訴她的呢？

素年感激地看了一眼夏王妃後，繼續艱難地吞嚥，吃的是什麼她也分辨不出來，更別說在意味道了，只要將嘴裡的東西嚥下去就是勝利啊！

「疼也要忍著，一定別叫，力氣叫散掉了就沒有勁了。別怕，女人都要經歷這種事情，沒什麼可怕的。」夏王妃坐到床尾，用柔柔的聲音給素年開導。

一個生過孩子的女人，她說的話是有權威的，素年慢慢鎮定下來，豁出去了。不就是疼嗎？疼還能將人給疼死嗎？唔……好像……也不是沒有啊……

太醫來給素年診了脈，宮裡也有穩婆，但素年不敢大意，左右時間還沒到，她就等著眉煙介紹給她的穩婆入宮。

穩婆到的時候，素年才剛完成進食大業，滿頭滿臉都是汗珠子，衣襟已被冷汗打濕了。穩婆也是個可靠的，進了宮竟然也沒有太多的壓力，一見到素年便去查看。「夫人還有一陣子，您放心，在府裡老身已經摸過了，是個正常的位置。」

這位穩婆經驗老道，當初眉煙的胎位不正並沒有告訴素年，卻找來了這位穩婆。素年對眉煙急救的時候，穩婆也特別給力，才能有後來皆大歡喜的局面。

素年的心終於定下來了，可這一會兒疼一下的，還是往死裡疼，太折磨人了。她怕自己堅持不了那麼長時間，她是個極怕疼的人，一點點疼都虛得要死。

肚子裡骨碌了一下，素年挪著手放上去。好孩子，不怕啊，媽媽是很疼，可是再疼，也及不上要跟你見面的激動。這是她和蕭戈的孩子，一定長得又可愛、又帥氣，素年糊裡糊塗地亂想著，甚至想到了一會兒見到孩子的第一眼要做一個什麼樣的表情？

阿蓮想起來，找來紙筆讓素年口述兩個方子，然後伶俐地按照方子去抓藥煎煮。

巧兒則按照穩婆的要求吩咐下去，讓人找來必須的東西。熱水宮裡是不缺的，端來後將剪刀等物件都放進去煮。

一切準備就緒以後，素年也差不多開始了。那種疼痛，素年這輩子、上輩子都沒有經歷過，那是從身體內部往外擴散的絞痛，她恨不得昏死過去才好。

素年忍得將下嘴唇咬出血來，眼淚從耳邊滑過，疼得幾乎背過氣去，卻一聲不吭，她不想將力氣用在別的事情上面。

阿蓮和巧兒被素年命令出去了，夏王妃卻是執意要留在裡面，她握著素年的手，希望能夠給她一些力量。

素年聽著穩婆的指令，讓她用力的時候便卯足了勁，不管自己流了多少血，也不管身體會不會破損。她的羊水已經破了，孩子待在她的肚子裡多一分鐘就會多一分危險，必須趕緊生出來。素年想起前世聽說過的事情，長時間生不出來會讓寶寶的大腦缺氧，造成腦部受損，這怎麼可以！

穩婆再下指示，素年拚命地用力，她能感到自己身體裡不斷地有熱流流出去，素年知道那是血，很多很多的血，可她也顧不上了，她的生命力在流逝，寶寶的同樣也在流逝。素年忽然想起前世在小說裡看過的場景，穩婆慌慌張張地跑出去問保孩子還是保大人……

你媽倒是來個人來問問我呀！

「蕭戈你個王八蛋！老娘流血不止都要死了，你人在哪裡啊？平日裡濃情密意的，為啥關鍵時候人卻不在了？你他媽要是敢隨便死掉，老娘做鬼也不會放過你的！你大爺你大爺你大爺——」

「哇……」

「恭喜夫人，是個胖小子！」穩婆捧著全身血污卻哭得特別帶勁的孩子，一時間不知道該怎麼辦？剛剛夫人狂吼出來的話驚著她了，平日裡跟夫人接觸可沒發現夫人還有這樣一面啊……

同樣有些無語的夏王妃主動上前，幫忙將孩子包好。

穩婆趕緊繼續忙活，蕭夫人的胎衣還沒有落下來呢！

嬰孩的哭聲彷彿在另一個空間，素年剛剛覺得肚子裡一空，這會兒疼痛到麻木的身子便開始發冷。失血過多，力氣也用完了，全身都發麻，似乎閉上眼睛就能昏睡個三天三夜一樣。可是她還沒有看過兒子呢，她拚命生下來的兒子正在哭，不知道是不是長得跟她想像中一個模樣？夏王妃將孩子送到素年面前，素年掙扎著將眼皮睜開，只看了一眼，嘟嘟囔囔地就昏過去了。

夏王妃手臂僵硬，是她聽錯了嗎？怎麼她聽到的是「醜死了」？不應該是喜極而泣嗎？

第一百五十三章　來玩遊戲

焦急地等在外面的阿蓮和巧兒聽到穩婆的聲音之後，顧不得別的，小心著不讓風吹進去，輕手輕腳地進了屋。

滿屋的血氣讓阿蓮渾身發冷，再看向床上，小姐已經昏迷了，頭髮一綹一綹地黏在皮膚上，臉頰慘白得都透光。

「姑娘別擔心，夫人這一胎十分順利，頭一胎能這麼快生產，已很是難得了，下一次保准更順利！」穩婆還有空笑呵呵地安慰阿蓮。

阿蓮卻是臉上一愣，再順利也生好幾個時辰了啊！想到剛剛皇上親自來探望，在門口聽到小姐撕心裂肺的吼聲時，那臉上精彩的表情……阿蓮都無法形容，真是太精彩了！

阿蓮將孩子從夏王妃手裡接過，小少爺還在啼哭，聲音洪亮有力，兩隻手都握成了拳頭舉在臉頰旁邊，臉上還有血污沒有清理乾淨，阿蓮看著，忽然就想哭。

「奶娘呢？孩子是不是餓了？」夏王妃瞧見只進來一個小丫頭，忍不住皺了皺眉。

巧兒讓阿蓮攔在了門外，是小姐囑咐的，說不能讓她肚子裡的孩子有一點閃失，所以只有阿蓮一個人進來。至於奶娘……「回王妃，小姐並沒有找奶娘，小姐說她要親自餵養小少爺，這樣……嗯……才不會白費了……嗯……這麼豐滿……」阿蓮低著頭，都不想抬頭看其他人的表情了。小姐說這幾個月胸前重死了，怎麼著也要派上用場才行，且找別人她也不放心。小姐還說了，反正孩子生下來一時半會兒不吃東西也餓不死，一定要等她親自餵才行。

夏王妃一直都很清明的眼睛裡終於出現了一絲茫然，這個沈娘子對孩子究竟是什麼想法？要說她不喜歡吧，剛剛拚死生子的氣勢讓她都驚懼；要說喜歡吧，這會兒孩子都哇哇哭成這樣了，卻讓丫鬟等著她醒過來……

素年昏睡的時候，阿蓮和巧兒在穩婆的指導下給孩子清理了身子，也換了床乾淨的床鋪讓小姐躺著。

素年大概心裡惦記著孩子，並沒有真的昏睡個三天三夜，等她醒來以後，心裡疑惑著兒子怎麼還在嚎呢？

看到小姐醒過來，阿蓮癟著嘴都要哭了，閃動著水汪汪的眼睛，趕緊將小少爺遞過去。

「小姐……小少爺一直在哭，怎麼辦呀？」

素年怎麼知道怎麼辦？不是說小孩哭哭就睡了嗎？這孩子莫非在自己肚子裡睡得多了，所以這會兒不睏？下意識地伸手將裹成包裹的孩子接過來，素年看到小嬰兒嫩嫩的臉蛋、哭得水淋淋的眼睛，心裡一下子便軟成了水。這是她的孩子，小小的一團躺在自己懷裡，臉還有些沒長開，皺皺的。哭了這麼長時間，小嘴嘬著一抽一抽的，看得素年心都醉了。

素年的身子還劇痛著，身體的傷口怎麼可能短時間就會好？她動一下都跟被刀割一樣。可是小傢伙無意識地嚅動嘴兒的動作，讓素年咬牙忍著痛，將衣襟解開，阿蓮投了濕巾子將胸部擦乾淨後，她便把孩子的嘴往自己胸口送。

小傢伙還沒哭夠呢，可他的嘴湊過去以後，居然神奇地停住了，小小的頭無意識地在素年的胸部拱著，才一點點大居然會皺眉，跟小豬覓食一樣來回蹭動著。

孩子還太小了，素年的姿勢也不標準，能半靠著已經是極限，素年耐著性盡量配合小傢伙的動作，可他竟然沒耐心了，嗅到了食物的味道卻吃不到，急得一咧嘴，又要哭了。

「不能啊……我和蕭戈誰都不是急性子，你這像誰啊？」素年虛弱地嘆氣，安撫地低頭在他額上親了一下，繼續挑戰。

阿蓮在一旁聽得無語，才剛出生的小孩子而已，這找吃的是本能，找不到急了怎麼能算是急性子？

疼痛加上折騰，好半天素年和小傢伙才成功對上。也不知道乳汁分泌出來了沒有，小傢伙卻吃得十分帶勁，小嘴不斷地嚅動。過了一會兒，素年只覺得胸口一陣異動，另一邊胸部已經分泌出了乳汁。

小傢伙大口大口地吞嚥，剛剛痛哭不止的不滿都消失了，整個人專注地喝著奶，咕嚕咕嚕地吞著。

素年感覺到前所未有的滿足，她忍不住落下淚來，滾燙的眼淚滴在寶寶臉上，讓他不安地動了動，素年趕忙將它擦掉，一邊落淚，一邊無比滿足地微笑。

這種感覺真是太奇妙了，好像捧了天底下最珍貴的東西在手裡一樣。素年餵了一會兒後，將孩子轉了一圈，餵另一邊。看兒子吃得香甜，她不禁有些欣慰這些日子胸沒有白長。另一邊孩子只吃了幾口就飽了，自己鬆開了嘴，「吧嗒吧嗒」了幾下，不吱聲了。

「臭小子……」素年將孩子交給阿蓮。她醒過來就是為了餵他，這會兒孩子既然已經睡了，她也累得不行，而且她聽眉煙說，新出生的孩子平均每一個時辰就要醒來餵一次奶，她得抓緊時間休息才行啊！

素年似乎忘記了夏族、忘記了王妃，她的心完全被這個剛出生的小生命給占滿了，等她再次醒來，夏王妃來看她時，素年抱著孩子看了她半晌，然後才眨了眨眼睛，無奈地笑了。

先將兒子餵飽，交給了阿蓮帶下去後，素年並沒有也跟著休息，而是靠在那裡。「多謝王妃，在素年惶恐的時候安慰我。素年身邊也沒個長輩，若是沒有王妃，素年還真不知道該怎麼辦呢。」

夏王妃微笑著看著她。「沈娘子多禮了，這點小事哪用得著感謝。」

「用得著的，對王妃來說可能只是舉手之勞，對素年來說卻是金玉良言。」素年道了謝後，卻不知道應該說什麼，身子的疼痛似乎都不能讓她集中注意力，之前的焦慮再次重新回到了她的身上。沒有了夏族的援手，麗朝對阿羌族的征戰便不能那麼輕而易舉地成功，皇上沒有草率地大量派兵就是這個原因。

在正殿上時，素年心裡還有破釜沈舟的意志，她甚至想，蕭戈若是真回不來了，她就去找他，跟他在同一個地方死掉也算是全了跟他的夫妻情義。

可現在素年卻沒法再這麼想，她就算不顧及自己，也還有自己的兒子，他還那麼小，才剛剛來到這個世界上，素年覺得除了自己，誰也不能將他照顧好。

這是自己拚了命生下來的孩子，是繼承了她和蕭戈血脈的孩子，她會好好地將他撫養長大，讓他成為像蕭戈那樣優秀的男子。

「王妃……」

「還是叫我夏夫人吧。」

素年點了點頭。「夏夫人，之前是素年不懂事，讓您為難了。素年只是著急了，夫君在戰場上生死未卜，素年慌了神才會如此。」

「那麼現在呢？妳不著急了？」

素年靠在軟枕上，全身都鬆懈著。「著急呀，如何能夠不急？可是，我似乎喪失了做傻事的勇氣。夫人您可能會笑話我膽小或是薄情，然而只要一想到我的孩子，我就一定得好好地活著。我恨不得將世上最好的東西都給他，真的，雖然剛做娘親不久，卻沒想到我竟然會有這麼強烈的衝動……」

夏王妃帶著淺笑靜靜地聽著，她如何能不懂？她也是有孩子的人，最最珍貴的孩子。之前一直只是為了自己活著，不想被那些賤人作踐，想要出人頭地，站得比誰都挺拔。可是，當她的孩子降生以後，夏王妃覺得從前那些能夠強烈影響自己情緒的事情都不重要了，只有懷裡這一點點大的小生命才是她全部的重心，自己的生命好像都轉移到了孩子身上，只有他好好的，自己才能活下去。

「國家大事並不是素年能夠插手的，若是夫君能夠平安歸來，素年感激不盡；若是不能……」素年抬起頭，眼睛裡一點怨恨的情緒都沒有，清亮得怕人。「素年會將孩子平安地養大，告訴他，他的父親是個英雄，他定會親手為夫君報仇的。」

夏王妃心頭一窒，忍不住深吸了一口氣。沈素年，從來都是這麼一個令她另眼相待的女子，她眼裡的氣勢讓自己都為之震動。夏王妃能夠肯定，這樣的娘親教養出來的孩子，今後定然會有大作為。

「對了夫人，這孩子當真一個時辰要起來吃一次奶嗎？這也太磨人了吧？我覺得明明剛剛才睡著，他就又醒了……」

夏王妃還沈浸在素年方才堅毅的氣勢裡，不料轉眼素年的氣質就變了，軟塌塌地半躺在軟枕上，滿臉的無奈，眼睛都要耷拉下來了。

「好睏啊，又疼又睏，這要到什麼時候……」素年說著說著，眼睛就要瞇上了。

夏王妃搖了搖頭，親自幫她將被子蓋好。「所以讓妳找個奶娘啊，自己餵可不就是這樣的嗎？」

素年在半夢半醒間好像聽到媽媽在跟她說話，聲音輕輕柔柔的，安撫著她身體的疼痛，這種感覺太懷念了，素年的頭無意識地蹭了蹭，臉上露出嬌憨的笑容，沈沈地睡了過去。

素年如果清醒的話，便會發現自己剛剛的動作跟她兒子有多像。

夏王妃看著素年毫無防備的睡顏，心裡終究是軟了。

「聯姻?!」皇上的表情還能勉強維持莊重，只是眼神卻已經呆滯了。「夏王妃，聯姻朕明白，但跟夏族的太子聯姻……如果朕沒有弄錯，夏族太子是您的孩子吧？今年……似乎十歲都未到吧？」

夏王妃點了點頭。「皇上的情報十分準確，確實如此。」

「那這聯姻……」十歲不到的小毛頭，聯什麼姻啊！

「皇上，這是夏族願意跟麗朝聯手的條件，只有聯姻，才足以顯示出我族的誠意。皇上請放心，我夏族定然不會苛待麗朝的女子。」

「這個朕自然相信王妃，只是我朝的公主年歲都不合適……」

夏王妃輕笑出來。「正如皇上所知，夏族的太子殿下年歲也尚小，因此就是還未出生的女嬰，也是合適的。我想著，既然我跟蕭夫人那麼有緣分，不如就跟她做個親家吧！」

這下子皇上的表情終於維持不住了，夏王妃的意思，是要讓夏族的太子娶沈素年的女兒？她搞清楚了沒有？沈素年這一胎生的是兒子啊！而且萬一蕭戈回不來了，她上哪兒再去生個女兒出來？不是說夏族的王妃十分精明嗎？怎麼自己瞧著不像呢？

「王妃，這事可能有些為難，蕭夫人的情況……」

「我都知道。」夏王妃依舊得體地笑著，若無其事地打斷皇上的話。「只要麗朝同意即可，若是到時候真出現別的情況，夏族自然也不會不講道理的。」

皇上動心了，聽夏王妃的意思是，如果成了最好，如果不成，她也不會執意非要履行這個承諾。那麼，他們麗朝並沒有什麼損失啊！有了夏族的聯手，阿羌族定然無法逃脫，就算蕭戈陣亡了，也算是給他報了仇。皇上幾乎都要答應了，卻接收到一旁小太監的眼神——

皇上，您覺得妥當是沒錯，但蕭夫人就不一定會這麼想了，蕭夫人的脾氣，誰也摸不準啊……

「……咳，這個朕要去徵詢一下蕭夫人的意見，畢竟夏王妃是想跟她結親家。這樣吧，王妃先去歇著，朕派人去問問，然後給妳答覆。」皇上瞬間反應過來，這才沒有立刻作出決定，對的對的，沈素年這個女子，若是自己擅自作了決定，而她當真不滿意了，饒是自己身為皇上，也無法預測她會做出什麼樣的事情。

夏王妃雖然覺得有些可惜，但她並未露出什麼表情，只是稍稍暗示了一下目前情況緊急，還望皇上能早點作決定的好。

將夏王妃送走後，皇上便去找了巧兒，打算讓巧兒去跟沈素年說，畢竟沈素年才剛生產完，還是巧兒去說比較方便。

巧兒去的時候素年正在餵奶，她幾乎每次去，素年都在餵奶。「小姐，小少爺可真能吃。」

素年睡眼惺忪，聽到巧兒的話都沒勁去糾正她的稱呼了，她都爬不起來了啊啊啊！可是聽到兒子哭，身子不由自主就會動起來，再看到他大口地喝奶，素年也沒什麼力氣升騰出火氣了。「我覺得他比較像我，是個吃貨，吃貨是什麼意思懂嗎？就是整天只知道吃……」

巧兒哭笑不得地看素年低頭對著小孩子抱怨。「小姐，孩子可不就是這樣。」

「就是就是，小少爺要多吃些才能長得壯壯的！小姐來，我給妳擦一下。」阿蓮端來一盆溫熱的水。小姐非要嫌她身上一身的汗水，說黏黏膩膩的不舒服，阿蓮只好找機會就給她擦身子。

一旁皇后撥過來的嬤嬤看不慣，說月子裡誰都是這麼過來的，不能碰水、不能吹風，哪兒還這麼嬌貴著，日日擦好幾遍身子？

這次寶寶吃完奶竟然沒有立刻就入睡，而是睜開了眼睛，圓溜溜的。

素年知道他雖然能夠感覺到光線，卻只能看到很近的東西，他的眼睛真的好亮，素年忍耐了半天，還是忍不住低下頭，在他的小臉蛋上左邊親一口、右邊親一口。

「怎麼這麼可愛啊……」素年覺得好幸福，軟軟的孩子抱在懷裡，她似乎都感覺不到疼痛了。

「哎呀，小少爺笑了！」阿蓮突然驚呼起來，就看到襁褓裡的孩子咧了嘴，眼睛竟然還眯了起來，也不知道在笑什麼。

幾個小丫頭被小嬰兒無意識的笑容給迷住，都瞪著眼睛圍著驚嘆，一直到孩子又睡了過去。

素年沒將孩子給阿蓮，她也累壞了，素年讓她趕緊去睡會兒，至於孩子，她就直接放在了枕邊，然後看向巧兒。「是皇上讓妳來的嗎？他要妳跟我說什麼？」

素年的心有些慌，輕輕伸手摸著包裹住孩子的襁褓才能平靜下來。是蕭戈的消息嗎？還是夏王妃已經作了決定？是好的情況，還是壞事？

巧兒挑著重點，將事情快速說出來，抬頭卻看見素年仍然保持著之前的動作和表情。

「小姐……小姐妳還醒著嗎？」

「妳有見過睜著眼睛睡覺的嗎？」素年愣愣地開口，面色繼續迷茫。

怪不得老人常說一孕傻三年，孕傻孕傻，她現在就已經夠傻的了，理解力急速下降。她怎麼就聽不懂夏王妃說的意思了呢？聯姻聯姻，必然要表示出最大的誠意才行，歷來都必須是身分尊貴的公主，怎麼隨便找一個女孩子就能聯姻了呢？

關鍵是，她才剛剛經歷了痛苦磨難，還沒有那麼大的忘性和毅力再挑戰一次啊！寶寶很可愛是沒錯啦，但退一步說，就算她以後繼續生娃了，那要都是生男孩子呢？

哪有這樣的！素年簡直跟聽天方夜譚一樣。夏王妃是不想答應所以亂說的吧？但巧兒說了，如果到時候真沒有這種可能，夏王妃也不會強求，那到底是個什麼意思啊？

素年迷茫了一會兒後，輕手輕腳地挪動身子，生怕驚醒身邊的孩子，努力鑽入了被子裡。「就跟皇上說……說我還沒醒呢！夏王妃的態度太篤定了，我需要好好睡一覺才能去想。」

巧兒上前幫素年蓋好被子，這才輕輕地離開。

「她是這麼說的？」

「是的。」

皇上皺起了眉。夏王妃的態度太篤定了？這一點自己之前也感覺到了，但那會兒急著要說動王妃，便不是特別地在意，這會兒回想起來，王妃前後的態度確實有點對不上，就好像是知道了什麼，特別有把握一樣……皇上立刻招來了人，讓他們盡快去打探消息，然後指尖一下一下地敲擊在扶手上。他不知道沈素年的這句話是無意識說出來的，還是特意讓巧兒轉達給自己的，但不管是哪樣，皇上都決定先確認下情況。

之前對夏族和麗朝聯手不屑一顧的夏王妃，竟然已經連著使人來問過兩次，雖然言語間句句在為麗朝著想，但總透露著隱隱的焦急。

皇上逐漸鎮定下來，從容不迫地安撫著王妃，還派人將沈素年那裡保護了起來。蕭戈在戰場上生死未卜，他的夫人，麗朝朝廷有責任看顧好。

素年讓巧兒派人回蕭府通知了她的情況以後，刺萍和月娘死活要進宮，月娘尤其堅決，蕭家的事情她才不管呢，重要的是小少爺！刺萍只好委屈點，讓著月娘了，她和綠意兩人守在家裡，月娘則揣著大包小包，和綠荷二人被巧兒的人接進了宮。

素年本打算等身子稍微好一些就出宮，回到蕭府裡休養，巧兒卻不同意，說月子裡的女子身體最為虛弱，且皇上也答應了，乾脆就讓素年坐完了月子再出宮。

月娘進宮之後，見到了孩子當即就懵了，那眼睛裡放射出來的光芒素年看著都心驚。

月娘定定地瞧了兩刻鐘才轉移了一下視線，動了動眼睛後，又盯著猛瞧。

見到孩子，月娘都不會動了，因此綠荷拿出了刺萍交代要給素年的信。

素年也不管月娘了，逕自拆開了看。

刺萍將這幾天府裡的事情大致說了一下，府裡一切如常，沈薇那裡也很平靜。

素年笑了笑，蕭家這會兒正有事情忙活呢，大概一時半會兒也顧不上沈薇了。

刺萍讓素年放心，說她會準備好一切，迎接小姐和小少爺回府。

「……月姨，我不想吃了……」素年看見月娘捧到自己面前的糖水蛋，忍了忍，最終還是忍不住開了口。她知道月娘是為了她好，可是天天這麼吃，會死人的啊！

「少奶奶，您多少吃一點，多吃些才有奶水餵小少爺。」月娘笑呵呵地將碗又遞過去一些。月娘進宮後就直接接手了照顧素年的活兒，她自己雖然沒有生產過，但她之前在蕭戈出生的時候照顧過，這個糖水蛋呀，對生產完的女子特別好！

一開始知道素年打算自己餵養的時候，月娘還有些意見，誰家的孩子不都是找奶娘的？特別是大戶人家。就連少爺當初也是喝奶娘的奶水，少奶奶怎麼一點都不講究呢？不過後來瞧見小少爺吃得香甜，奶水也夠，不過幾天而已似乎就長了不少肉，月娘就一點意見都沒有了，變成天天琢磨著怎麼給素年多進補些。

素年嘆了口氣。「月姨，我這會兒不餓，您放在這裡就行了，我一會兒就吃。」

月娘應了一聲，放下碗又出去了。她給小少爺帶了不少尿墊來，這會兒正曬在外面呢！

「趕緊，妳們倆快點猜拳吧，誰輸了誰吃！」月娘將門一關上，素年就迫不及待地招呼阿蓮和綠荷。

兩個小丫頭臉都是苦的，她們光這兩天就為小姐吃了多少東西啊！結果等到真正用膳的時候，她們一點都吃不下，為此月娘還說了她們一頓，吃不好怎麼有力氣照顧少奶奶？

「小姐……要不，我們三個猜拳吧？」阿蓮大膽地將素年也拖下水。多一個人就多一分逃脫的機會，她實在也是不想吃了啊！

素年考慮了一會兒，正要答應時，門口有宮女說慧嬪娘娘和葉夫人來了。素年心裡一喜，連忙讓人將她們請進來。太好了，又多了兩個猜拳的！

巧兒和眉煙走進來時，就看到三雙泛著綠光的眼睛。

眉煙的腳步一頓，跟素年這麼長時間的交情了，素年的表情讓她瞬間有種不好的預感。

「來來來，我們正在玩一個有趣的遊戲……」素年笑得極為無害。

第一百五十四章 瓶中絕筆

願賭服輸，眉煙咬著牙，將那碗糖水雞蛋喝下去。她十分後悔今日出門前沒有算上一卦，沒想到自己竟再次嚐到了這種可怕的味道。

素年將空碗接過來，想想覺得不夠穩妥，又從裡面沾了一點汁水點在自己的嘴唇邊，其實也沒啥顏色，但心裡就是安定了不少。

眉煙緩過來後，立刻想要來看看孩子。素年從床裡面將孩子抱出來，他正睡著，紅潤潤的小嘴輕輕地嘟著，不時地咂吧兩下，看得眉煙十分歡喜。「長得真好看，我家歡顏一定很喜歡！」

「……到時候若是兩個小的看不對眼，妳可別為難他們呀！」素年雖說也挺喜歡葉歡顏的，可這種事情吧，她還是打算讓兒子自己選擇。

眉煙嘿嘿一笑。「不說別的，我家乖囡那是人見人愛，到時候讓他們從小一塊兒玩，不愁培養不出感情！」

素年無語了，她知道眉煙是擔心歡顏以後沒個兄弟撐腰，在婆家會受欺負，若是嫁到她這裡，自己定然是不會虧待她的。可憐天下父母心，她能夠理解眉煙的擔心，只是，女子一生的幸福只維繫在婆家上，素年不敢苟同。

過了一會兒，月娘進來，看到碗已經空了，再看素年的唇上還有晶瑩的糖汁，這才十分滿意地將空碗收下去。

素年拍了拍胸口，跟眉煙相視而笑。

一旁的巧兒看著孩子，也挪不開眼。只要一想到自己肚子裡的孩子也能夠這麼可愛，她就控制不住心潮氾濫，眼神溫柔得都能滴出水來。

素年之後就沒有再問巧兒關於夏族和阿羌族的事情，她知道外面皇上下令將她保護起來，也知道夏王妃試圖來看望自己，但被巧兒以自己身子不適為由婉拒了。

夏王妃提出來的那個條件，素年聽到的第一反應就是怪異。以夏族對麗朝目前的重要性來說，這種提議真是弱爆了，素年甚至想，如果她是夏族的人，那是多過分的條件都能提得出來的。聯姻不過是兩族結好的標誌，也許夏族還有別的要求，但不管怎麼想都想不通，再加上巧兒後來說，皇上覺得夏王妃的態度有了微妙的轉變，素年猜想是不是情況有轉機了，才讓夏王妃改了口？

皇上那邊，一邊跟夏王妃周旋，一邊等待著消息，之前略微有些急躁的夏王妃忽然偃旗息鼓了一樣，而就在當天，皇上收到了密報——蕭戈突圍了！

看到密報的時候，皇上甚至虛脫了，龍袍下出了一身的汗。他應該高興才是，卻發現自己有些脫力，拿著密報的手垂落在膝蓋上，就保持著這個姿勢許久。

他從來沒有覺得對不起誰，除了蕭戈。從兒時的玩伴，到後來的君臣，蕭戈從來都是他信心的來源，不管自己的處境如何，皇上都知道在他身邊有一個人會無條件地支援他，哪怕豁出生命，可皇上並不想蕭戈為了他失去生命。作為天子能有蕭戈這樣的臣子為他效命，他理應感到欣慰，可是作為摯友，他並不想用蕭戈的命來換取江山的穩定。

在聽說蕭戈也被圍困、生死不明的時候，皇上也著急，可他是皇上，只能將這份著急壓住，尋求對麗朝來說最穩妥的對策。他有時候會想，做皇上究竟有什麼好的，有那麼多的身不由己……皇上緩了一會兒，便讓人將密報給沈素年送過去。也許整個人繃得最緊的並不是自己，而是那名女子吧。生孩子在一個女子的一生中也算得上是大事，偏偏在這種節骨眼上蕭戈出了事，皇上想也能想得到沈素年的壓力有多大。

密報由專人送到素年身邊，她那時還睡著，說是要跟孩子保持一致的睡覺時間，等她被哭聲吵醒，迷迷糊糊地把孩子抓過來餵上時，她的眼睛都還沒有睜開。

當阿蓮將密報遞過去的時候，素年一度不敢伸手接過來，她害怕裡面寫的是自己不能承受的。雖然皇上應該不會將噩耗這麼大大咧咧地扔在自己面前，但素年的手仍舊有些顫抖。

一隻手摟著孩子，一隻手慢慢地拿過來展開掃了一眼，素年的嘴立刻緊緊地抿住，眼睛迅速看向床幔，眼淚卻還是從臉頰兩側流了下來。

蕭戈沒事了？他沒事的！素年抿著的嘴唇在顫抖，她就知道，蕭戈不會那麼壞地丟下自己的。他還沒有看一眼他們的孩子，雖然孩子暫時醜了點，但在她心中是最帥氣的！他還沒有抱抱孩子，怎麼可能忍心離開他們，去另一個世界？素年吸了吸鼻子。

阿蓮見狀，立刻上前給她擦去眼淚。

寶寶似乎察覺到了娘親的異常，破天荒地鬆開嘴，嚎了起來。

要說素年的這個兒子，那中氣是絕對的足，嚎得素年眼淚都忘了繼續流了，密報一丟，趕緊手忙腳亂地伺候他。摸了摸，似乎沒有尿濕啊！難道沒吃飽？沒吃飽你繼續吃啊！你嚎什麼呀？素年趕緊將他的小嘴繼續往自己胸口送，可小傢伙哭上癮了，愣是不吃，就張著嘴哭。

月娘在外面聽見了哭聲，急匆匆地進來。「怎麼了？怎麼了這是？」

「我也不知道，就突然哭了起來，也沒有尿濕，這是為什麼呀？」素年沒有經驗，求助般地看向月娘。雖然月娘也沒有經驗，但她至少曾經照顧過小時候的蕭戈呀！

月娘看了看孩子，似乎沒有什麼異常，這才鬆了口氣。「小孩子哭哭是正常的。」說著就想接過去，到一旁哄一哄，卻發現孩子的手緊緊地攥著素年的衣襟，攥得可用勁了。月娘不敢硬扯，只得又送到素年的懷裡。抬頭一看，素年的臉上還掛著眼淚呢！「少奶奶！都說了月子裡不能流淚，會壞眼睛的，您怎麼不聽呢？」月娘皺著眉，開始數落。

素年趕緊一邊將眼淚擦掉，一邊有些不好意思地笑了笑。她被說了還是挺高興的，因為月娘現在不僅僅是關心孩子，連她也一併照顧得好好的。

素年知道月娘對自己的偏見一時半會兒可能不會完全抹滅，但若是十年後、二十年後呢？月娘是真心將蕭戈當作她的孩子來疼愛，也許方法和觀念自己不認同，但素年也沒指望這世上所有人都喜歡自己。看她不順眼的多了去了，她也沒有耐心一個一個改變，可若能夠慢慢得到月娘的認可，那就太好了。

「娘親不開心，孩子當然會感受到，少奶奶您下次可不能這樣了，小少爺那麼聰明才會哭的……」

素年有些黑線，這怎麼就跟聰明聯結上了？知道月娘也牽掛著蕭戈，素年趕緊將蕭戈平安的消息說出來，這才成功地讓月娘停下了嘴。

「少爺……平安無事？」月娘的雙手捂住胸口，長長地深吸了一口氣，長到素年都跟著一塊兒吸氣了。「真是……菩薩保佑……」月娘的眼裡閃動著淚花，對她來說，這就夠了！

素年低著頭安慰兒子，大概是哭得太辛苦了，需要補充體力，這次再給他吃，他就乖乖地含住，又吞嚥了起來。

「月姨您放心，夫君會好好的，我們都會好好的。我的孩子還要仰仗您呢，以後還有小二少爺、小三少爺……」素年閉著眼睛胡扯，她這會兒可沒打算繼續生，疼都疼死了，以後的事情，以後再說吧。

沒想到素年的胡扯還真讓月娘的眼淚停住了。「是呢，少奶奶您可勁兒地生，生了月娘都給您帶！」

「……」月姨我說著玩的，您別當真啊……素年都要哭了，月娘的表情好認真啊，不至於吧？

夏王妃提出要離開，皇上也沒有強留，只是再次感謝了她的到來，並且提出若是以後夏族願與麗朝長年交好，等夏族太子繼承了王位，麗朝願意與他們聯姻，保持友好關係。

「蕭夫人的女兒行嗎？」

「……這……這還是要問蕭戈和他夫人的意思了。」皇上就不明白了，夏王妃這是在嫌棄皇室血脈嗎？為啥就盯上蕭戈的孩子了？難不成他們的孩子以後就一定有出息了？不過想想蕭戈，再想想沈素年，皇上忽然也有些怦然心動了。也不知道巧兒這胎是男是女，到時候能不能拐一個過來？

夏王妃提出在離開之前再見一見素年，畢竟今日一別還不知什麼時候能再見。皇上自然是同意的，讓周圍的人都撤了。

素年見到夏王妃，臉上滿是感激，還有些抱歉自己不修邊幅的模樣，不能下床給她行禮。

「我要回夏族了，很抱歉沒有幫上妳的忙，不過，妳的夫君定然是個厲害的人物，能從阿羌族手裡逃脫，不簡單吶！」

素年笑得含蓄，她挺想說「我也是這麼認為的」，但想一想實在太不謙虛了。

夏王妃瞧了瞧孩子，十分喜歡，便順勢跟素年提出了之前聯姻的想法。

素年依舊覺得不能理解，但她也沒有說死。「夏夫人，兒孫自有兒孫福，我並不打算現在就給我的孩子定下什麼事情，我唯一的希望就是他們能夠平平安安地長大，至於今後的嫁娶，說實話，我並沒有什麼要求，只要他們喜歡就好。」素年真的是這麼想的，若是自己的孩子以後想娶個公主或是嫁個王爺，只要他們過得好，她沒意見；若到時候找個窮女婿或是貧家女，那更好、更不用操心，蕭家的財富肯定養得起，她才不在乎。

夏王妃這才作罷，她看得出素年是真心的，素年就是這麼個隨興的人，如若不然，自己也不會這麼中意她。「好了，妳休息吧，我就告辭了。若是以後有機會來到夏族，請一定要告訴我，我會好好招待妳的。」夏王妃拍了拍素年的手，起身打算離開。

這時，忽然有個夏族的隨從匆匆進來，將手裡的一個東西交給夏王妃。

夏王妃本來還有些不高興自己的人如此不懂禮數，可等她看清楚手裡的東西以後，臉色驟然就變了。

素年看著夏王妃一目十行地將手裡的卷軸看完，然後臉色蒼白地匆匆離去。素年本還想思考一下發生了什麼事，但終究沒禁得住睡神的召喚。趕緊睡、趕緊睡，再不睡，臭小子又要醒了……

「小姐，夏王妃並沒有離開，現在還在宮裡呢！」巧兒一邊餵素年喝豬腳湯，一邊說話試圖分散她的注意力。

「我求求妳們了，就放一些鹽吧，一點點也是好的……」素年的注意力完全分散不了，這湯實在太難喝了！對於她這麼一個挑嘴的人來說，這段日子的吃食簡直就是噩夢！

巧兒又送過去一勺湯。「小姐，您自己都知道要餵奶的話只能吃這些，何必每次都要抱怨一下呢？」

「……因為真的太難喝了啊！」素年一邊抱怨著，一邊還是將湯吞了下去。餵奶的話不能夠吃重口味的東西，最好不放調料，她本來以為這算什麼事？不就是難吃了點嗎？但她沒想到，竟然難吃到慘絕人寰的地步！白白的、一點滋味都沒有，並且油膩膩的，還不如白水呢！素年吃得都要哭了。還好她的奶水非常足，寶寶壓根兒就吃不完，這讓素年十分欣慰，閉著眼睛將湯湯水水都吞了下去。

「夏王妃沒有走？為什麼？」素年心一橫，自己端過湯盅，眼睛一閉，一口氣灌下去，省得一勺一勺給折磨死。

巧兒滿意地將空盅送到一邊。「具體的情況我也不大清楚，不過夏王妃請求面聖了幾次，似乎挺著急的。」

素年心想反正也猜不到，乾脆就不去想了。

自己的乖寶寶這會兒每天最重要的事情就是睡覺，吃飽了睡，睡飽了吃，只有很短的時間會清醒，揮舞著小爪子，逮著什麼抓什麼，勁兒還相當大。

素年玩得特別開心，之前因為睡眠不足和身體虛弱造成的疲勞都好像飛走了一樣。

可是，素年覺得自己似乎要患上產後憂鬱了，跟小傢伙玩著玩著就會莫名其妙地掉眼淚，而阿蓮只要察覺到，就會飛奔過來各種安撫。

「嗚嗚嗚……我兒子真好玩，蕭戈怎麼都不回來玩一下？」

阿蓮嫻熟地將素年的眼淚擦掉，面不改色地說：「小姐妳別急，妳先玩著，等蕭大人回來了以後，說不定要跟妳搶著玩呢！」

素年立刻就能笑出來，阿蓮簡直太可愛了，她都沒辦法繼續往下哭。

蕭戈不是已經脫困了嗎？為什麼就沒有下文了呢？他怎麼還不回來？素年抱著兒子在床上扭動，小傢伙似乎覺得挺有趣的，一把抓住素年的頭髮不鬆手。

日子似乎挺樂呵的，尤其在知道蕭戈突圍了之後。唯一讓素年擔心的，是寶寶有些黃疸。素年其實並不著急，她檢查過，並不是病理性的，這種生理性的新生兒黃疸，一般出生後七到十天會消退，而且兒子的黃疸也不嚴重。

但是月娘發現了後，那叫一個天崩地裂，當時就憋不住地痛哭起來，說是她曾經見到過一些孩子，全身變黃後就沒了的，她的小少爺啊啊啊啊啊！

「月姨您別擔心，您忘了我是大夫，怎麼也不可能讓孩子有事的。」

素年輕輕柔柔的聲音成功讓月娘的驚恐暫停住，對了，少奶奶是大夫，還是神一般的大夫，是醫聖來著！小少爺一定不會有事的！

月娘這會兒不覺得素年大夫的身分低賤了，一點都不，只要能讓小少爺平安無事，她一點意見都沒有！月娘甚至覺得慶幸，還好她家少奶奶是個大夫，否則……否則……

月娘都不敢往下想，過了一會兒只聽見素年一本正經地指使阿蓮去抓些藥，然後讓她們都出去，她一個人帶著孩子就成，有需要會叫她們的。

等到月娘誠惶誠恐地帶著眾人退出去以後，素年嚴肅的眼神早不見了，低下頭盯著睜著圓溜溜的眼睛的兒子猛看，臉上頓時洋溢起誇張的笑容。

「哎呀，我家阿寶就是可愛！來來來，娘親一下，保你百病不生啊！哈哈哈……」

月娘雖然沒有瞧見素年是怎麼做到的，但過了幾天發現果然消下去了，於是又是一頓感謝佛祖，對素年越發百依百順。

「月姨，豬腳湯都吃膩了，咱們換一種吧……」

過沒幾天，素年又說了。「雞湯……要不咱們還是換回來吧，豬腳湯好歹沒有那麼多油……」

月娘都笑呵呵地配合，只是不管素年怎麼折騰，她還是見到什麼都吃不下。從前素年以為坐月子挺舒服的，躺床上什麼事都不用做，好吃好喝地伺候著，但現在她才發現，自己太天真了！

巧兒給素年帶來了最新的消息，據說，夏族出現了戰亂。

素年仰頭腦補了一下，怪不得那一日夏王妃如此方寸大亂，原來是這樣，夏王妃的孩子可還在夏族裡呢！

「具體如何皇上也沒多說，只是看得出皇上似乎心情不錯。」巧兒補充道。

真是個惡趣味的人！素年在心裡吐槽。現在看來，夏王妃幾次面聖應該是想讓麗朝助她一臂之力，夏王妃此刻在族外，夏族的戰亂不外乎奪王位，想必夏族的太子必然有危險。夏王妃沒有立刻回去，也許是因為她知道就算自己回去了也起不了太大的作用，也許是因為族內她的勢力暫時還能夠抵抗得住。但不管是什麼，戰亂必須被平息，她需要更強大的力量。這下子，夏王妃和皇上的心情直接轉換過來，也難怪皇上心情會好了。不過，也不知道皇上是怎麼想的，他會不會願意成為夏王妃的助力呢？

「小姐，這是皇上交代我拿給妳的，是隨著前方的戰報一併捎回來的。」巧兒拿出一個東西。

素年看了一眼，就伸手奪了過來。

一個小掛件，瓶子的模樣，瓶口還嵌著一顆玉石，宛如瓊漿。

這是自己親手做的……素年的指腹在上面摩挲著，瓶子，寓意平平安安，素年的心鎮定了下來。平平安安，她只求平安，一直焦躁著的心總算是安定了。

巧兒離開後，素年讓阿蓮去將小掛件清洗一下，她想放到兒子旁邊，只是兒子現在還太小，免疫力低，東西需要清洗乾淨才行。

阿蓮捧著掛件出去，半晌又捧了回來。她原打算將玉石拆下來清洗，卻沒想到玉石下面的填充物已經不見了，取而代之的是一小塊疊得好好的牛皮。

「拿來我看看！」素年都準備睡下了，看見阿蓮手裡的東西，趕緊招呼她送過來。

牛皮有些硬，似乎已經浸過了水，然後風乾成現在的樣子。素年輕輕地展開，看到了裡面用小刀刻了一遍後，又用丹朱描了一遍的字——

素年吾妻，若是我們有緣，這只瓶子也許還能回到妳的手裡。被阿羌族圍困已經有段日子了，繼續坐以待斃下去，只能是全軍覆沒，所以我打算鋌而走險，然危險極大，我心裡一點把握都沒有，也不知道還能不能活著回去見妳？很抱歉，我沒有遵守諾言，我說過會永遠守著妳，卻沒有做到。可若是重來一回，我必定還會將妳娶到手，不計代價。

那是我最快樂的日子，何其有幸，我能夠遇見妳。我從來不怕死，可現在，我真的好不想死，還想再看看妳，還想再活下去……我愛妳……

素年的手指幾乎將牛皮紙摳破，她知道不能哭，月子裡哭多了以後眼睛會疼，甚至會見風流淚，可她忍不住！想到蕭戈是以什麼樣的心情和姿態寫下這些，素年就完全控制不住，這大概是她這麼久以來最崩潰的一次了。

完全沒有壓抑的哭聲讓小寶寶從睡夢中醒來，彷彿感受到娘親心底的情緒一般，眼睛閉著，也開始嚎啕大哭起來。

頓時間，屋子裡哭聲一片。

綠荷和月娘衝進來的時候，只看到一大一小正哭得歇斯底里，彷彿要將屋頂給掀開一樣！

第一百五十五章　我想你了

「這怎麼得了、這怎麼得了！」月娘進屋就想上前去勸，卻被阿蓮攔了下來。

月娘覺得奇怪，阿蓮姑娘可是從來都以少奶奶為重心的，怎麼這會兒看到少奶奶哭成這樣卻無動於衷呢？

阿蓮對著月娘搖了搖頭。「月姨，您就讓小姐哭吧，哭出來了，她才會好受一些。」

月娘順著阿蓮的目光，看到了還攥在素年手裡的牛皮，聽阿蓮小聲地說了原委，再看到素年捂著臉痛哭的模樣，月娘眼裡也閃著淚花。

少爺是真心喜歡少奶奶的吧？才會在危機重重的時候也要給少奶奶留下信件。月娘擦了擦眼淚，還是忍不住上前。「少奶奶，您哭一會兒就夠了，仔細您的眼睛，以後落下病根可就不好了……」

素年發洩了一陣子，這會兒漸漸收住了，接過阿蓮遞過來的帕子擦臉。她明白的，剛剛只是太壓抑了，不發洩出來她怕影響到心情，也會直接影響到小寶寶的口糧。

不好意思地對著月娘笑笑，素年鼻音濃重地嘟囔了幾句。「呵呵呵，也沒什麼，就隨便哭哭，月姨您別擔心，聽說剛生完孩子的女人都這樣。」

月娘無奈地搖了搖頭，少奶奶的性子極好相處，就是偶爾有些不著調。

「哎你怎麼還哭呢？」素年都緩過來了，卻發現兒子還哭得撕心裂肺，她趕緊將孩子撈過來抱著。「餓了嗎？娘現在就餵你，不過據說哭過之後的奶水不大好，你等等啊，我擠掉一些。」說著，素年就讓阿蓮拿個容器過來。

月娘是目瞪口呆，從來沒聽過這種說法呀！小少爺哭得都要喘不過氣，小臉都急紅了！就算少奶奶的奶水很充足，也不能這麼浪費呀！

素年將乳汁擠了一些出來，才把孩子抱起來，這次都不用她送，小傢伙的嘴自己尋尋覓覓地找到了，這才停止了哭泣。

「沒事的，小孩子多哭一哭，以後中氣就足，身體才能強健！」素年竟然還能振振有詞。

月娘扶額退出去，這個少奶奶想法太多，完全不像一個剛生育過的人，自己還就說不過她！

素年沒什麼育兒知識，但常識她還是有一些的，再加上有眉煙在她面前絮絮叨叨，素年多少記下了，這會兒剛好用上。

將那張牛皮寶貝地收藏起來，素年看著兒子傻笑。不知道以後小傢伙會不會也跟他父親一樣，長成那麼讓人心動的男子？「你可千萬不能濫情啊，知不知道？」素年的手指尖輕輕地戳在孩子嫩嫩的臉頰上。

他什麼都不知道，動了動，繼續吧嗒吧嗒吧嗒……

很快地，一個月過去了，素年終於「刑滿釋放」，被允許下床走一走。她做的第一件事，就是痛痛快快地洗個澡！月娘在月子裡雖然同意她用溫水擦身子，但那已經是極限了，洗澡壓根兒想都不要想，弄得素年面對天天洗得粉嫩噴香的兒子時無比怨念。憑什麼差別待遇？他怎麼就能洗得白白香香的？素年大概洗了有一個多時辰，泡在裡面都不願意出來了，最後還是聽到兒子不滿意地哭了，才撇撇嘴，從浴桶裡面爬出來。

滿月了之後，素年便提出要出宮。離開蕭府實在太久了，她都沒有想到生孩子竟然生到了皇宮裡，真是匪夷所思。幸好這個朝代沒有那麼多講究，皇上也好說話，不然她還不知道會遇到什麼事呢！

巧兒很是捨不得，這段時間有素年的陪伴，巧兒的性子又活絡了不少，天天要往素年這裡跑，皇上也就睜一隻眼、閉一隻眼。

「小姐……」巧兒拉著素年的手不肯鬆。

素年拍了拍她的手背。「我不在妳身邊，一切要小心，斷不可以大意疏忽。」

巧兒點點頭，眼看著都要哭了。

素年趕緊將兒子抱過來送到巧兒的眼皮底下。「別哭啊，看看多可愛！就是因為我在懷著他的時候天天笑，所以我兒子才會也這麼愛笑的。」

小寶寶很給面子，又「格格格」地笑起來，逗得巧兒眼睛都亮了。

素年黑線，別看臭小子現在笑起來這麼歡實，哭的時候他可也是卯足了勁的……

巧兒派人送素年出宮，隨行的還有皇上的賞賜，數量眾多，素年都沒有搞懂為啥皇上會賞東西給她，她就生了個娃兒而已呀！不過皇上哪會解釋那麼多，給她她拿著就行了，廢什麼話啊！

回到蕭府的時候，刺萍和綠意早已等在門口。

見到素年從馬車裡出來，還帶著一個小娃娃，刺萍忍著眼淚上前行禮。「小姐，妳瘦了……」

「……」素年風中凌亂，低頭審視了一下自己還沒有消退下去的虛胖身子，茫然地抬起頭。「妳從哪兒看出來的？」

阿蓮忍著笑上前，扶著素年往府裡走。「小姐，刺萍姊姊是想妳了。妳想想，葉夫人生完孩子之後我們去看過她，跟她比起來，妳可不就是瘦了嘛！」

能這樣亂比的嗎？素年都無語了。自從生完孩子以後，那是一天幾頓補下來，她本來打算最好能夠瘦回去，這樣等蕭戈回來，身材也不會太走鐘，但月娘不讓，頓頓都看著她吃完。於是，雖然沒有再胖起來，但距離她預期的身材還是差了點。

不過這會兒有刺萍和綠意就好辦多了，幫她消滅食物的人手又多了兩個！素年頗感欣慰。

小寶寶給蕭府裡增添了不少生機，每日吵吵鬧鬧的。素年因為睡不安穩，頭都疼了，偏偏其他人都十分高興，說是小少爺精神真好，儘管長得跟夫人那麼像，卻不像夫人那麼懶散，真是太好了！

素年聽到這話的時候正躺在椅子上，嘴裡咬著一顆啃到一半的蘋果。寶寶讓月娘帶到院子裡曬一小會兒太陽去了，她難得這麼悠閒。孩子跟她長得像？開玩笑的吧？

素年伸手摸了一把臉，就這張臉，不說傾國傾城吧，那也能算得上國色天香，就那個小猴子，跟自己長得像？素年都要吐血了！等月娘將孩子抱回來後，素年扯著襁褓湊近了去看他的臉，雖然比起之前稍微長開了一些，但她沒覺得多好看呀！這些丫頭真是的，孩子才這麼大，也聽不懂恭維的話，何必呢？

月娘看到素年的舉動，笑呵呵地說：「少奶奶是覺得小少爺長得像您吧？都說兒子肖母，真是一點都沒錯的！」

「……」

素年抽空將沈薇找來，小姑娘在蕭家將養了一段日子，臉色好了一些，身上也有些肉了，不像之前消瘦到令人心驚的樣子，可是沈薇的眼睛裡仍舊有恐懼在閃動。

「妳在擔心妳的弟弟嗎？」素年一眼就知道沈薇在想什麼。

沈薇猛地抬起頭，看向素年的目光裡有著祈求。

素年離開了足足有一個月，這麼長的時間裡，蕭家會不會對弟弟做什麼？還是說弟弟已經慘遭不測了？每每一想到這個，沈薇就驚懼不已，恨不得什麼都不管不顧地衝到蕭家去看看。她也真這麼做了，可每次才溜出院子，眼前這個名叫綠意的人都會無聲無息地出現在自己面前。沈薇一開始十分害怕，她怕綠意會對她做什麼，畢竟她想偷偷溜走。可綠意什麼都沒有說，只將她送回院子，甚至並不逗留看守，徑直轉身離去。

沈薇不甘心，前前後後嘗試了許多次，有一次甚至跪下來懇求綠意，她只想知道自己的弟弟是不是還安好，只是想去看一看而已。可綠意仍舊一言不發地將她送回來，完全不顧沈薇因為幾乎崩潰而歇斯底里的咒罵和叫喊。

這些，在素年回府後不久，綠意都跟素年說了。難得的是綠意竟然還為沈薇求情。

「綠意也是有兄弟姊妹的人，深知這種牽掛有多麼的沈重，還望夫人能夠體恤沈姑娘憂心她弟弟的心意。」

素年有些驚訝，卻不動聲色，只是點了點頭，表示她知道了。

綠意這個人，說得好聽叫做有當護衛的素質，說得不好聽就是沒有存在感，跟他的妹妹綠荷一比，素年有時候都會忘記他的存在。他是個徹頭徹尾聽令行事的人，素年從來沒有在他的嘴裡聽過一次他的意見，沒想到這次他竟然會為沈薇求情！

沈薇原本跪著，被素年喚人硬拉起來坐著。她不知道素年為什麼會這麼問，難道她得到了什麼關於自己弟弟的消息？一著急，沈薇立刻站起來就想往素年身邊走兩步。

綠荷哪容得她靠近？當下就想將她制伏，卻不料綠意動作更快，直接閃到沈薇身邊將她拉著重新坐下來。綠荷覺得有些奇怪，但她對哥哥的舉動向來是無條件信服的，既然沈薇已經老實了，她也就乖乖地站回到素年身旁。

「夫人，我的弟弟怎麼了？他還好嗎？他是不是出事情了？」沈薇完全沒有自覺，坐下來仍舊迭聲問著。千萬不要出事，她的弟弟才六歲啊！

「我不知道。」素年緩緩地說。

沈薇的眼皮猛地一跳，又要起身說什麼，卻被綠意按住。

素年朝著她笑了笑。「雖然我不知道，但是我能猜到，妳的弟弟目前應該沒有事。蕭家人這段時間並沒有找妳吧？很反常不是？既然他們知道妳已經住進這兒，怎麼說也應該找機會跟妳囑咐些什麼，就算沒能阻止我順利生產，但也應該會有別的打算，不是嗎？」

沈薇愣了愣，她當然發覺不對勁了，就是因為蕭家人沒有找上自己，她才會覺得如此不安。若是以弟弟要脅她做事，她好歹還能確定弟弟還活著，可是沒有，蕭家人就好像忘記了她的存在一般，杳無音信了！那她弟弟怎麼辦？一個六歲的孩子如何能在狼窩裡生存？沈薇想著，不會是沈素年讓人看著她，讓蕭家人無法聯繫上她吧？若是那樣，一個沒有了利用價值的小孩子，蕭家人怎麼可能還好心地養著！沈薇的呼吸又粗重了起來，剛剛沈素年說她弟弟目前應該沒事……是真的嗎？她能相信嗎？不會是沈素年騙她的吧？

「妳放心，我很少騙人的，而且不輕易說謊，這樣難得說一次的話，才會有意想不到的效果。」素年對著沈薇笑瞇了眼睛。「蕭家如今應該顧不上你們了，而且妳說不定很快就能夠見到弟弟，別擔心。」

「夫人的意思，該不會是要讓我和我弟弟在地下相見吧？」沈薇現在就如同一頭困獸，她知道以她的力量撼動不了沈素年，但她全身都散發著魚死網破的氣息。

素年一愣，想笑卻笑不出來。究竟有著什麼樣的心路歷程，才能讓一個十五歲的女孩子有這種想法？她搖了搖頭。「雖然我現在也是蕭家人，但跟妳之前認識的蕭家人並不一樣。

現在跟妳說也沒用，妳只要安心等著就好。」這就算安撫了沈薇。

素年不在蕭府的時候，蕭府收到了兩封給她的信件，拆了以後才發現都是關於蕭家的。一封說蕭家已經上鈎；另一封則是告訴她，到可以收線的時候了。

素年抿著嘴，回了一封，讓綠意給劉府送回去。

蕭家找上門來不外乎是求財求權，可素年的態度並不配合，那如果在他們面前出現了另一條看著就很光明的路，並且也同樣能夠謀得財富與權力，素年覺得，蕭府應該是求之不得吧？前提是，這條路真的非常光明。

新生兒出生後幾個月長得特別快，素年看著兒子吃飽了就很歡實的笑容，決定給他取個名字。

「小姐，要不要等蕭大人回來以後再取？」月娘還沒說話呢，阿蓮就大大咧咧地提出不妥。「一般孩子要取名不都是男子來取的嗎？爹爹或是祖父輩的？」

那要是遺腹子又沒有祖父的呢？素年的話在舌尖滾了滾，沒敢說出來。「那什麼，我以前在林縣可是獲得了祭拜月神娘娘的資格呢，那是要考才學的。」素年知道沒什麼可得意洋洋的，但取名字是個技術活兒，總得有些學問才好勝任不是嗎？

「少奶奶……少爺曾經也想參加科舉，但皇上說了，以少爺的才學不用考，要他讓出一個狀元的名頭給別的有志之士……」月娘聲音微弱地在一旁補充。這也是當初蕭戈無意間說的，還讓月娘相當自豪了一段時間，少爺的才學讓皇上都予以了肯定呢！

素年不吱聲了，林縣和皇上比起來，光放在一起比都算得上褻瀆皇室了。「……那……那我取個小名好了……」嗚嗚嗚……

素年看著兒子，笑得呆呆的嘴裡吐出一個泡泡，破了以後自己一愣，然後「格格格」地笑起來。真是個傻兒子，要不叫你萌呆呆好了！

最後素年給兒子取了個小名叫「平哥兒」，沒什麼技術含量，平平安安的平。她到底沒有將萌呆呆拿出來用，她怕大家接受不了，連小名都不讓她取了。

不過沒有人的時候，素年還是喜歡亂叫，「萌寶寶」、「呆呆寶」……怎麼順口怎麼來；至於其他人仍舊是「小少爺、小少爺」地叫，正兒八經的「平哥兒」倒是真沒什麼人喊。素年淚流滿面，那她取來有什麼意義啊？

平哥兒眼看著就要兩個月了，素年心下奇怪，是不是皇上騙自己讓她安心，才做了個假戰報，說蕭戈已經突圍了？不然為什麼都這麼久了卻一點動靜都沒有呢？

素年忍不住又將那張牛皮拿出來看，一個字一個字地看，手摸著上面的刻痕，有著觸目驚心的悸動。「趕緊回來吧，我好想你……」素年嘆了口氣，將頭埋在胳膊裡。她真的很想蕭戈，想念他掛著寵溺的笑容，將自己抱在溫暖安全的懷裡，彷彿什麼都不能侵害到自己一樣；想念他平日裡嚴肅的模樣，卻總在自己面前無奈地微笑。怎麼還不回來？還不回來……

門被推開，「吱呀」一聲，素年趕緊手忙腳亂地抬起頭，將眼淚抹掉，一面急急地解釋。「我沒哭啊！就是剛剛有東……西……」

門口站著一個人，身材高大挺拔，背著光，她看不清他的模樣，只能瞧見一個黑黑的輪廓，站在門口一動也不動。素年剛剛擦掉的淚水又冒出來模糊了她的視線，她伸手繼續擦。怎麼看不清楚？會不會是自己看錯了？怎麼擦不完呢？

「別哭，眼睛會哭壞的。」

蕭戈的聲音有些沙啞，帶著濃濃的疲倦，聽在素年的耳裡卻像是天籟。她沒有看錯，真的是蕭戈！素年站起來就直接衝過去，一把抱住蕭戈的腰，緊緊的，好像在確認真的是實物一樣。

「我還沒有換洗，身上髒。」蕭戈張開兩隻手，想將素年的胳膊拉開。他風塵僕僕地一路快馬回京，直接騎著馬從蕭府正門衝了進來，他怕身上不乾淨，會弄髒了素年。

素年抬起頭，眼裡還蓄積著眼淚，惡狠狠地瞪了他一眼。「我就要抱著，你再拉一下試試看！」

蕭戈不動了，看著素年抱著自己，她身子還有些許的顫抖。蕭戈抬起頭，讓眼睛裡的熱意慢慢地消退下去，半晌才猛地揉了揉眼睛，雙臂將素年緊緊摟住。他回來了！

院子裡，聞訊趕來的月娘站在那裡，不斷地擦拭著眼睛。真好，少爺真的平安回來了！她要去菩薩那裡再跪跪，感謝祂老人家的慈悲心腸！

蕭戈的臉比原來黑了許多，左眼下有一道長長的傷口一直延伸到下巴，這會兒還泛著血絲，素年看得心驚。蕭戈身上必然還有許多像這個一樣危險的傷口，但人回來了就是最好的！

素年想要伸手摸一下蕭戈鬍子拉碴的臉，床榻上冷不防傳來「哇哇」的哭聲，震耳欲聾，將兩人眼裡的膠著都打散了。

「喔、對了對了。」素年快步過去將兒子抱起來。「給你介紹一下，你兒子，小名叫平哥兒，我取的，來認識認識！」

蕭戈的身子忽然僵硬得比之前還要嚴重，看著素年送到他面前的小布包，裡面有一個活的東西正哭得撕心裂肺，跟他拳頭差不多大的小臉脹得通紅，他忍不住往後退了一步，這什麼？去葉少樺家看望歡顏的時候，蕭戈也不是沒有見過小嬰兒，但那和現在這個不同，這個是他的孩子，這麼一點點大，哭得眼淚直流。蕭戈見慣了戰場烽火、刀光鮮血，這會兒竟然連碰都不敢碰。

「接著呀，你還沒抱過他呢！」素年眼瞅著就要往蕭戈的手裡送，但蕭戈竟又後退一步，眼裡的驚悚讓素年哭笑不得。

「他、他怎麼一直在哭？」蕭戈清了清喉嚨，有些不明白小娃娃哭得這麼慘是為什麼？

「少奶奶，小少爺應該是餓了。」

月娘見不得平哥兒一直乾嚎，偷偷地上前提示了一句。小少爺哭一聲她的心就疼一下，少奶奶怎麼還能看得下去？

「嗯，我先餵著吧。」素年將兒子收回來，轉身走進屋裡坐下，解開衣襟開始餵奶。

蕭戈還站在門口，只是將門關上了，關之前，月娘無聲無息地退了出去。屋子裡就剩下素年和蕭戈，還有一個吃得津津有味的孩子。

素年的長髮散落在腦後，只隨意地束成了一束，臉頰邊有細碎的髮絲落下，為她平添了幾分柔美溫婉。她低著頭，看著兒子終於不哭了的滿足樣子，臉上有著她自己都不曾察覺的溫柔。

蕭戈的心被填充得滿滿的，他相信不管過了多久，這一幕都會刻在他的腦子裡，不會消失。這是他最重要的人，就在他的面前，觸手可及，再沒什麼比這個更讓人沈醉了。

一會兒後，平哥兒終於吃飽了，鬆開嘴吧嗒吧嗒兩下，將手伸出來，又開始撈素年的頭髮玩，這是他日常的消遣項目，樂此不疲。

蕭戈像被蠱惑了似的，往前走了幾步，看到平哥兒亮晶晶的眼睛，黑白分明，就如同素年的眼睛一般清澈靈動。這是他的兒子？這是他的兒子！

「要抱抱嗎？」

「……我、我先去……洗一洗……」蕭戈說完，轉身就出了屋子。

素年在他身後抱著兒子，樂得不行。

等蕭戈梳洗完，將自己收拾乾淨了之後，他才好像做了多大的心理準備一般，恢復了從前的沈著，進了屋。

素年正在床上逗兒子玩，她拿著一個小博浪鼓在他的耳邊轉動，先是左邊轉轉，等兒子的頭奮力地轉過來以後，又換到右邊去轉，來來回回地逗弄，也不覺得無聊。

「這是做什麼？」蕭戈坐到床邊，瞧了一會兒，覺得有趣。

素年抬起頭，將鬍子刮掉以後，蕭戈臉上的傷痕更加觸目驚心，素年估計剛剛月娘應該光顧著平哥兒而沒有仔細去看蕭戈的臉，不然她絕對不會那麼平靜的。

伸手輕輕地描繪了一下傷痕。「這個怎麼弄的？」

「嗯，被砍了一下。」蕭戈的眼睛還盯在兒子身上，收不回來。怎麼有這麼傻的東西？頭來回地晃動，還覺得十分有意思，搖一搖便「格格格」地笑一笑，然後接著搖。

素年將博浪鼓塞到蕭戈的手裡，示意他搖著試試。

蕭戈看了看手裡的博浪鼓，愣了一會兒後，嘗試性地在平哥兒左邊搖了兩下，就見到兒子的頭相當給面子地開始轉動了……

玩了一會兒後，素年將兒子抱起來，示意蕭戈伸出手。

蕭戈又開始僵硬了，但他還是伸出了手臂，讓素年慢慢地將兒子小心地放了上去。

小孩子柔軟的身子，正一顫一顫地躺在自己的臂彎中，小小的身子散發著甜甜的乳香，手無意識地揮了揮，將自己的袖子攥住。

蕭戈從心底深處升騰起感動，從袖口一直蔓延到心臟的部位。這是身上流著他血脈的孩子，是跟他一脈相連的孩子……

突然，平哥兒的小臉一皺，頓時又再次放聲大哭起來，依舊是撕心裂肺的架勢，像是受到了多大的委屈一般。

蕭戈一愣，還沒來得及問什麼，只感覺身上一熱，有水漬浸濕了他的衣袍。

「……他尿了。」蕭戈臉上的感動全無，面無表情地對著素年陳述。

素年點點頭，臉上的笑意卻沒法兒消退。她就猜著差不多是時候了，沒想到兒子這麼給力！

月娘聽見了裡面平哥兒的哭聲，敲了敲門。

素年讓她進來。「平哥兒尿了，尿到了夫君的身上。」

月娘「呵呵呵」地笑了幾聲。「我這就帶小少爺下去清理。」說完就將平哥兒抱過去，然後退出了屋子。

蕭戈濕著衣袍，剛剛算是白洗了，可他不想現在就去換洗，而是直直地盯著素年，一直一直地看，看到她揶揄的笑容全部都收起來為止。

「我想妳了……」蕭戈伸手就將素年抱住，也不管衣袍上的污漬。只有確確實實抱住她溫暖的身子，他的心才能真正地安定下來。

第一百五十六章　不是作夢

他回來了。之前一度以為自己回不來，在那個山谷裡，蕭戈和他的將士們咬著牙堅持著，每個人心底堅定的信念都不一樣，而他，只希望能夠活著回去再看一眼素年。

蕭戈跟那些人拚著最後的力量成功突圍，可最後活著的，不足百人。

這就是戰爭，在戰場上，舔血才能活下來，不是你死就是我亡，沒有例外。

蕭戈終究是活下來了，帶著滿身的傷口，但命卻是保住了，他有多慶幸！沒人知道，不大信神拜佛的自己，當時真的有想要找個佛祖拜一拜的打算，感謝佛祖讓他活了下來。

「……你故意的吧？」素年「嘖」了一聲，真是的，不就是小孩子的尿嗎？

蕭戈抱著她不鬆手，甚至有越抱越緊的趨勢，素年微微一笑，正要說什麼，頸窩處好似被一滴水給燙著了。於是，素年動不了了，剛剛揚起來的嘴角也頓時僵在臉上。

素年見到蕭戈以後就一直跟自己說：不准再哭了，丟不丟人？蕭戈不是都回來了嗎？還有什麼好哭的？沒的讓蕭戈覺得自己矯情呢！

可素年總會忍不住，於是只能藉著兒子來賣萌拚命轉移自己的注意力，讓她看起來好像平常一樣，只是沒想到，蕭戈竟……

素年伸手環住蕭戈的腰，將自己的頭埋進他懷裡，張嘴咬住他的衣服，嗚咽起來。嗚嗚嗚嗚……他終於回來了！

最後，素年哭得是淚眼矇矓，而蕭戈的那一滴眼淚，就好像是幻覺一樣。

不公平啊……素年在心裡吐槽自己，到最後好像還是她比較情緒化，她原本想更淡定、更冷靜一些來著。

蕭戈回到京城，還沒有來得及面聖便一路快馬加鞭地趕了回來，已是疲睏至極，因此再次洗漱了之後，很快便陷入了昏睡……

素年一早起身，看著空空如也的身側只覺得像是作了場夢一般。

「小姐，妳這麼早就醒了？」阿蓮覺得不可思議，昨晚小少爺吃完奶以後就被月娘抱到另一個屋子裡睡了，小姐怎麼不抓緊時間多睡會兒呢？

「蕭戈呢？他回來過沒有？」素年愣愣地看著阿蓮吃驚的臉。

阿蓮嚇了一跳。「小姐，妳作夢了吧？」

素年一怔，果然是作夢嗎？可這個夢也太真實了……

「蕭大人當然回來了呀！昨晚妳不是都見到了嗎？蕭大人這會兒去宮裡了，交代我們讓妳多睡會兒呢！」

「……妳能一句話說完整嗎?!」

阿蓮服侍素年起身之後還挺委屈的，蕭大人本來就進宮了嘛，自己又沒說錯。況且一句話那麼長，她一口氣說不完呀！

素年先將兒子餵飽了，然後才沒精打采地吃了些東西。她還沒跟蕭戈說些什麼呢，蕭戈怎麼就進宮了呢？

宮裡，蕭戈跪在正殿裡跟皇上稟報戰況。阿羌族狼子野心，他們的這一任族長就是一個極具野心之人，意圖將天下都收入囊中，若是徐徐圖之也許真的十分棘手，幸好他們有些好高騖遠，希望不費吹灰之力就能達成目的，這才讓蕭戈等人鑽了空子。阿羌族在圍困麗朝大軍的時候，也許是因為覺得勝利在望了、不可能有任何變數了，竟然大膽地調整兵力，轉而去攻擊別的族群。

「若不是如此，也許皇上就見不到微臣了。」蕭戈跟皇上的關係讓他說話都有些隨意。

正殿裡，只留有貼身服侍皇上的人，他們瞧見皇上站起身，慢慢地走下臺階，在蕭戈的身前站定，雙手將蕭戈給扶了起來，然後一拳砸在蕭戈的肩上。

「臭小子，你敢不回來試試！還想朕給你養老婆和孩子不成？」

結果蕭戈有些沒站穩，右手扶著左肩退了幾步，臉上有隱忍的痛楚。

皇上一看，慌了。「我、我不是故意的，你的肩受傷了？」

蕭戈皺著眉，好不容易緩了過來。「回皇上，臣雖然突圍，活著回來了，但也九死一生，身子大不如前，恐怕……不能再為皇上效力了……」

蕭戈從宮裡回來，看見蕭府上上下下都煥然一新，特別是從門口進去，繞過影壁就能看到兩個碩大無比的大紅燈籠，下面各掛著一條橫幅，一邊寫著「凱旋而歸」，一邊寫著「哈哈哈哈」。字跡蕭戈十分熟悉，他欣慰地點點頭，起碼，素年沒有給掛到門口去……

進了院子，月娘見到蕭戈後急忙走過來，行了禮以後示意他輕聲一些。「少爺，小少爺剛睡著。」

蕭戈點了點頭，輕手輕腳地進了屋，瞧見素年坐在床沿，手慢慢地拍著兒子，看見自己進來了，對著他在嘴唇處豎了一根手指，然後靜悄悄地起身，往屋外走。

「你都不知道，這孩子哭起來我頭都疼……」剛出了屋子，素年就開始抱怨。聽月娘說，平哥兒昨晚睡得十分安穩，一點都沒有吵鬧，誰知早上見到素年以後，就非要賴著素年抱他，別的人抱都不行。

素年小胳膊小腿的，抱一會兒就沒勁了，可無論是誰接過去，那必然都是一頓狠哭，素年又捨不得，這不，直到這會兒才哄睡下。

「也不知道像誰……」

「像我，嗯，像我。」

蕭戈回答得特別自然，素年都不好繼續往下說了，只能翻個白眼，在院子裡坐下來，揉了揉胳膊。今兒還不顯，明天肯定疼疼疼疼的，臭小子！雖然素年也有些得意，果然是自己的孩子，愛黏著她，但真的是很沈啊！又肯喝奶，又肯睡覺，不過幾個月，生生長了一大圈！

「抱歉，那個時候我沒陪在妳身邊。」蕭戈在素年對面坐下來。

「嗯？喔，我猜你也是趕不上的，沒什麼。」

「……據皇上說的，似乎不是那樣。」

「嗯？皇上說什麼了？」素年後知後覺，半天才反應過來，皇上……不是將她分娩時歇斯底里的叫喊告訴蕭戈了吧？那得有多無聊啊！素年偷偷去看蕭戈，發現他的臉色確實挺糾結的！完了，自己那個時候喊的是什麼來著？

「呵呵呵……我似乎有些不記得了。你知道嗎？老人常說生了孩子的女人會變傻，我大概就是那樣的！」素年笑得特別憨厚。

「蕭戈你個王八蛋！老娘流血不止都要死了，你人在哪裡啊？平日裡濃情密意的，為啥關鍵時候人卻不在了？你他媽要是敢隨便死掉，老娘做鬼也不會放過你的！你大爺你大爺你大爺！」阿蓮正好走過來聽到，於是好心地重複了一遍，然後將石桌上的茶水添滿，又送上一小碟才洗淨的水果，這才滿意地退下去。

「……」素年僵住了，阿蓮小丫頭是不是對她有些不滿才特意來報復她的呀？素年自己都快記不清了，為啥她能全部複述出來?!

阿蓮樂滋滋地走到刺萍身邊。「刺萍姊姊，小姐之前說小少爺三歲之前她可能會有些記不住東西，讓我幫她記著，剛剛小姐果然就不記得了！我的記性好吧？嘿嘿！」

刺萍一手捂住臉。「妳最近……先不要靠近小姐比較好……」

「呃……剛剛阿蓮說的，我怎麼沒有印象呢？可能她說得比較誇張了，呵呵……」氣氛太壓抑，素年只能笑著含糊其辭，打破沈默。

「嗯，阿蓮的記性不錯，跟皇上說的一個字也不差。」

你們都是神經病啊？這種話沒事記那麼牢幹麼？素年的臉色極為精彩，眼瞅著都有要掀桌子的態勢了。

蕭戈這才補充了一句。「皇上說，他想忘也忘不掉，實在是太刺激了。」

「呵呵呵……」素年傻笑，在麗朝確實挺刺激的，可她那會兒不是疼瘋了嘛！她都不知道自己說的是什麼了，蕭戈應該不會介意的吧？

「我會永遠記得的，曾經讓妳這麼擔心惶恐過。以後的日子，我會盡我所能不讓這種情況再發生，妳能原諒我嗎？」

素年盯著桌面不說話，她曾經多鄙視男人的誓言，覺得都他媽是隨口亂說的，直到這會兒她才明白，為什麼幾乎所有女子都自認為自己是聰明的，但在男人的誓言面前，卻一點抵抗力都沒有。

「我大人有大量……」素年還沒有說完，就見到對面蕭戈臉上無比驚豔的笑容。一個習慣沒什麼表情的人，笑起來卻如此好看，她真的是賺到了啊！

蕭戈那日從宮裡回來以後，便一直待在家裡，哪兒都不去，整日守著素年和兒子，逍遙自在得很。

平哥兒的名字終於定下了，蕭安平，蕭戈起的，也是隨了素年的意思，希望他一世安平。只是，平哥兒跟他爹似乎相處得不大好，除了一開始還讓他抱抱，後來只要蕭戈一靠近就會哭，不但哭，手還非要抓著素年的手指才甘休。

素年一開始搞不懂這是什麼情況，直到後來月娘觀察了半晌才有些不確定地說，小少爺這是怕他娘被少爺搶走吧？

蕭戈知道後黑著一張臉，素年是他的老婆，整天抱著平哥兒他都還沒有意見呢，這個臭小子倒是先不幹了！憑什麼呀？

於是，向來穩重的蕭戈竟開始喜歡在平哥兒看到的時候摟著素年，每每都惹得平哥兒嚎啕大哭，饒是一向以蕭戈為重心的月娘都看不下去了，衝蕭戈瞪著眼睛，將平哥兒抱出去。

「你閒的吧！有意思嗎？」

「太有意思了！這麼丁點兒大竟然敢跟我搶，真是不自量力！」

「……」

幾日後，門房那裡送來了劉府的信。蕭戈聽見「劉府」兩個字，不動聲色地坐到了素年的身邊，雖然什麼話都沒說，可素年分明察覺到他身上散發出來的緊張，於是笑著將信看完後，遞到他的手裡。

蕭戈猜得沒錯，劉府就是劉炎梓的府上。

素年順勢將蕭家人的事情說出來，一邊說一邊觀察蕭戈的面色，發現他越聽面色越發冷厲。

「那個沈薇當真是妳沈家的人？」蕭戈聽完之後，沒有先說蕭家的事，而是首先問起了沈薇。素年在沈薇的部分已經說得很簡略了，只是蕭戈想到她進來蕭府就是為了傷害還沒有出世的平哥兒，心底的火氣就壓制不住。

素年急忙點頭，聽蕭戈的語氣，她知道若是自己否定了，沈薇小姑娘定然會倒楣的，而且是倒了八輩子的血楣，說不定連小命都會沒有了。「確實是的，沈薇也是被逼無奈，她的弟弟這會兒還在蕭府困著呢！我尋思著什麼時候找個機會去將人接過來。」

「還用找機會？」蕭戈冷冷一笑，朝著院門口招了招手，一個同樣冷峻著臉的男子便迅速地走了過來。「你去蕭府，將那個小男孩接過來，動作無須謹慎隱密，左右他們已經知曉我回來，想必，也已經有所覺悟了。」

「是！」那人應下就打算離開。

素年急忙開口。「哎哎等一下！」然後回過頭，朝著綠意道：「一個人未免有些沒照應，你也去吧！」

先前那男子看了蕭戈一眼，發現蕭戈沒有任何表示，於是垂著頭在原地等著。

倒是綠意有些詫異，素年跟他說話的時候眉毛還挑動了兩下，雖然有些不敬，綠意還是覺得……甚是猥瑣。自己跟那個沈薇可是一點關係都沒有，只不過看著她為了自己的弟弟豁出去的氣勢，覺得有些觸動而已，可看素年的樣子，卻像是誤會了什麼。綠意也不解釋，低頭領命，跟著蕭戈的人一併出去了。

蕭戈也沒問素年這是為何，而是跟她說起了墨宋的事情。

這兩天，阿蓮在素年面前沒少旁敲側擊，蕭大人都回京好幾日了，怎麼墨大人一點消息都沒有呢？

「墨宋還沒有回來，那傢伙確實是個好苗子，能在阿羌族手裡堅持那麼久，後來又帶著人突襲，更是迅速收服了將士們的心。妳別看他平日裡桀驁不馴的樣子，這樣的人卻是極有血性的，難得的是也肯聽人意見。突圍以後，我們得到探子回報，發現阿羌族在夏族手裡吃了個虧，似乎是他們挑起了夏族的戰亂打算漁翁得利，卻沒有討到好，也因此被我們突破的阿羌族並沒有戀戰，而是一路向西撤退。墨宋對著一地的麗朝將士屍首發誓，要拿阿羌族惡徒的頭顱來祭獻他們。其實那會兒麗朝軍已經疲憊不堪了，但在他的鼓舞下竟奇跡地沸騰起來。追逐阿羌族倒是沒太大的危險，不過他也無法這麼快抵京。」

素年摸著下巴，魏西大哥當初的眼光不錯呀！她還以為魏西真的只是看他結實耐打才將人買回來的，沒想到當初的刺頭小子已經成長到現在的模樣，魏西若是地下有知，定然十分安慰吧……不過，如果墨宋這麼給力，蕭戈應該就不會再像之前那樣累了吧？素年有些開心。

蕭戈回來以後，素年曾經仔細地檢查了一遍他的身子，果然如同她想的，遍體鱗傷。

蕭戈臉上那道恐怖的傷痕，讓月娘生生哭了一個多時辰，後來還是聽到平哥兒大哭不止，才將眼淚一擦，哄孩子去了。可月娘並沒有看到蕭戈身上其餘的傷痕，素年想，若是她瞧見的話，還不知道要哭成什麼樣呢。

有些傷口都還在滲血，素年都不知道他如何能夠滿臉平靜，怎麼可能不疼呢？他怎麼好像沒有感覺一樣呢？腰部、背部、腿部都有刀傷，腳趾的趾甲掉了兩個，小腳趾已經潰爛，素年給他清理的時候手都在抖。更別說蕭戈肩頭的那處傷痕了，觸目驚心，已經傷及了骨頭。素年不相信自己的醫術，連續請了幾個大夫來看，最後的結論就如同莫子騫得出的，雖能夠調養好，不會累及性命，但以後卻也不大能做劇烈的動作了。

素年心疼得要死，別人都只看到蕭府的風光，看到蕭戈光鮮亮麗、威武雄壯的外貌，可誰能知道他的身子已經破敗如斯，沒有長時間的靜養，根本不能夠恢復元氣。

「我已經跟皇上請辭了，打算辭官離京，不拘哪裡，找個山明水秀的地方住著。只不過，皇上說他還需要想一想。」蕭戈在素年抖著手給他包紮完傷口的時候，將素年的手拉過來握著，笑著跟她說。

素年不知道蕭戈說這話的時候心裡會不會有遺憾，但他的身子是真的不能再操勞了。從前給葉大人治病的時候，素年就擔心過蕭戈的身體，沒想到，這種擔心真的靈驗了。

素年希望墨宋能夠安然回來，一方面是真心擔心這個小傢伙會不會一時間頭腦發熱，真的不要命地跟阿羌族拚個你死我活；另一方面……素年轉頭看了看阿蓮，小姑娘對墨宋特別關心呢！

蕭戈派往蕭家的人幾日之後便回來了，來覆命的時候，蕭戈的屬下面無表情，而綠意則是冷寒著一張臉，他手裡抱著一個小孩子，已經昏睡了，身上罩著一件衣服。

素年瞧著孩子的身形，心想，不是說沈薇的弟弟已經六歲了嗎？怎麼瞧著那麼小呢？綠意冷著臉，動作輕柔地將孩子身上的衣服揭開。

素年倒吸一口涼氣，心底瞬間燃起熊熊的怒火。

孩子身上滿是污穢，裸露著的胳膊和小腿上傷痕累累，腳踝處有被鎖鏈鎖住的痕跡，已經化膿腐敗，模樣恐怖。「騰」地站起來，素年走過去輕輕地檢查他腳踝處的傷口，希望還能夠來得及，如果感染嚴重的話，弄不好這孩子的雙腳就廢了！

只輕輕按了幾下，小孩子就被疼醒，然後劇烈地掙扎起來，渾身瑟瑟發抖，極為害怕的樣子。素年抿著嘴，自己生了孩子以後，她便完全見不得別的孩子受到這樣的傷害，不過當務之急是他的傷口。

「別動，沒事的。你想不想你姊姊？來人，去將沈薇叫過來。」

素年的聲音讓孩子的動作暫緩，尤其聽見了姊姊的名字後，他緊緊抓著綠意的衣襟，眼中全是懼怕和防備。

素年將眼睛閉上，不想讓他瞧見自己眼中的暴戾，從沒想過自己竟然也會有這樣負面的情緒，那個蕭家，就是死一百次也不虧！

沈薇聽到了弟弟的消息，一路奔跑過來，看見了弟弟的模樣，眼淚頓時就噴薄而出。她的弟弟才六歲，為什麼受到這些傷的不是自己！

「先別哭，妳弟弟的傷如果不趕緊治療，可能腳就沒用了——」素年還沒說完，沈薇就想往地上跪，大概是想要求素年救救她的弟弟。素年一把扯住沈薇的衣服往上提，這段日子平哥兒沒有白抱，力氣見長了不少，竟然直接將沈薇給提住了。「沒聽見我說的嗎？要抓緊時間！我就是大夫，但妳弟弟可能會有些不配合，所以我需要妳將他安慰住。」

事關自己弟弟的雙腳，沈薇十分清醒，將眼淚抹乾淨就抓著弟弟的手，在他耳邊小聲地安慰，直到孩子的顫抖慢慢減小為止。

素年讓綠意將孩子抱到一間耳房裡，她則讓刺萍和阿蓮準備傷藥、清水、乾淨的布和燒過的刀子。孩子腳踝處的腐肉必須割掉，素年深呼吸了一口氣，打起精神，緊隨其後。

第一百五十七章　百日請宴

蕭戈沒動，看了看自己面無表情的手下。「怎麼說？」

「蕭家前些日子得意了一陣子，似乎是蕭家裡面有人被重用了，只不過最近平白生出了一些事端，還都被人抓到了把柄，每況愈下，較之從前更加不如，這會兒正在四處走動，想要跳出泥潭。我們發現這孩子的時候，他被鎖在一個小屋子裡，正在啃一個硬了的饅頭。」

他說話的語氣不帶一絲感情，只是如實地將自己的所見所聞說給蕭戈聽。

蕭戈知道以後便讓他下去了。蕭戈原本打算，即便沈薇有素年求情，他也不會讓她好過，畢竟自己的苦難不能成為加害別人的理由，可這會兒蕭戈的氣卻消了。

月娘從屋裡出來，抱著「咿咿呀呀」揮舞著胖爪子要找他娘的小胖崽，蕭戈無意識地伸手想要接過來。結果平哥兒一瞧見打算抱自己的居然是蕭戈，立刻將手收回去了……收回去了?!蕭戈備受打擊，找人抱居然還想挑人？於是也不管平哥兒樂不樂意，伸手就將他撈過來放在自己腿上！要說平哥兒也乖覺，原本都要哭了，卻癟癟小嘴，愣是沒有哭出來，看得蕭戈十分爽快。看看，兒子還是跟爹親的吧！

不一會兒，素年紅著眼眶從耳房裡出來了，蕭戈的耳朵好，一直聽到裡面有壓抑的嗚咽聲，大概是在給那個孩子清理傷口的時候忍不住叫出來的。

素年看見了蕭戈懷裡的平哥兒，淨了手後打算抱過來餵奶，不料平哥兒看見他娘之後竟毫無預兆地大哭起來。

蕭戈的臉都黑了，敢情剛剛不哭是沒有看見素年，覺得沒人心疼他？這才多大呀！怎麼可能就有這種心眼了？

素年嚇了一跳，伸手摸了摸平哥兒的小圓屁股，乾乾爽爽的，月娘應該才給換過。莫非是餓了？可平哥兒現在如果餓了都不怎麼會哭的啊！將平哥兒抱到自己的身上，素年的眼眶更紅了，一想到沈薇的弟弟沈樂全身是傷的模樣她就難過不已。平哥兒哭得上氣不接下氣，委屈得不行，素年都恨不得跟著也哭一場。

蕭戈的臉黑得都要發紫了，不就是抱了一下嗎？怎麼了怎麼了?!

素年將平哥兒抱進去餵了一會兒，蕭戈再進去的時候平哥兒已經恢復如初，嘴裡仍舊咿咿呀呀的，十分歡樂的模樣。

素年將他平放在軟墊上，給他扭扭小胳膊、壓壓小腿，活動活動四肢，像做操一樣擺弄。蕭戈看得有趣，素年便打算讓他也試試，結果蕭戈的手才握住平哥兒的小腳，平哥兒的嘴又癟了起來。

「沈樂的腳如果再遲些就真的廢了，這會兒能不能恢復到以前的模樣，也只能看他的運氣……」素年握住平哥兒的手，臉湊過去，在他嫩嫩的小臉上親了一下，平哥兒見到娘親在他身邊，也就隨便蕭戈擺弄腳了。「除此之外，肋骨有骨折，手上的小手指也折斷了……」

素年仰起頭，沈樂小小的身子上，傷痕觸目驚心。誰能想到有人會對一個才六歲的小孩子下這麼重的手！

「我原本還在想，若是蕭家從此能消失在我的面前，就不去管他們了，可是我又想，如果當初父母雙亡、隻身一人的時候，我遇到了蕭家那樣的人家，會怎麼樣？」素年不願意繼續往下想，她必然是會趁著才穿越過來、身子虛弱，趕緊自行了斷，看看能不能再碰上別的機會，哪還能遇見蕭戈、遇見其他人？

蕭戈沒讓她往下說，只是點了點頭。「蕭家的事情妳就別傷神了，我自會處理的。還有劉府，也不用再麻煩別人了。」

蕭戈發現平哥兒似乎很享受有人幫他活動腿腳，除了一開始不樂意那人是自己以外，倒是挺配合的，讓蹬腿便蹬腿、讓開肩便開肩，圓圓的身子任由自己折騰，確實挺有意思。

這時阿蓮進了屋，紅著眼眶跟素年說已經給沈氏姊弟送了食物。阿蓮臉上有不少淚痕，想必剛剛定是哭了一場吧？沈氏姊弟的境況確實淒慘，阿蓮會這樣也是正常。

不過，阿蓮也分得清場合，這會兒有蕭戈在，她也並不放肆，循規蹈矩地上前將平哥兒抱起來，出去蹓躂蹓躂。

「對了，我們平哥兒快要到百日了吧？」

素年一愣，似乎是的。有了平哥兒的日子過得飛快，她都沒怎麼在意，小傢伙都已經三個多月了，沒想到蕭戈竟然記得，可見他有多悠閒。

蕭戈近來在家裡待得都要長蘑菇了，百天的日子記得牢牢的。自己得了個兒子這麼大的喜事，如何能不炫耀炫耀？特別是什麼葉家啊、劉家啊之類的……

平哥兒現在雖然翻身並不利索，但每日素年都會讓他趴一小會兒，圓圓的腦袋晃蕩晃蕩，憋足了勁想要翻動過去，可愛得緊，身子也養得圓嘟嘟的，面容大半繼承了素年的清秀溫婉，只一雙眉毛像足了蕭戈。

蕭戈之前並不大敢跟平哥兒靠得太近，怕不小心傷著他，這會兒倒是不怕了，沒有奶娘在身邊，蕭戈抱的機會不少，已經熟稔得很，他才不會錯過這麼重要的炫耀日子呢！

「我看吶，請的人也不要太多，就請一些我們熟悉的，我那裡有幾個生死之交，早就跟我說過了，必然是不會缺席的。對了，之前劉府不是還幫了妳一個忙嗎？也不能漏了。」

素年眼角微抬，掃了一眼蕭戈，只見他面容波瀾不驚，彷彿說得十分隨意，可素年卻發現他會不時地用手掃一下衣角，像是要將上面的灰塵撣乾淨似的。蕭戈也許自己都不知道，別看他向來好像隻不露聲色的狐狸，可他也有外人察覺不到的小動作，就比如現在。

素年垂下眼，不讓眼中浮現的笑意被發現，她還以為蕭戈不會介意呢，之前瞧著沒有任何反應嘛，沒想到這人只是記在心裡了而已。

「嗯，我知道了，我會差人將帖子發過去的。不過日子不遠了，準備得也倉促，你的那些摯友們不會介意、覺得被怠慢吧？」

「他們？」蕭戈勾著嘴一笑。「他們都是些粗人，沒有那麼多繁文縟節。倒是有一些貴客，可千萬別怠慢了才是。」

素年嘆了口氣，行吧，看在他態度尚好，沒有胡攪蠻纏上，就不跟他追究了。不就是拜託劉炎梓鬆鬆手，讓蕭家以為遇上貴人了嘛！劉炎梓也說了，他以後未必就沒有事情需要麻煩他們，這又沒有什麼。素年抿了抿嘴，走到蕭戈身邊，蕭戈的眼睛儘管神色自如，卻就是不抬頭看她，素年忍不住笑出聲，怎麼這麼可愛呢！吧唧！素年在蕭戈的面頰上狠親了一口。「行了，我也是沒別的認識的人了。這不，以後都有你在了嗎？」

蕭戈的臉沒法兒繼續裝了，忍不住有一些微紅。他也不想這麼小氣的，只不過一想到素年求助的對象是劉炎梓，他就有些克制不住。蕭戈難得有些不好意思，卻一把將素年摟在懷中，嗅到她身上跟兒子一般甜甜的乳香，心馳神往……

「少奶奶，小少爺許是餓了，正哭著呢！」月娘的聲音混著平哥兒洪亮的哭聲在門外響起。

蕭戈抑鬱地將手伸回來，手攥成拳，壓在桌面上。

素年同樣是小臉紅紅的，卻覺得蕭戈此刻的面容怎麼看怎麼苦逼，不免又覺得有些好笑。「我去餵兒子了啊！」素年開門，將平哥兒接過來。小傢伙嗅到了娘親的氣味，哭聲都變成了委屈的嗚咽，素年考慮了一下，還是不要刺激蕭戈了，於是將平哥兒抱到另一間屋子裡去餵奶。

「我也餓啊……」蕭戈在素年體貼地將門關上以後，暗自咕噥著，滿臉菜色。

離平哥兒的百日宴不過幾日，素年下了帖子以後，就安排人手採買置辦，她則每日去給沈樂換藥。

沈樂這孩子看得素年極為心酸，可能被打怕了，對任何人都戒心重重，但素年第一次為他治療的時候就發現，沈樂是個堅強的孩子。

除了一開始不知道身在何處的驚恐，在沈薇給他解釋過後，沈樂出乎意料地配合，當素年用刀子將他腳踝的腐肉割掉時，他疼得冷汗直冒，卻咬著牙試圖強忍住。

後來的每一次換藥，素年知道都非常疼，但沈樂居然說「會疼，是因為他還活著」。

一個六歲的孩子啊！怎麼會說出這樣的話來？素年感到心驚，她會趁著換藥的時候跟沈樂說說話，沈樂有時候沈默得可怕，大概是長時間沒有說話造成的，可但凡他開口，素年都會心疼得緊。

「還疼不疼？等新肉長出來就會好些了。你的手指我用夾板固定住了，可也許不會恢復成原本的樣子。」素年檢查了一下沈樂骨折的地方，肋骨的情況良好，只要靜養一陣子就會自行復原，只是可惜了他的手指斷折的時間過長，想要完全恢復已是難了。

「我不疼的，不能說疼，越是喊疼，就會更疼。」沈樂坐在床上，仰著頭，喃喃自語。

沈樂知道眼前這個漂亮的夫人是好人，他聽姊姊說了，是她將他們姊弟救出來，而且跟他們同樣姓沈。他也想感謝她，可沈樂已經記不起來應該怎麼做了。

他的腦子裡只有如何才能忍受每一次的打罵？什麼時候求饒比較好？什麼時候適當地哭一下比較會讓打他的人痛快？除此之外，再無其他。

素年深吸一口氣，手掌摸上了沈樂的頭，細細軟軟的頭髮，素年讓人給他清理過了，還帶著一絲香氣。「都過去了，我從來不騙人的喔，以後不會再有那樣的噩夢，對了，那都是一場夢，現在夢醒了。我聽你姊姊說，你從前書唸得很好是嗎？那就繼續唸下去吧？」

沈樂的眼睛一眨也不眨，唸書？他還可以唸書嗎？

「我們沈家如今就只剩我們幾個了，別的我也不知道，但我已經嫁為人婦，沈家的血脈還是得由你去延續才行。也許你現在不大懂，不過沒關係，總有一天你會懂的。」素年說完，將手收回，慢慢地走了出去。

沈薇坐到沈樂身邊，眼裡都是心痛，她寧願自己受到這樣的痛苦，而不是比她年幼的弟弟。

「姊姊，真的……都過去了嗎？」沈樂的眼神出現了一些茫然，彷彿真的變回了屬於他的年齡。

沈薇一把將沈樂抱住。「……過去了，真的都過去了！」

素年在門外聽到裡面的哭聲，其中也夾雜著沈樂的聲音，這才放了心。不過六歲的孩童就受到了如此對待，不知會給他的心理造成多麼嚴重的傷害？素年希望他能夠放下，她願意待他如親弟弟，只要能掃除沈樂心裡的陰霾。

素年讓蕭戈整理出一些開蒙的書給沈樂送過去，多讀書沒有壞事，反而能分散他的注意力。

時間過得飛快，轉眼，平哥兒的百日宴便到了。

這日一早，是一大清早，葉少樺便帶著他的夫人眉煙上門了！

蕭戈怒目而視。「你看看現在是什麼時辰？帖子上寫的又是什麼時辰？」

「哎呀，我們的關係還用得著那麼多禮嗎？快抱出來我瞧瞧，看能不能配得上我家小歡顏！」眉煙經常來看平哥兒，葉少樺卻還沒見過。

素年將平哥兒抱出來，可巧才喝過奶，沒來得及睡著呢，這會兒正在專注地從小嘴裡吐泡泡，吐出來吸進去、吐出來吸進去，玩得不亦樂乎。

「長得不錯，像你夫人，嘶……不過長太好看了會不會不大好啊……」葉少樺一本正經地摸著下巴評價，看著平哥兒嘴邊的泡泡，一時手癢，伸出指尖就給戳破了。

平哥兒一愣，眨了兩下眼睛。

素年立即將耳朵捂住，正趕上平哥兒放聲痛哭。

「讓你手閒得難過！」蕭戈瞪了葉少樺一眼，就打算將平哥兒抱過來哄一哄。

「嗓門還挺大呀……」葉少樺挑了挑眉，不錯不錯，是個好苗子！他還沒感嘆完，就看到蕭戈想要去抱孩子，結果孩子十分不給他面子，一把將他的手揮開，哭得更傷心了！「哈哈哈哈哈哈……」葉少樺狠笑了一陣。「我家歡顏可是喜歡黏著我的！」

素年看不下去了，眼瞅著蕭戈的臉僵住，只得上前從尷尬的月娘手裡接過來，低聲哄了兩句，哭聲漸收，再遞到蕭戈手上去的時候，竟然奇跡般地不哭了。

「哎喲，這是如何做到的？」葉少樺瞧著神奇，立刻將頭湊上去。

素年和眉煙就看著兩個大老爺兒們圍成團，怎麼看怎麼好笑。

「咳，少樺說，禮自然是不能輕的，我已經讓人都放在門房那裡了，只一樣，這塊玉是少樺從外面帶回來的，說是已經使人開了光，可保一世平安。」眉煙從懷裡取出一枚瑩潤光潔的美玉，遞到素年的手裡。

美玉被雕琢成了一尾魚，首尾相連，栩栩如生，通體晶瑩透碧，只在眼睛那一處泛出紅色，看著就價值不菲的樣子，但聽說能夠保一世平安，素年還真的動了心。

「如此，我就不客氣了。」

「行了，跟我妳還客氣什麼！」眉煙笑著拍了拍素年的手，繼續圍觀抱著平哥兒跟個稀罕物件的兩人。

蕭戈此人說話向來不誇大其詞，素年今日深有體會。他說了他的那幫兄弟是粗人，那就真的是貨真價實的粗人，一點折扣都沒有！

素年聽見有人前來，忙跟在蕭戈身後前去迎接，沒想到才走到半路，就看見綠荷鐵青著臉回來了。

「這是怎麼了？」素年有些不解，綠荷小姑娘的性子雖不如綠意冷靜，但能讓她出現這種表情的事情還真沒幾件！

綠荷不說話，一言不發地給素年和蕭戈行了禮，便站到素年身後去了。

素年人還沒有走到前廳，就聽見裡面傳來喧鬧的聲音，高嗓門、大喉嚨，隱隱有些震耳欲聾。

蕭戈快步走了進去，喧譁聲立刻更甚了！

「蕭將軍！啊哈哈哈，真是他媽的榮幸啊！能夠接到蕭將軍的邀請，老子三生有幸啊！哈哈哈……」

素年覺得裡面每個人的每一句話都能夠加上驚嘆號，那都不是說出來的，而是喊出來的！

跟在蕭戈身後走進前廳，素年站在門口，有種格格不入的感覺。那一個個身材魁梧的，面上大多都有傷疤，加上大嗓門，確實不大容易接近的模樣。難不成綠荷是因此被嚇到了？

「哎喲喲！蕭將軍，你這裡的侍女都是漂亮姑娘！你看，我們還都是光棍一個呢！就這個，這個最漂亮！」有人瞧見了素年身後的綠荷，立刻一頓猛嚎。

好吧，素年心裡大概有數了。她款款上前，以蕭戈夫人的身分跟各位見禮，然後轉身朝著剛剛指著綠荷說「就這個」的勇士，笑容滿面。「這位大人，您是瞧上了綠荷嗎？那還真是她的榮幸呢！」

綠荷站在素年身後，身子微弱地一震，卻仍舊低著頭。

「雖然我也挺捨不得的，畢竟也沒怎麼教她如何持家，但若是大人，素年還是願意割愛的，畢竟是夫君的同僚，人品定然能夠讓人信服。不知大人打算何時使媒人上門呢？素年也好做些準備。」素年溫婉柔和，語氣不卑不亢，說話的時候始終注視著那位大人的眼睛，直到他先挪開視線看向蕭戈。

「呵呵，蕭將軍的夫人可真會開玩笑！」

素年見好就收，怎麼說也是蕭戈的朋友，讓他知道自己的人不好調戲就行了。正準備帶著綠荷離開呢，身後竟然又有一道聲音響起——

「蕭夫人，那若是明媒正娶的話，您就會答應了嗎？」

素年挑了挑眉，轉身看去，卻見一個站在角落裡的年輕男子正望著自己，長得是一表人才、身姿挺拔，臉相較於周圍的人也略顯白皙，蕭戈的朋友中還有這號人物？

「也並不是，總得讓我瞭解是不是真有誠意，抑或是否真為可託付之人。」

「我知道了，多謝蕭夫人賜教。」

素年竟然笑了出來。賜教？可不就是賜教！她身邊但凡自己覺得不錯的小丫頭，她都沒打算隨隨便便許配給人。她骨子裡還是不能夠接受這個時代的感情觀，退一萬步說，就算沒辦法讓她們也能夠一生一世一雙人，她也會做她們的後盾，不讓人欺負了去。

離開的時候，素年察覺到綠荷抬頭看了一眼那個年輕人，隨後又匆匆低下，老老實實地跟在自己的身後。莫非，綠荷認識這個人？

在素年走了以後，之前調戲綠荷的大嗓門男人才拍了拍胸口。「蕭將軍，你夫人好可怕……」

蕭戈笑了笑，邀他們挪步去花廳喝酒。素年很護短的，尤其是她的那群小丫頭們，她希望她喜歡的人都能夠得到好歸宿，所以對感情的事不免有些吹毛求疵。但正因為如此，蕭戈才相當歡喜，這樣的人對感情極為忠誠。不過……他也看了一眼最後說話的年輕人，此人他記得是從兵營裡升上來的，別光看那樣子，卻是十分能夠吃得了苦，這次也跟著自己出生入死，並且將所有的軍功都攢著，說是有用。

蕭戈的那群兄弟們幾乎沒有帶任何女眷，素年便繼續跟眉煙大眼瞪小眼，不過很快地，安定侯夫人來了，她們所在的後院裡才算是熱鬧起來。

「哎呀，當初妳我相識的時候妳也不過才是個孩子，這會兒竟然都已經有孩子了，真是歲月不饒人吶！」安定侯夫人看到平哥兒，無比唏噓。

「是嗎？素年可沒那種感覺，夫人您一點都沒有變呢！」

「嘖嘖，小嘴甜的！」安定侯夫人笑得臉都開了，慈愛地拍著素年的手。沈素年一如自己初見時，是個通透伶俐的姑娘，那時自己的兒子也相中了她，若不是因為素年的身分，說不定她就會是自己的兒媳婦了吧？人的緣分就是如此，錯過了就是錯過了。

平哥兒似乎知道今兒是他的好日子，比平日裡睡得要少，精力極為旺盛的樣子，而且十分給面子，誰逗都樂呵呵地傻笑，讓人一見心情就好。

不一會兒，綠意來報，劉府劉炎梓大人到了。

素年應了一聲，讓她們先吃著茶果，她去去就來。

劉炎梓在前廳候著，素年和蕭戈應該一起來迎接他才是，可等素年到了以後才發現蕭戈還沒有到，可真是稀奇了。

「劉公子。」素年的稱呼還跟當初在林縣時一樣。

「恭喜恭喜，我今日身上有些事務，所以只能過來送聲祝福，待不了多長時間，還請見諒。」劉炎梓仍舊是從前雲淡風輕般的溫文爾雅，不管說什麼都能夠讓人感覺到清風拂面，自在而舒服。

素年淡淡一笑。「劉公子能來，素年已經覺得很是高興，如何會怪罪？」

「恭喜妳了……」劉炎梓再次道賀。

素年卻轉了個話題，劉炎梓和安寧長公主的大婚日期已經定了下來，這聲恭喜，應該是自己來說才是。「我才要說恭喜，劉公子即將成為駙馬，前途不可限量呢！」

「……多謝。」

兩人便沒有再多的話，直到蕭戈匆匆趕來，劉炎梓才和蕭戈攀談起來。

蕭戈的頭髮有些散亂，想必是被事情纏住，剛剛得空就迅速過來了。

蕭戈和劉炎梓說的也都是些場面話，很快地，劉炎梓便告辭。

蕭戈將人送走，卻從門房處取來了劉炎梓的禮單。

素年一看，嚇了一大跳，劉炎梓的禮甚至比葉少樺送的都貴重！「這怎麼使得？」

「怎麼使不得？不管多貴重咱們的兒子都受得起！大不了等他大婚之日再比照著送去不就成了？」

第一百五十八章 真是醉了

到了晚宴，素年將吃飽喝足的平哥兒交給蕭戈，讓他帶出去給其他人瞧一瞧。原本素年還擔心平哥兒會不會被一群大嗓門給驚嚇到，沒想到蕭戈將他送回來的時候春風滿面。

「太給我長臉了！這小子以後絕對有大出息，關鍵時刻一點都不膽怯，反而神氣得很！」

素年一聽蕭戈無比炫耀的口氣，就知道這人有些喝多了。蕭戈平日裡一般不大喝酒，只難得去葉府的幾次會多喝點，這人的酒量深不可測，每每將葉少樺放倒在桌下還面不改色的。素年卻知道，蕭戈面上雖然不顯，但他也會控制不住感情外放。這會兒對著平哥兒一頓猛誇，素年便知道，他定然是在前頭喝了不少。

將平哥兒接過來，一會兒他該睡了。蕭戈還要回到前面去招呼客人，素年只得一邊送他離開，一邊囑咐阿蓮去煮一鍋醒酒湯。

「要一鍋啊……」阿蓮咋舌，乖乖下去熬湯了。

等熬好了，素年讓綠意帶著人去給前面的人每人送一碗。這醒酒湯是她的獨家配方，效果神奇得很，行軍之人性子爽快，可別真喝出個好歹來。

等到素年將平哥兒餵睡下了，前頭也幾乎都散了，只蕭戈還一時半會兒沒能回來，素年正好乘機將綠荷叫到身旁。「今日後來說話的那人，妳認識嗎？」

綠荷搖了搖頭。「並不認識，只是曾經有過一面之緣。」

「喔？是怎麼認識的？」

「他……曾經是綠荷的手下敗將。」

「……」屋子裡，素年和綠荷相對無言。

這又是怎麼說的？蕭戈認識的人裡，居然有連綠荷都打不過的？不過素年看那人略顯文弱的模樣，倒也有些像……綠荷說，她都不知道那人叫做什麼名字，只聽人喚他小磊哥，在她和哥哥綠意被收養以後，曾經跟他接觸過。

「那人看我跟著練武，十分不屑，說女孩子家家的，不在家繡花，居然學起了拳腳功夫，莫不是以後還想帶兵打仗不成？於是我就跟他打了一架，我贏了。」

綠荷平淡地將往事說出來，素年卻聽出她語氣裡隱隱的自豪。那是當然，打臉的事情誰都喜聞樂見，能將看不起自己的人撂翻在地，還是個男孩子，足以出一口惡氣了。

「那然後呢？」素年略帶八卦地追問。

綠荷眨著眼睛眨了兩下。「沒了，那人很快就離開了。」

素年有些不滿足，怎麼就沒了呢？多麼好的一個開頭啊，怎麼著也要發展成一段可歌可泣的故事才是啊！回想今日那個小磊哥的話，很明顯是針對綠荷的嘛，怎麼可能就沒了？

不過素年也知道，綠荷不會騙自己，她說沒了就應該是真的沒了，那麼關鍵大概在小磊哥的身上，一會兒等蕭戈回來，她要好好問一下。

蕭戈回來的時候，素年覺得這個盤問可能要推遲了，蕭戈進屋還能做到目不斜視、臉色如常，但是進來之後卻愣愣地站了半晌，然後才想起來找一張凳子坐下來。

喝得可真是夠多的！素年看了看蕭戈的身後，月松苦著臉。

醒酒湯自然是讓大人喝了的，可大人喝得真的太多了，今兒大人太高興了，來者不拒，雖然放倒了一片，大人卻也是差不多了。

素年聞到了蕭戈身上的酒氣，立刻讓阿蓮又端來一碗湯，結果蕭戈硬是不接。

「不要喝妳端來的……」

阿蓮一怔，登時委屈起來，大人這也太欺負人了吧？她將湯碗遞得近些，蕭戈雖然不會將碗揮掉，卻就是不接，哼哼唧唧地要素年來餵。

真的喝醉了。素年接過湯碗，讓其他人都下去。蕭戈是真醉了，可不能讓太多人瞧見。

這回見到是素年餵他喝湯，蕭戈便不再矯情，但是只嚐了一口，便皺著眉。「苦。」

素年仰頭嘆氣，乾脆將碗遞到他的手裡，自己也倒出一碗清水，清脆地跟他手裡的碗一碰。「來，乾了。」說完，素年一口氣將水喝掉，就看到對面的蕭戈表情迅速振奮起來，面不改色地也一口氣將湯喝完，還順便揚了揚碗底，表示他喝得很乾淨。

「……真是夠了。」素年將蕭戈扶到床上，幫著他脫去外衣和鞋子，睡一覺就會好的。才脫完，素年只覺得一陣眩暈，她已經被蕭戈壓到了身下，手裡還拿著一隻鞋子呢……

蕭戈的腦袋擱在素年頸窩裡，動來動去地猛嗅，動作跟平哥兒餓了的時候十分相似，素年推了推，卻一點都推不動。素年伸手將鞋子丟下床，想起莫子騫前陣子偷偷摸摸地跟她說，蕭戈找上他問了一下什麼時候可以同房的事情。莫子騫當時臉都要爆掉了，卻還是兢兢業業地給出產後三個月的時限，希望在此之前，蕭戈可以稍作忍耐。

結果蕭戈回來以後，雖然日日都要跟素年睡在一起，卻當真並沒有動她。

素年知道，在麗朝當妻子有了身孕後，都會「通情達理」地給丈夫納個妾，用來滿足丈夫的需求，可那些男子壓根兒不知道，擔心丈夫從此對自己失了心、寵溺妾室的情緒，對一個懷了孕的女人來說有多麼的危險。憂思成疾，肚子裡孩子說不準都會沒了。但蕭戈沒有，雖然自己懷孕期間蕭戈幾乎不在身邊，可就算是剛懷身子那時，蕭戈還沒有走的日子裡，他也沒有提過一句，回來後更是厚著臉皮去跟莫子騫打聽，素年當時是聽得目瞪口呆。

平哥兒已經三個多月了，自己的身子也恢復得差不多。素年在蕭戈的面頰上親了一口，真是辛苦了……

清晨，素年在平哥兒痛快的哭聲中醒過來，她全身軟軟的，奮力從被子裡探出頭來。大意了！誰他媽研究出「酒後亂性」這個詞的啊？簡直太貼切了，定然是親身經歷過才會有此感嘆啊！素年本打算讓蕭戈得償所願，卻沒想到一不留神，她就又成為了魚肉。素年低估了一個忍耐了這麼久的男人，他媽就是禽獸啊！

兒子的哭聲讓素年爬出來，用乾淨的帕子擦過之後將平哥兒抱過來餵，她則靠在軟枕上，耷拉著眼睛繼續打盹。

刺萍鎮定地上前，將素年滑落的衣服整理好。

月娘的眼睛則是快瞪出來了。

蕭戈神清氣爽地站在院子裡舞劍，爽快地出了一身汗之後，才看到早已久候多時的月姨。他拿著浸滿了涼水的巾子擦了一把臉，問：「月姨，找我什麼事？」

月娘先是說了一通出汗之後不要用涼巾子擦臉，容易風邪入侵，然後才有些不大順暢地說：「少爺，少奶奶平日裡又要帶孩子、又要管家，身子禁不住……嗯……」月娘紅著臉，有些說不下去了。她說起來也不算是蕭戈的誰，這種事情……

蕭戈咳了一聲。「多謝月姨提點，我明白了。」

月娘這才行禮退了下去。

蕭戈將劍放到一旁後，月松端來一個小盅，說是少奶奶吩咐熬煮的，能夠健脾潤肺、滋陰補中。將蓋子揭開來一看，竟然是燕窩粥。

蕭戈回到京裡後，看到月姨竟然出現在素年的院子裡時不是不驚奇的，不僅驚奇，他還出了一身汗。他記得自己讓月姨不要再出現在素年面前，素年對孩子極為珍惜，應該也不會這麼輕易地讓月姨待在身邊才是。

蕭戈沒有說什麼，而是冷眼看了一段時間，發現平哥兒日常竟然多是月姨抱著出去曬太陽、走動的，素年對月姨也沒有別的情緒，彷彿她們之間從沒有過齟齬一般。說實話，蕭戈是欣慰的。在知道月姨做的事情之後，他無法狠下心來處罰，這對素年來說並不公平，但他是真的不知道怎麼辦才好。月姨對他的恩情極大，蕭戈不可能單純地將她當作一個下人。

誰知道出征回來，這個問題竟然迎刃而解了，素年和月姨的關係變得融洽了，雖然親密不足，但至少，蕭戈不會再為難了。

蕭戈有多麼想親吻素年，為她的大度而感謝。若是換成一般女子，蕭戈一定會揣測她們是不是有別的目的？但素年不會，她對一個人好，那就是真的對她好，沒有其他。

沒想到這會兒竟然是月姨來跟他說這些，月姨竟然心疼素年了。蕭戈心情極好，端起燕窩粥一飲而盡，放下小盅之後才面無表情地說：「下次，稍微放冷一些了再端過來。」

月松委屈啊，他還沒來得及說「小心燙」呢！不過大人真的沒事嗎？粥很燙呀！

這日，素年乘著小轎入宮。

朝廷對此次討伐阿羌族的將士論功行賞，那一日，蕭戈意氣風發地去了，卻黑著臉回來。素年以為出了什麼事情，趕緊安慰他功名都是浮雲，人生的樂趣並不止於此云云，結果蕭戈十分鬱悶地說，皇上竟然封他為平定國公！

「……封得低了？」素年小心翼翼地問。蕭戈看了她一眼，素年毛了！「那你生哪門子的氣啊?!」

「我本來跟皇上辭官歸田的，賞一些財物就行了，可皇上居然封了國公……」蕭戈也只有在素年面前才會顯露出一些彆扭的模樣。

素年笑了笑，她聽蕭戈說過的，但就算她是個不諳政事的女子，也知道一代功臣想要順順利利地歸田並不是那麼容易的事。

「國公的身分很高吧？有多高？是不是特厲害的那種？」

蕭戈瞧見素年的模樣，心裡的挫敗也稍稍消失了一些。確實不容易，但他向來做的都是不容易的事情，不是嗎？

皇上封了蕭戈為平定國公，沈素年為國公夫人，一品誥命，並特准夫妻倆可於百日宴後再進宮。至於賞賜就不一一贅述了，只是素年又空出了兩間屋子作為庫房，這個不提也罷。

封了誥命，素年需進宮謝恩，只是平哥兒還不能離人，今日只得帶著他一併入了宮裡。

其實素年是有些擔心的，蕭戈如今在麗朝的地位超然，皇上這次又是絲毫不吝嗇地封賞，那麼接下來……素年腦子裡僅有的、可憐的宮鬥小說經驗告訴她，若是按照正常的劇本走，她這次入宮說不定就可能被扣住也不一定。不過，應該不會這麼慘吧？以皇上跟蕭戈的關係，應該不會這麼做的。素年在心裡鼓勁兒，但看著臂彎裡的平哥兒，當真有心不去了。

乘著小轎入宮後，素年先去給太后磕頭，太后很快讓她起身，只是並不熱絡。

素年也能理解，當初陸雪梅的事情，應該給太后留下了深刻的印象吧。

之後是皇后，皇后倒是還挺慈和的，見到了平哥兒，賞了一個做工精細的純金鑲嵌寶石瓔珞圈，端的是華貴無比。

「這孩子長得可真好！」皇后讓人將平哥兒抱到她身邊去，伸出手用指腹摸了摸平哥兒幼嫩的小臉蛋。

素年看著她翹起來的小指，上面閃著尖利的光，心裡無端緊了緊。

平哥兒「格格格」地笑起來，胖爪子一把抓住了皇后腕上一只碧瑩瑩的鐲子，圓乎乎的頭就往上頭湊，看起來還想咬一口試試。

素年的心一下子提到了嗓子眼，她到底還是擔心的，生怕會被人以什麼莫須有的名頭給扣下，這下兒子倒是配合，皇后的手鐲也是能亂抓的？

皇后一愣，倒是沒說什麼，看著平哥兒還在「格格格」地亂笑，便褪下了鐲子，吩咐人洗乾淨了，然後遞了過去。

平哥兒似乎是被綠瑩瑩的顏色給吸引住了，看見鐲子到了面前，一點也不客氣地抓住，攥得緊緊的，然後放進嘴裡，沒有牙的小嘴吧嗒吧嗒地啃著。

「眼光不錯，就賞給他了。」皇后瞇了瞇眼睛，臉上的笑容十分柔和。

「娘娘，這怎麼使得！」素年知道皇后的東西必然是好的，這一只通體碧綠的鐲子定然是國寶級的，如何就這麼輕易地給平哥兒磨牙了？

「行了，下去吧，就當妳這兒子跟本宮投緣。」皇后似乎有些累了，揮了揮手，讓她出去了。

素年只得跪安，抱著兒子走了出來。坤寧宮門前已有軟轎在候著，素年上了轎後，迫不及待地將平哥兒嘴裡的鐲子拿下來。「你是豬啊？什麼都往嘴裡送！這很貴的好不好？」

素年心有餘悸，如果鐲子上塗了什麼那該怎麼辦？這麼一想，她立刻急急地拿出隨身帶著的小水壺，給平哥兒餵了一些，卻也沒有別的方法了。素年瞧著平哥兒的表情，又用手按在他的胸前探了好一會兒，似乎並沒有什麼情況發生，真是謝天謝地。

軟轎一路行到了延慧宮，素年帶著平哥兒從轎子裡下來的時候還覺得有些詫異，嬤嬤不是說見完了太后和皇后，就會跟蕭戈一塊兒去皇上跟前謝恩的嗎？

「國公夫人請在這裡稍作歇息，等皇上傳喚了，老身自當通知夫人。」

素年點了點頭，抱著平哥兒往延慧宮裡走。

延慧宮裡的味道清清爽爽，巧兒跟自己一樣也不喜濃郁的香氣，之前好歹還有一些呢，這會兒她懷了身子，便一點氣味都沒有了。

許是知道素年會來，巧兒一早便等在裡面，旁邊站著兩名宮女正苦口婆心地勸著。皇上下令讓她們瞧好了慧嬪娘娘的，雖然已經過了頭三個月了，但還是靜養著比較好。

巧兒見到素年，面上一喜，就要大步跑過來。

「站著別動！」素年倒抽了一口冷氣，立刻大聲制止。

素年的話巧兒不敢不聽，當真站著不動了。

宮女們長舒了一口氣，趕忙過去將慧嬪扶著坐好。

素年將平哥兒抱過去給巧兒看，看得巧兒心花怒放、口水直流，快要四個月的平哥兒臉已經長開了不少，已是能夠瞧出跟素年一個模樣，長大了必然玉樹臨風，自有風流。

「小姐，若是我生個女娃娃，就讓平哥兒娶了吧？」巧兒對著平哥兒傻笑。小姐曾經說過，懷著孩子的時候要多看看可愛的小娃娃，這樣生出來的孩子才會也好看。

素年有些好笑。「這還早呢，平哥兒以後喜歡什麼樣的姑娘，我不會干涉他的。」

「這樣啊……」巧兒滿臉可惜，不過很快地就又振奮起來。沒關係，緣分這種事情，誰也說不準的，沒準兒平哥兒以後就真的看中了自己的女兒呢？以後多多讓小姐進宮，讓兩個小的一塊兒玩，不愁沒有感情！

素年一看巧兒的表情就知道她在想什麼，再憶起之前眉煙也有同樣的打算，素年的眼睛不禁落在平哥兒的身上。這孩子可能注定是個風流命，還在流著口水呢就被各方打主意。

皇上會讓素年到延慧宮，也是想要讓素年給巧兒診一診脈，素年自然從善如流。巧兒這次養得十分好，脈象平穩，面容也紅潤，如此下去必然能夠平安地生產。

害怕巧兒不放心，素年又寫了幾個食補的方子，還神秘兮兮地說，平哥兒如今會生養得這麼好，那都是這幾個方子的作用，聽得巧兒眼裡放光，立刻就使人下去做了。

素年跟巧兒問起皇后的事情，雖然平哥兒這會兒又笑又叫的，素年還是有些憂心。

「皇后？那倒是不必擔憂，皇后為人忠厚，從不與人結仇，也從不干預政事，她是皇上在太子的時候就定下的，對皇上也是忠心耿耿，皇上常說，皇后有母儀天下的風範呢！」

素年這才稍稍放心，可是，她卻替皇后感到心酸。能夠這麼樂意跟別的女人分享皇上的寵愛，皇后真的愛皇上嗎？可若是不愛，她此生都注定要被禁錮在這座富麗堂皇的宮中，如何能夠忍受得了？巧兒說，皇后膝下並無孩子，似乎是生不出來，可是這也沒什麼，大不了從別的妃嬪那裡抱養一個。

「當然，我是不會同意的，死都不同意！」巧兒雙手抱著肚子，眼睛裡迸發出堅毅。

「行了，皇上那麼寵愛妳，應該也不會捨得的。」

跟巧兒聊了一會兒，皇上便派人來傳召素年了。

第一百五十九章 全憑作主

平哥兒在素年的懷裡已經睡著，不時咂吧咂吧著小嘴，素年帶著他來到殿前，看到了正等在殿外的蕭戈，心便安定了下來，微笑著將平哥兒熟睡的容顏給他看。

蕭戈順勢接了過去。「沈吧？」

「相當沈！」素年一邊說著一邊揉了揉胳膊，平日裡有刺萍、阿蓮和月娘幫著照料，她還不覺得，這會兒自己才抱了一個早上，胳膊已經痠了，等到了晚上定然痠疼不已。

兩人在公公的帶領下進入了正殿，皇上坐在龍椅上，龍顏威武，氣勢非凡。

其實進宮謝恩也不過是聆聽一會兒公公代為宣讀的諫言，再表達一下自己感恩的態度即可，很快地，皇上便免了他二人的禮，並賜了坐。

「嘖嘖嘖，沒想到蕭戈你抱起娃娃來姿勢挺熟練的嘛！」殿裡沒什麼閒雜人等，皇上也就隨意了起來，第一時間開始嘲諷蕭戈。

「多謝皇上盛讚。」蕭戈一點都沒有覺得不好意思，反當作皇上是在誇他，神態自若地接受了下來。

「朕真不是在誇你！行了行了，抱過來朕瞧瞧。朕送去的百日賀禮收到了吧？說起來，這麼長時間了，朕還沒見過你兒子長什麼樣呢！」

蕭戈依言將平哥兒抱過去，素年卻在心裡想著皇上說的賀禮。百日宴那日，酒酣耳熱之際，他們居然接到了聖旨，加封蕭安平為平定國公世子，順帶賞賜了寶物若干，以賀世子百日之禮。

蕭戈和素年本意只是請一些相熟的好友，便沒有廣發帖子，可聖旨的儀仗倒是給平哥兒撐足了面子，於是之後的兩日，蕭府不斷收到各種賀禮，什麼貴重的東西都有，素年看著那些禮單都有些頭皮發麻，這麼收下來真的好嗎？但蕭戈卻說：「收吧，不收的話反倒不好了。再說，我不是打算解甲歸田嗎？總得有些家底才行。」這哪是有些家底那麼簡單？禮單上羅列出來的物件，哪一樣放到尋常人家裡都是可以鎮宅的啊！

「哎喲，當真長得不錯呀！」皇上看到了平哥兒睡著的小樣子，忍不住讚嘆起來。

「皇上您輕些，吵醒了他，臣恐怕會驚擾到聖駕。」蕭戈雖然說的話誠惶誠恐，但他的姿勢，擺明了是怕皇上打擾到他寶貝兒子的美夢。

皇上不語，看著蕭戈臂彎中軟嘟嘟、呼吸如貓兒似的胖小子，眼睛雖閉著，睫毛卻一根根纖長濃密，嫩紅色的小嘴唇微微嘟著，一隻小手握成拳頭，擱在臉頰的旁邊，肌膚晶瑩透亮，彷彿一按都能掐出水來。這以後長大了還怎麼得了？皇上在心裡思考著，怪不得當初夏族王妃執意想跟沈素年結親，太有眼光了！嗯……他要不要乾脆現在就賜個婚什麼的呢？

「皇上，臣聽說，當日夏族王妃在我朝做客，後來似乎夏族起了內亂，墨宋到如今都未歸，是否與之相關？」蕭戈也神奇，看到皇上瞧著平哥兒的眼神都不對了，趕忙用嚴肅的話題轉移皇上的注意力。只是他抱著一個孩子的樣子有些違和。

素年上前去將兒子抱下來，坐到一旁。墨宋到現在都沒有消息，蕭戈運用人脈去探聽，只聽說墨宋追著阿羌族軍隊的蹤跡，一路往夏族移動了。

「嗯，是朕讓他去的。當日夏族王妃懇請我朝出兵助她平定內亂，恰逢阿羌族想要趁虛而入，後聽聞墨宋正在追擊阿羌族，豈不是正好？」皇上也不隱瞞，乾脆就說了出來，並且十分感嘆。「要說你的眼光也真不錯，還記得你之前跟朕推薦過這個墨宋，這幾日捷報頻頻，確實是個可造之材啊！」

素年鬆了口氣，這麼說，墨宋暫時沒事，那真的是太好了。

皇上和蕭戈有些重要的事情要商議，素年帶著平哥兒先退出了宮殿，在殿外的亭子裡稍作休息。重要的事情……素年覺得，應該就是關於蕭戈計劃解甲歸田的事情吧。

素年心疼蕭戈，渾身的傷口有時候讓他晚上都睡不安穩，這段日子他待在府裡不出門，有一部分原因也是因為他腳上的傷。素年每次看到蕭戈沒了一隻小腳趾的腳都會覺得難受，她狠著心將傷口清理乾淨，再包紮好，只不過會影響他走路的樣子，最近才漸漸恢復。

蕭戈如今是平定國公，地位無比超然，皇上對他的器重所有人都看在眼裡，也都明白，皇上許是不會防備他、對付他，可蕭戈依然提出要離開。

「朕從小到大只有你一個朋友，若是你走了，朕就只剩下一個人了……」皇上暗自苦笑，作為天子，君臨天下，孤獨就是代價。

蕭戈仰起了頭，看到了殿頂美輪美奐的圖案。皇宮裡的建築都是如此精美，小時候，他跟著父親進宮，結識了那會兒還不是太子的皇上，皇上那時只是個普通皇子，兩人都是年少氣盛的年紀，因為一點點小事還打了一架。後來相熟了，皇上便帶著他在宮裡亂轉，給他看所有皇上認為是有趣的東西。

皇上在先皇眼裡，是個有才能又嚴以律己、很有皇家風範的皇子，所以太子之位才會落到他的頭上。可只有蕭戈知道，皇上的性子並沒有那麼嚴肅，他同樣愛玩愛鬧，只不過比起旁人更容易收住罷了。那個時候，剛被立為太子的皇上，偷偷跟蕭戈兩人坐在一處沒人的宮殿屋頂上，看著宏偉輝煌的皇宮，對他說——

「待本宮君臨天下，許你富貴榮華，到時候，你會是一人之下，萬人之上！」

這些蕭戈都記得。可他現在更是明白，身為皇上，有時候，有太多的身不由己。

「皇上，微臣珍惜與皇上的緣分，十分珍惜並且感恩。微臣不希望有朝一日，會讓皇上親自作出令您為難的決定，與其那樣，不如就讓微臣將這份感恩永遠記在心裡。」

「朕不會——」皇上看著蕭戈的眼，停住了口。他是不會，可朝政永遠不是他一個人的朝政，皇上若是當真專斷獨權了，那麼，這個國家也不會長久了。

蕭戈在許多人眼裡已經威脅到了政權，這些人有的或許心術不正，但有的是真心在為麗朝著想，他們甚至為了能剷除威脅而不惜以死諫言，所以皇上後面的承諾竟然說不下去了。

「微臣懇請皇上准許……」

素年在殿外等候得都要睡著了，看著平哥兒呼吸均勻，睡得跟隻小豬似的，她無比羨慕。他這會兒除了吃就是睡，或者心情好了逗一逗別人，日子逍遙快活，一點煩惱都沒有，可真好！素年有點嫉妒地用指腹輕輕戳了戳平哥兒嫩嫩的臉蛋。

「玩什麼呢？」

素年轉過頭，看到了蕭戈的身影。

蕭戈走過來，將平哥兒接過去，笑著道：「好好的做什麼戳他一下？」

「睡得太悠閒了，嫉妒！」

「……」

素年沒有問蕭戈他和皇上都說了什麼，而是聊了些別的事情，說說笑笑，一路回到了蕭府。

「對了，我有一個手下，跟我提了想要求娶綠荷。」蕭戈忽然想起來有這麼回事，這兩日有些忙，他差點都給忘了。

素年一愣。「是誰？」

「叫做袁磊，如今已是個副將，是一步一步從軍營裡爬上來的，年紀輕輕已經將功累累，前途不可限量。為人嘛，我也打聽過了，家中並無妻室，是打算把綠荷娶來做正妻的，在營中的口碑也不錯，無不良嗜好。」

「打聽得挺清楚的啊！」

蕭戈一本正經地點點頭。「不打聽清楚，我也不敢跟妳說。上次那些將士們，後來可是都怕了妳呢！要知道，面對馬騰和阿羌族，他們可是眼睛都不眨一下的。」

「別啊，我那麼隨和的一個人。」

「呵呵……」蕭戈忍不住笑了起來。

袁磊，應該就是綠荷口中的「小磊哥」了，果然那日的問話不是白問的。可是素年想不通啊，綠荷不是說了袁磊是她的手下敗將嗎？這袁磊來求娶是個什麼意思？打算娶回去報仇？那不是閒得蛋疼嗎？自己這麼護短的人，但凡他欺負綠荷，以自己國公夫人的身分，還是能管一管的。

「這個，我要先問一問綠荷的意思。雖然你說袁磊這人不錯，但誰知道呢？」素年沒有給出答案。

蕭戈也猜到了，便不再追問。

「嗯，恢復得比較好了，可以扶著東西試著走一走。」素年給沈樂檢查了一遍。小男孩如今養回來了一些，素年給他用的藥都是上好的，她不想才這麼一點點大的孩子留下遺憾。

沈薇立刻在旁邊跪下，要感謝素年的大恩大德，被刺萍一把拉住。「小姐不喜這一套，也不是為了要讓妳感謝才這麼做的。」

素年點點頭。「你們與我本是一家人，豈有坐視不理的道理？」說著，她轉向沈樂。「之前的書都看了嗎？」

沈樂聞言，點了點頭。

素年又問：「可都看懂了？」

沈樂停頓了一下，然後有些不好意思地搖了搖頭。

他年紀小，也已經有些日子沒有見到書本，看不懂才是正常的。「嗯，我想也是。這樣吧，若是你想唸書，我就給你請個先生；如果不想，而是想練些拳腳功夫，那也成，蕭府更是不缺這樣的人才。你覺得呢？」

在麗朝，六歲的孩子已經能夠有自己的思想了，更何況是經歷了如此多事情的沈樂，所以素年對待他，就好像在對待成人一般徵詢他的意思。

沈樂卻已經有些木愣，因為素年說的兩個選擇，他從來都沒有想過。

他和姊姊當初會落入蕭家人手裡就是因為已經走投無路，而蕭家人說，他們是沈素年的親戚，必然會照料他們，所以姊弟二人才落得如此下場。

蕭家以自己威脅姊姊做的事情，沈樂都知道，他也知道，姊姊雖然不願意，可她也不會放著自己不管，所以姊姊究竟有沒有做出危害蕭夫人的事情，沈樂不得而知，卻也知道必然不會給沈素年留下什麼好印象。能夠將自己救出來，沈樂已經覺得惶恐，每日換藥的時候他都在想，沈素年什麼時候會將他們趕出去？什麼時候會報復他們做的一切？

可是，他和姊姊每日吃的東西都十分講究，用的藥雖然他並不懂，身子倒是漸漸地好了起來，沈樂更是整日惶恐不安了。為什麼呢？為什麼蕭夫人現在會對他們這麼好呢？

「嗯？你打算從文還是從武？從文的話我知道，就是考科舉，請個好先生，摸清楚每屆科舉考官的喜好，還可以適度地……嗯……意思意思，只要不笨得驚天動地，應該都會有些作為，到時候捐個官，不愁沒有好日子。若是要從武……這個我就沒有經驗了，不過沒關係，雖然蕭戈以後也許不做官了，但身分擺在那裡，要走走後門也是可以的。」

沈樂和沈薇目瞪口呆地聽著素年的話，眼睛裡是超出了他們認知的情緒。

刺萍則目不斜視地站在素年的身後。這就驚呆了？若是他們以後要住在蕭府裡，那大概每日都要被驚了，真是可憐的孩子們。

素年眨著漂亮的眼睛，示意沈樂趕緊作決定。不管打算走哪條路，都要做長久打算，別的孩子可是從四、五歲就開蒙的，沈樂已經六歲了，本就遲了一步，可不能再浪費時間了。再說了，蕭戈這會兒人還在京裡，想幹麼還是很方便的。

「蕭夫人……」沈樂終於開口了，他的聲音還沒變聲，是幼童的軟糯，帶著些清亮，只是聲音裡還能聽得出些許的恐懼。「蕭夫人，對不起，我們姊弟倆冒犯夫人了。」沈樂小小的年紀，說話卻是十分老成。「沈樂知道，我們姊弟罪孽深重，蕭夫人不管對我們做什麼沈樂都毫無怨言。可是夫人，我的姊姊是被壞人威脅的，她害怕我受到傷害所以才會那麼做的！蕭夫人，您要我做什麼都可以，送官也可以、私刑也可以，還請您放過我姊姊吧！」

「不是的！」沈薇著急地立刻叫出來。「不是這樣的！都是我的錯，是我識人不清，以為能過上好日子了，是我貪得無厭，才會落入蕭家人手裡！蕭夫人，我弟弟還這麼小，卻已經遍體鱗傷，蕭夫人，我求求您，請您不要再傷害他了！要我做什麼都可以的，您說，您要我做什麼我都願意！」沈薇衝過去，一把抱住沈樂羸弱的身子，眼淚嘩嘩地流，情形之淒慘。

素年看得都沒自信了起來，她轉過頭看向刺萍。「我剛剛的嘴臉就那麼像一個壞人？」

「……小姐，妳能別說嘴臉嗎？」

「妳老實說，我剛剛究竟是不是特別像別有用心的模樣？」素年看著面前淒慘的兩人，覺得這個問題很重要。

刺萍有些遲疑地搖頭。「……不大像。」

「不大像？那就是有點像了？」

刺萍側過頭去，主要是素年說得太匪夷所思了，壓根兒不是正常的女子會說的話，沈薇姊弟會有別的想法也屬正常，簡直太正常了！可刺萍不能這麼回答啊！小姐的眼睛亮閃閃地盯著自己，根本絲毫不覺得她的表達有什麼問題……

素年的頭轉回去，看向還在哭的沈薇，以及抿著嘴、眼裡閃著堅毅的沈樂，語氣更加的委婉柔和。「你們誤會了，我剛剛的意思呀，是說我們都是一家人，以後我就罩著你們了，真沒有別的意思啊！等沈樂功成名就，我也算是了了一樁心願嘛！別哭啊，弄得好像我是個心理陰暗的人似的，哈哈哈……」

結果，沈薇哭得更傷心了。

素年的雙手一攤，沒轍了。這都什麼事啊……

從沈樂的屋子裡退出來後，素年垂頭喪氣，面容有些無奈。失敗，實在太失敗了！自己那麼和顏悅色的，竟然大家都覺得不像，這是為什麼呢？

素年對著平哥兒軟萌萌的臉，無比哀怨。如今平哥兒已經會翻身了，雖然吃力了些，但是好歹能夠翻過來，而且自娛自樂地十分開心，只要憋足了勁兒翻成功了，他就會「格格格」的，一個人笑好久，讓素年完全無法理解嬰兒的笑點在哪裡？太詭秘了！

這會兒平哥兒正在練習，床邊圍著圍欄，裡面用棉花包了邊，他就在裡面跟一隻小青蛙一樣趴著，然後一使勁兒，身子歪了半邊，卻沒能立刻翻過去，就保持那個角度搖搖晃晃了好一會兒，才成功仰面朝上。

「格格格……」

素年一臉黑線，也不去管他，讓阿蓮拿著小博浪鼓吸引他的注意力，自己卻走到一邊，將綠荷叫到了面前。

「前兩日我跟妳說的事情，妳想得怎麼樣了？」素年從蕭戈那裡聽說了袁磊的事情之後，第二日便跟綠荷說了，小丫頭的表情跟素年一樣震驚，半天愣是沒有任何變化。素年覺得這才對嘛，自己的思路是正確的，哪有人打不過就要娶對方為妻的？又不是比武招親。

素年也沒有硬要讓綠荷表態，只是將從蕭戈那裡聽來的、關於袁磊的情況都跟她說了，然後答應會幫綠荷摸清楚這個人究竟是什麼意思。只是，綠荷若是完全排斥，素年覺得也就沒有繼續安排下去的必要了，所以這會兒才來問一問綠荷的想法。

綠荷的臉上依舊沒有什麼表情，沒有害羞，沒有反感，彷彿素年說的事情跟她一點關係都沒有。「綠荷全憑小姐安排。」

素年壓力山大！「別啊，總得妳認可了才行。其實我原本是這麼打算的，既然妳會功夫，到時候就在蕭戈那裡給妳物色一名青年才俊，據說京城裡除了極少數地位身分非常高的武官，其餘的很少有閨秀願意嫁過去，所以妳的身分不是問題。我想著，對方好歹身子骨得結實，總不能一不小心就給妳打傷了，對吧？」

還「對吧」？刺萍搖了搖頭，聽不下去了，轉頭就走。

綠荷的表情變動不大，但到底是變了些。

「妳看啊，這會兒剛好和我的想法不謀而合，關鍵又是袁磊先提出來的，妳的身分一點都不掉價。不過，也得防著袁磊的功夫太好，要是以後一不小心傷了妳也不好……妳說，要不要乾脆讓你們倆再打一次？」

「……小姐，妳是認真的嗎？」綠荷忍不住了，小姐的態度十分正經，完全是商量大事的口吻，但綠荷越聽越是覺得不對勁，小姐是真心這麼想的嗎？

素年嚴肅地點點頭，婚姻大事豈容兒戲？定然得好好地斟酌斟酌才行啊！這個方法她覺得可行。

「綠荷……全憑小姐作主……」綠荷這次的答話，她自己都覺得沒有任何底氣……

第一百六十章　旁支破滅

蕭戈這幾日白日裡都在忙著招待客人，他雖然跟皇上辭官了，但旁人不知道，看著蕭戈如今平定國公的頭銜，多的是人上門。

但蕭戈也不是誰都見的，反正他平日裡也不是溫文爾雅、和藹可親的形象，即便拒絕了不少人，儘管他們的地位都不低，也沒人能說什麼，最多給蕭戈的狂妄自大又添上幾筆事蹟罷了。不過也有些人，蕭戈十分客氣地迎進府裡，好水好茶招待著，這些人，有些是蕭戈十分推崇的、有大學問的，有些則是跟他有過交情的。

正好素年跟蕭戈提到了沈樂的事情，蕭戈輕描淡寫地說了一句交給他，第二日就真的直接讓一位頭髮半白的先生去了沈樂的屋子裡。

不多時，先生走出來，臉上竟然是全然的興奮。「國公大人，此子天資甚好，若是細心雕琢，假以時日必定前途無量！」

「那就勞煩先生了。」

於是，沈樂也不用糾結從文還是從武了，直接跟著先生開始每日苦讀了起來。素年在一旁瞧了，沈樂的態度十分樂意，看樣子他確實是塊讀書的料。

「這位先生姓林，林有信，當年我也在他門下學了一段日子，林先生的才學紮實，是有真材實料的，沈樂有福氣了。」

蕭戈抱著素年，語氣雖然平淡，但卻總讓素年覺出一絲邀功的意味，明明他表情平淡，卻好像在說「獎勵我呀、獎勵我呀」一樣。素年覺得自己是不是出現幻覺了？這是病，得治！不過素年也知道，蕭戈確實是將她說的事情放在心上了。

他們都不知道，這善意的舉動，居然為麗朝培養出了一位舉足輕重的人才出來……

關於袁磊的事，素年將她的想法跟蕭戈說，並且提了一提綠荷和袁磊之間的過往。「所以我覺得，讓他們倆再打一次，說不定會非常好。」

蕭戈定定地看著素年，半晌後，一隻手扶住額頭。「當年有人跟我說妳這方面稍微有些遲鈍，讓我做好準備的時候，我還不相信，這會兒我發覺當年那人太過分了，妳這哪是有些遲鈍？我能順利娶到妳可真是個奇跡……」

素年一愣，當即毛了起來。「誰說的？這是誰說的？」

「柳老。」

「……」素年不吱聲了，心裡卻想，師父怎麼能這麼說她呢？明明在她面前都誇她很聰明的啊！

蕭戈咳了一聲。「如果妳覺得可行，那就這麼著吧，我去跟袁磊說一聲。不過，若是袁磊打輸了怎麼辦？」

素年想都沒想地說：「連綠荷都打不過，還有什麼用？」

「……那要是打贏了呢？」

素年眼睛一橫。「想娶人家還敢贏？」

「……」蕭戈不問了，他提前在心裡為袁磊掬一把同情的淚。這個小野子他真的覺得是個好苗子，怎麼就看上了素年的丫頭呢？真是不幸啊！

「就是這樣。你覺得如何？」蕭戈繃著臉，將素年的意思說給袁磊聽，至於後面是贏還是輸的猜測，他隻字不提。蕭戈覺得，還是讓這個年輕人有些追求比較好，省得聽了以後萬念俱灰。

「多謝將軍！將軍的大恩大德，袁磊沒齒難忘。不知夫人定在何日？屬下也好準備一下。」

袁磊聽完面不改色，泰然的態度讓蕭戈十分欣慰。

「一個月後，申時。」

袁磊表情一動，又迅速恢復了原狀。「將軍，屬下斗膽問一句，這個時辰是夫人定的，還是……」

「自然是夫人定的。」

「屬下明白了，多謝將軍！」

蕭戈的部下，大都還是習慣稱呼他為將軍而非國公，因為蕭戈在他們的眼裡就是令他們自豪的將軍，戰無不勝，那是打從心底崇敬的稱呼，不容褻瀆。

蕭戈回去跟素年說的時候，提起了袁磊的疑問。「這個時辰有什麼特別的地方嗎？」

素年正在將一根阿蓮精心烤製的磨牙餅遞給平哥兒，平哥兒接過去就往嘴裡塞，順勢滴下一滴晶瑩的口水。平哥兒如今四個多月，見到什麼都要往嘴裡塞，用牙齦咬一咬。葉歡顏是五個多月的時候萌出小米牙的，素年估摸著平哥兒也快要萌牙了，這個磨牙餅裡加了胡蘿蔔汁、羊奶、蛋黃，平哥兒特別喜歡，啃得不亦樂乎。

「這個時辰比較合適呀，比試完了正好差不多開飯了，適度的運動可以開胃的。」

素年用柔軟的帕子將平哥兒嘴邊的水漬擦掉，他還彆扭地讓了一下，繼續專注地啃著。

這個時辰是綠荷提出來的。她說，當日袁磊輸給她，也就是在這個時候，不管輸贏，就讓他們在同樣的時辰較量吧。綠荷提起時特別的雲淡風輕，似乎一點都不在意，素年硬是忍著沒有提出疑問，那都多久以前的事情了？為毛綠荷還能夠記得是什麼時辰啊？這記性也忒好了吧？還是說，綠荷其實也一直記得袁磊呢？當然，素年不會真的呆呆地問出來，她要證明，她是一點兒也不遲鈍的！

第二日一早，蕭戈收拾好便出了門，囑咐阿蓮別喊素年，讓她多睡會兒。

等素年起身的時候，已經不知道是什麼時辰了。

素年本以為這一日又會像平常那樣悠閒地度過，沒想到逗弄平哥兒的時候，卻迎來了客人。「誰？你再說一遍？」素年揉了揉耳朵，她似乎沒聽清楚。

「蕭家的蕭司權。」管家盡職盡責地又重複了一遍。

素年不禁笑出聲，真夠膽的啊，這個時候居然敢找上門來？

「夫人，見不見？」

「見，怎麼不見？他都敢來了，我有什麼不敢見的？不過，他是算準了蕭戈不在的吧？哪就有這麼巧了？」要說素年對蕭司權本人的印象並沒有特別差，這個年輕人似乎很有些不錯，怪只怪他居然是蕭家的人，讓素年對他的那麼一點欣賞都消失了。

素年來到花廳時，蕭司權很得體地從位子上起身，素年有些驚訝，蕭司權和她之前見到的樣子差別太大了。先前還是一表人才的模樣，雖然穿著也並不華貴，卻很整潔，面容乾淨，哪像現在，眼睛下面是兩道深深的黑色，臉頰也有些凹進去，很是憔悴。

「蕭公子。」素年跟他見禮，然後示意他坐下。「不知蕭公子今日前來是為何事？莫不是之前蕭家上門時提的那些？那真是太不巧了，蕭戈今日正巧不在，認祖歸宗的話題，我認為還是等他回來再說。」

蕭司權輕輕搖了搖頭，嘴角滿是苦笑。認祖歸宗？他一開始就不認為行得通，可老太爺卻覺得是理所當然、水到渠成的事，蕭戈肯定會哭喊著要重新回到蕭家祠堂。可結果，就如同蕭司權料想的一般，人家根本完全不屑，更別說求著回去了。蕭家原本雖然沒落了，卻也沒有到今日這個地步，只因為老太爺不甘心，見軟的不行就來硬的，想著乾脆謀害蕭戈的子嗣，才讓蕭家落到如今苟延殘喘，注定要支離破碎、分崩離析的局面。

「蕭夫人，我今日來，是特意避開了蕭大人。我在府外守了好幾日，等到蕭大人出府，這才大膽地前來求見。」

聽。

素年捧起茶盞，裡面是白水，她還裝模作樣地撇了撇蓋子，只挑了挑眉，表示自己在聽。

「我知道我們蕭家做得不厚道，做得不對，如今這般都是我們罪有應得，只是，老太爺已經因為承受不住蕭家的變故而傷心離世，蕭家也只剩下零落的幾名族人，夫人，還請您看在都是蕭家人的情分上，勸阻蕭大人收手吧。」蕭司權言語十分懇切，幾乎就是在哀求了。他能夠厚著臉皮來求沈素年，只是因為不想看到蕭家斷送在這裡。蕭戈一點情面都不講，對蕭家的打擊可謂是毀滅性的，若是他執意要將蕭家人趕盡殺絕，那蕭家可真的就僅存蕭戈這一支了。

「情分？」素年再次挑了挑眉。「你們利用沈薇和沈樂時，有沒有想過『情分』這種東西？你們打算謀害我還未出世的孩子時，有沒有顧念過『情分』這種東西？現在倒是記起來了？蕭家人既然有膽子做，怎麼就沒有膽子承擔了呢？」素年微笑著，慢條斯理地說。

蕭司權後背卻起了一層虛汗。「夫人，這確實是蕭家做得不對，我給您賠罪了，只是您終究沒出什麼事不是嗎？還請您——」

「要真出什麼事，我必將你們挫骨揚灰，還會是現在這種『仁慈』的做法？」素年沒等他說完，眼神凌厲了起來。

沒出事？如果出事了呢？如果平哥兒真的因為他們有了什麼事了呢？只要想一想，素年都會渾身發抖。若是那樣，用世上最殘酷的刑罰折磨這些人她都不覺得過分！

蕭司權尷尬地停住嘴，他也知道這麼說很牽強，可他沒辦法，那是蕭家的族人，他不能眼睜睜地看著他們一個一個斷送前程和性命。儘管知道希望不大，可但凡有一絲希望，他都想試一試。「夫人，我知道是蕭家對不起您、對不起蕭大人，只是身為蕭家的子孫，司權沒辦法坐以待斃。蕭家始終和蕭大人有著相同的血脈，司權只希望夫人能發發善心……」

這時，花廳門口進來了其他人，蕭司權看過去，卻發現是沈薇和沈樂姊弟倆。

沈樂如今可以稍微走一小會兒，時間一長就不行了，這會兒是被綠意抱著進來的。

「應該不用介紹了吧？沈薇、沈樂，這是我沈家的血脈。」素年依舊笑著，看著綠意將沈樂小心地在椅子上放好，沈樂的褲腳輕輕地往上提了些，頓時露出了猙獰的傷口。

「這孩子在蕭家被發現的時候，瘦如骷髏，兩隻腳踝幾乎被鎖鏈勒斷，現在只能靠人抱著。小手指折斷，雖然我已經盡力醫治，卻依舊已經遲了。肋骨也被打斷了，至於身上的其餘傷痕，我想蕭公子也沒有那個雅興看了吧？」素年的臉上居然還有笑容，只是她每說一句話，那笑容散發出來的寒氣都能將蕭司權給吞噬。

蕭司權的眼睛移到了沈樂想要藏進衣袖裡、彎曲得十分不自然的小手指上，小臉上是極為驚恐的表情。

「怎麼會這樣……」蕭司權的眼神是從未有過的慌亂，蕭家用沈薇、沈樂兩姊弟來對付素年的事情他知道一些，可他卻不知道沈樂這樣一個小孩子，竟然受到了這種虐待！他真的一點都不知道！「這些……是在蕭家受的傷？」蕭司權吃驚的語氣不是作假。雖然他知道沈樂和沈薇的事情，但只是知道，並沒有真正接觸過或者參與，他只是遠遠瞧過一次而已。

蕭司權並不認為蕭老太爺的做法是正確的，事實上，他反對過，可是那個時候，在蕭老太爺的眼裡，他的反對是有些婦人之仁了，雖然這個計劃確實陰毒了些，但必然能產生些效果的。蕭老太爺強勢了一輩子，自然不會為了蕭司權的意見而改變主意。

可蕭司權此刻卻十分後悔，為什麼他當初沒有強烈反對？為什麼他會那麼懦弱，連反抗都沒能徹底？莫非他心底也是認同蕭老太爺的想法?!

不……蕭司權後退了一步，他真的沒想到會這樣！他的長子今年也是這個年歲，他怎麼可能會認同這樣的做法？蕭家怎麼可能會做出這種事情？

「不對，我並沒聽說老爺子做了這樣的事，蕭家只是將他關起來了而已……難道是那些奴僕背著我們做的？」蕭司權彷彿有些失神，低聲地喃喃自語。

「蕭家的奴僕就不是蕭家的人了？若不是主子縱著，哪家的奴僕會有這個膽子？蕭公子，你覺得你們蕭家如今的境況很冤屈嗎？不冤，真的一點都不冤。我沈家的血脈被你們折磨成這副模樣，對一個才六歲的孩子都能做出如此喪心病狂的事情，蕭家還有什麼資格存在這世上？」

蕭司權的手腳一片冰涼，他想說「不是的，蕭家裡並不都是這樣的人」，可沈樂就坐在那裡，兩隻腳踝都包紮著，看著自己這個蕭家人，眼裡的驚恐完全遮掩不住，蕭司權一句話都說不出來了。半晌，蕭司權才緩緩地低下頭。

只聽「喀嗞」一聲輕微的響聲，素年的眼睛落在了蕭司權已經變了形的小手指上，素年微微瞇起眼睛。

蕭司權疼得臉有些變形，可他硬是忍住，抬起頭，看著沈樂。「對不起，對不起……」

蕭司權後來離開的時候，已經不再提蕭家的事情了。他不知道自己還有什麼立場能夠說得出口，他今日會避開蕭戈來找素年，也只是為了自己的三個孩子，他們還那麼小，蕭司權不想讓他們流離失所。可是，沈樂也只有六歲。是了，沈素年說的那句話很對，有膽量做，就要有膽量承擔後果。蕭司權苦笑著離開，鬢髮滿是汗水。他能夠償還一點，就償還一點吧，這樣，他的孩子是不是就不用償還更多了……

素年之後一句話都沒有問沈薇和沈樂，就好像蕭司權並沒有出現過一樣，只是晚上時跟蕭戈說了一下。

「如今蕭家外債累累，已經幾乎將能賣的東西都變賣了，卻還未還清。老太爺死了以後，蕭家已經分了家，分為兩支，妳說的這個蕭司權我倒是聽過，似乎還有些意思。」蕭戈想了想，將他知道的說出來。

「嗯，跟另外一個比好多了。」素年想到了蕭司放，那個眼睛放在頭頂，恨不得每個人都順著他的意思，完完全全遺傳到蕭家老太爺性子的那個男子。

蕭戈說，蕭家這會兒是窮途末路了，蕭司放那一支早早地離開了京城，將債務全部壓在了蕭司權的身上，蕭司權卻沒有逃走，帶著他的妻妾和三個孩子仍然在京城裡支撐著。

「他們是蕭家二房的後人，當年我爹被逐出蕭家之後，大房和二房沒多久也分了家，老太爺跟二房一起，大房如今已經不知道身在何處，蕭司權大概是打算將蕭家一力扛起來。」

素年不語，蕭司權今日的做法，讓她心裡稍稍舒服了一些，至少不是個會推卸責任的人，只是……她也不好為蕭家說情，畢竟受到實質傷害的，並不是她。

哪知道第二日，素年在給沈樂換藥的時候，沈樂竟然異常平靜地跟她說——

「夫人，若是您能夠幫助蕭家，就幫幫吧。」

素年的手一抖，研磨好的藥粉倒得太多了。「哎呀哎呀，不需要這麼多的，浪費了……」先將沈樂的傷口處理好後，素年才在沈樂的面前坐下來。「為什麼這麼說？」

素年注意到，沈薇的眼裡還是有些不樂意的，但她卻沒有反駁弟弟的話。

「夫人，林先生說過，以德報怨，沈樂不敢相忘。」

「以德報怨？那何以報德？」

「冤冤相報何時了，得饒人處且饒人。沈樂雖然暫時還做不到這樣真正的豁達，卻也是願意盡力的。夫人，沈樂知道您對我們姊弟二人是真心相待，沈樂卻不希望蕭家人以後將這筆帳算在您的頭上。蕭家的後人若是心存不忿，這種事情，什麼時候才是個頭？」

素年震驚了，莫非古人的智商真的要更勝一籌？才六歲的小娃子啊，就能夠說得這麼頭是道了？關鍵他的語氣一點勉強的意味都沒有！他才六歲啊，都已經有這樣的心性了？

「那麼你就甘心？」

「不甘心。所以沈樂想要努力，想要讓這樣的事情不再發生，而不是借助他人之手，否則，沈樂永遠不會甘心。」

素年覺得她不要再跟沈樂說話了，越說她就越覺得自己的領悟力太低。「行了行了，我知道了，那你好好努力吧。」說完素年就走了出去。

素年正好看到月娘和阿蓮帶著平哥兒曬太陽，她快步走過去，看到平哥兒又像隻青蛙地趴在那裡，露出圓圓的小屁股，忍不住輕拍了一下。「長點心啊，不然在這裡是混不下去的！」

平哥兒好奇地歪過頭，素年發現在他的手裡還有一小塊啃得面目全非的磨牙餅，那圓嘟嘟的下巴上糊得滿滿的。瞧見了娘親，平哥兒只萌出一個小白點的嘴一咧，討好地笑開了花。真是不能比……素年用帕子將他下巴上的麵糊擦乾淨。「你是小狗啊？趴著啃東西！」

平哥兒傻笑著，又低下頭猛啃。

倒是一旁的月娘有些不安，平哥兒現在的姿勢確實有些不妥，自己光顧著讓他覺得舒服了，也是沒有考慮到這些。

「少奶奶，是月娘沒有考慮周全，我這就將小少爺翻過來。」

素年抬起頭。「幹麼要翻過來？小寶寶都喜歡這樣的。刺萍，妳去抬張案桌來，將筆墨紙硯鋪好。」

「小姐妳是要寫字嗎？」

「寫什麼字啊？我是要將他的這副蠢樣子畫下來！妳是不知道，小孩子也就一開始的幾年好玩一些，等到以後想再看到就難了，所以我要畫下來留作紀念，以後讓他欣賞欣賞自己曾經也有過這種時候，啊哈哈哈哈……」

刺萍一臉黑線，看著笑到差點虛脫的素年，無語地開始照她的要求安排。

素年可不是說笑的，當真是開始畫了起來。素年的畫工向來很好，只簡單幾筆線條，就讓平哥兒憨態可掬的模樣躍然紙上。

「很好很好，以後他會感謝我的！」素年無比欣慰，將紙張拿起來風乾，樂滋滋地說。

……很久很久以後，蕭安平長大成人，成為風姿卓越、聰慧過人的男子，似乎沒有什麼事情能夠讓他煩惱，只除了他娘親珍藏的一幅畫，上面還有自己當時「被逼無奈」用小腳丫沾了印泥按下的腳印，他娘親竟然還打算將畫拍賣掉，冷靜清凜的蕭安平差點沒崩潰……

第一百六十一章 擂臺助威

蕭戈回來之後，素年便向他轉達了沈樂的意思。

「我知道了，我會安排的。」頓了一下，蕭戈才繼續說：「不過我對蕭家沒有那麼仁義，逃跑的蕭司放我已經讓人去處理了。也是他命不好，若是他留在京城，說不定就能趕上沈樂的決定。」

「……」素年無語，不過對蕭家，她也不是真的那麼豁達，他們竟然想算計這麼可愛的平哥兒，簡直罪無可恕！再加上蕭司放的性格她也不喜，便也不說什麼了。

「聽說妳今日給平哥兒畫了一幅畫？」

素年眼睛一亮，興沖沖地將畫拿出來。「來看看、來看看，這絕對是要珍藏的！」

「……」蕭戈知道素年的畫技不俗，可沒想到竟然如此不俗，以至於他看到以後，什麼評價都說不出來，只能定定地看著那個如同一隻小狗一樣傻傻地趴著，手裡還捧著一根好似骨頭一樣東西的小人兒。畫的旁邊有一個小小的、紅色的小腳印，異常鮮豔可愛……

「這可真是……傑作……」

「多謝誇獎！」

蕭家的事情素年便不再過問了，只是某一天素年出門的時候，看到了蕭司權和他的三個孩子，一溜排地站在那裡，見到她的身影以後，齊齊地給她鞠了一躬，然後就離開了。

素年想，蕭司權脫離了蕭家也許會有更好的出路，畢竟他跟蕭家人似乎有些不同。可那已經不關素年的事了，那是蕭司權以後的人生……

這日，蕭戈特意留在家中。

素年一早就精神奕奕地起身，滿臉興致盎然的模樣，等到下午將平哥兒餵飽了，便抱著他去占位置。今日是綠荷和袁磊約好了比試的日子，地點在府裡的一個小校練場。

素年到的時候，發現已經有人在了，綠意抱著個膀子面無表情地站在那裡。

蕭戈也在，身邊都是他的手下和哥兒們，見到素年便疾步走來，將平哥兒接過。

「時間還沒到呢，怎麼這會兒就來了？」

素年眼睛亮晶晶的。「搶占好地形觀戰啊！」

「……」

綠荷跟在素年身後，依舊是平日裡的表情，雖不至於不苟言笑，卻也沒什麼笑容，低調得幾乎讓人感覺不到她是今日的主角。

這時，對面站出來一個人，袁磊。不知道是不是素年的錯覺，這廝似乎比起自己初見他那日穿得更好看了！素年就無語了，他們比的是武鬥吧？穿這麼騷包，他以為是相親來了？

不過袁磊卻沒有任何逾越的動作，只是有禮地笑著點點頭，再無其他舉動。

素年之前還思忖著要不要給綠荷做個斗篷什麼的，力求在氣勢上壓倒對方，綠荷聽說之後臉色都變了，綠慘慘的，連聲拒絕，素年只能作罷。但自己的人要出戰，素年如何能不做點什麼？既然綠荷不配合，那就不要她配合了，素年將眼光打到了別的人身上。

這會兒，只見一溜排穿著一水兒杏紅色掐腰襖裙的丫鬟們站出來，排成整齊的一列，頭上、身上俱是統一的裝束，在素年的示意下，她們豁出去了一般，齊齊地拍手，嬌聲同喊：「東風吹，戰鼓擂，我們綠荷怕過誰？必勝必勝必勝！」

喊完之後，眾丫鬟就如同解脫了一樣。她們什麼時候在這麼多陌生男子面前大聲說過話？可夫人說了，必須要給綠荷增添氣勢，於是她們只能硬著頭皮上！

素年得意洋洋地看向綠荷，不過這丫頭的臉怎麼苦兮兮的？

站在對面的武將們都不會動了，一個個五大三粗的愣在那裡，面露茫然。這是個什麼陣勢？應該是在叫板吧？別說，一個個嬌滴滴的女子喊出來，還怪好聽的……

怎麼對面的氣氛那麼詭異呢？不是應該被震懾到目瞪口呆嗎？居然還有人臉紅是什麼意思？於是，素年的臉也苦兮兮的了。

綠荷無奈地走出去，原本冷清的臉上竟然有些不好意思，見到袁磊走到自己對面，還對著他苦笑了一下，微微搖了搖頭才擺好了架勢。

袁磊沒動，看著倒是被綠荷那抹笑容給驚住了。素年若有所思地摸了摸下巴，自己之前一直猜測袁磊想要將綠荷娶回去報復，似乎有些偏頗啊！袁磊像是真的對綠荷有情一樣，難道……是個受虐狂？敗在了綠荷手裡後，覺得身心舒暢，從此對綠荷難以忘懷？這真是……無法理解啊！

平哥兒這會兒靠坐在素年身上，對面前有些喧鬧的氣氛十分感興趣，揮著手，咿咿呀呀地跟著哼唧，一點都不害怕的樣子。

袁磊對著綠荷展顏一笑，仍舊直挺挺地站著。

校練場旁掛著一面銅鑼，一名武將手持用紅布裹了一頭的鼓槌重重地敲在銅鑼上，「咣——」巨大的響聲讓周圍的聲音一滯。

綠荷袖子一抖，先發制人地朝著袁磊甩出了一道影子。

綠荷擅長使鞭子，這個素年知道，只是當綠荷的鞭子使出來時，她竟然沒看清這鞭子從何而來！

鞭子落在地面上揚起一片塵土，袁磊已經離開了剛剛站立的地方，閃身到了一旁。他往前走了兩步卻又停住，急忙後退，綠荷的鞭子擦著他的鼻尖再次落了下來。

「又更厲害了！」袁磊一邊退一邊笑著，身形從容不迫、遊刃有餘。

綠荷眼底溢出些許驚異，自己的鞭法練得極好，就是哥哥在她手裡有時都會吃虧，從前跟墨宋切磋的時候也一度封死過他的動作，卻沒想到袁磊竟然這麼輕易地都躲開了？

鞭聲赫赫，如同黑影一般在空中飛舞，遠遠看去像是有數條鞭子同時在抽，讓人眼花撩亂。但事實上，鞭子只有一條。袁磊瞅準了時機，在鞭子落地的一剎那用腳猛地踩住，瞬間又鬆開，只這一瞬間的事情，綠荷就有些身形不穩地要往前衝，而此刻的袁磊則已經乘機攻到她的面前了。

綠荷心裡猛震，立時收回腳步就要往後退，可剛剛失去控制的鞭子還沒有收回來，袁磊動作敏捷地將眼前的鞭子拽住，用力一拉，將綠荷的身子拉得更加往前。

師父說過，當敵人就在眼前的時候，絕對絕對不能將眼睛閉上，哪怕武器是朝著妳的眼睛來，否則，只可能會是一死。綠荷定了神，眼見兩人的距離幾乎要撞上，她忽然低下身，放低了重心，抬腳就往袁磊的下身踢去！

「嘶——」

素年轉過頭，看到了面容泰然的蕭戈，怪了，剛剛她確實聽到有人發出了抽冷氣的聲音呀！再看向那群大老爺兒們，驚呼聲此起彼伏，還有的甚至蒙上了一隻眼睛，不忍直視。

袁磊眼疾手快地閃開，表情心有餘悸，臉色都要綠了。「那個……這招是跟誰學的？很……厲害嘛！不過對付敵人可以，妳看我們這只是切磋，就沒必要下狠手了吧……」

綠荷的面色也不好看，她知道剛剛的動作耍賴了點，可她沒想到當初被自己狠狠教訓了一頓的袁磊竟然變得這麼厲害了，她不想輸，這才出此下策。綠荷的臉有些微紅，還強裝鎮定，慢慢地退到安全地帶。

「綠荷加油！」素年兩隻手握著平哥兒的兩隻小爪子給綠荷鼓勁。

一旁的啦啦隊也有人開始小聲地喊：「綠荷姊姊加油！」

綠荷深吸了一口氣，閉上眼睛，再睜開，裡面平靜無波。是她輕敵了，若剛剛對方有心要殺了她，她這會兒說不定已經死了。不行，在夫人身邊的這段日子，自己太過安逸了，真是該好好檢討一番才行！

感覺到對面綠荷的情緒有了變動，袁磊的眼神也深了深，認真了起來。

兩人再次交手以後，場外的看客都感受到了氣氛與之前的不同，不自覺地屏息凝神。

綠荷的鞭子仍舊滿場飛舞，卻比一開始凌厲了不少，角度刁鑽，讓袁磊不得不連連閃避，完全不能夠近身，更別說捕捉到鞭子將其制住了。

「小磊子！你行不行啊？要輸在個姑娘手裡，今兒可得請我們大家喝個痛快啊！」

「就是就是！那也不錯，就是丟人了些！啊哈哈哈……」

粗獷的喊聲從那群武將裡迸發出來，他們在以他們的方式給袁磊加油，就是話糙了點、嘲諷了點。

袁磊竟然還能抽空轉頭看向他們，做了個鄙視的表情，然後動作陡然加速，瞬間穿過了綠荷鞭子的防禦。

綠荷並不吃驚，而是將鞭子猛地扯回，縮小了鞭打的範圍。

距離縮小，鞭子揮舞的速度就會提高，衝過去的袁磊有些無奈地停住身形，卻還要不斷地閃躲。綠荷的鞭子可不僅僅是在防禦，更像是長了眼睛一樣，往自己所站的位置攻過來，稍有大意便會挨上。這姑娘還是那樣，做什麼事情都好像要用盡全力一樣。

從前大家還是個孩子的時候，袁磊跟著父母去親戚家做客，年少氣盛的他精力無限，仗著父親的官職在親戚的孩子中受盡追捧，頓時就不知道自己是誰了。

他們一群孩子整日遊手好閒、打架鬥狗，無所不作，很快便稱霸了一方，大家都以他為首。一天，自認為在孩子裡已無對手的袁磊，聽說街上新開了一家武館，裡面有一對雙生兄妹很是厲害，於是一幫人圍著「小磊哥」前去砸場子。

那是袁磊第一次見到綠荷，小小的一個女孩子，拿著一把跟她差不多高的掃帚，一個人在武館偌大的院子裡默默地掃著，聽見了動靜抬起頭，一張還有些稚嫩的小臉冷冷清清地看著他們這一群人。

不過這個小姑娘起先並不想搭理他們，等袁磊帶著眾人找到了館主，說是來找人切磋的時候，綠荷才滿臉不情不願地放下掃帚。

袁磊也記不起那時自己帶了多少人去了，但最起碼也有六、七個，有的站出去生生比綠荷能高出一個頭，卻都輸得唏哩嘩啦，連滾帶爬地離開了。

只有自己，那個時候的袁磊，心氣高、性子倔，他怎麼可能會輸在一個小丫頭片子的手裡？說出去，他還怎麼混？

「妳知道我的父親是誰嗎？」輸急了眼的袁磊狼狽地從地上爬起來，用袖子將臉上的污漬擦掉，眼睛裡有著危險的光芒。

綠荷的表情都不動一下的，轉身就想重新去將掃帚撿起來。

她無視的態度徹底激怒了袁磊，他紅著眼睛，面目猙獰著，一邊咆哮著會要父親讓她好看，一邊狠狠地衝了上去。

結果，仍舊是袁磊躺在了地上，胸口抵著一把掃帚，綠荷居高臨下，以一隻腿將他壓住，半跪在地上。

袁磊睜開眼睛，仰面看到了綠荷面頰邊垂下的髮絲，她眼睛冷冷地看著自己。

「除了你的父親，你還有別的地方能讓人害怕嗎？若是沒有了父親，你還能活得下去嗎？你不能，但是我能，我和哥哥能。所以不用比試了，你贏不了我的，永遠也贏不了。」

綠荷的聲音低低的，很快地放開了他，拿起掃帚繼續去掃院子了。那是她的工作，她想要活下去，就必須成為一個有用的人，做好自己的事情。

袁磊躺在那裡很久，他全身都疼得叫囂，綠荷並沒有手下留情，特別是最後那一下，他整個背都感到悶悶的鈍痛，一點力氣都沒有，只想就這樣躺到天荒地老才好。

等他艱難地從地上爬起來後，就坐在那裡，看著綠荷認認真真地掃地，一看，就是大半個時辰。

袁磊不笨，相反地，他十分聰明，不然也不能從那麼多紈袴子弟中脫穎而出成為小頭頭。綠荷剛剛的話他沒有甩到腦後，而是真的聽進去了。那些自己所謂的玩伴，怎麼此刻一個都不見了呢？他們只是因為自己父親的關係才會跟自己接近，並不是真的想要跟自己做朋友吧？不然，為什麼他們誰都沒有留下來陪自己呢？袁磊想要的朋友並不是這樣的！

忽然，袁磊發現有視線落到自己身上，他扭過頭，只看到一張跟綠荷極為相似的男孩的臉。是了，他是綠荷的哥哥吧，他們是一對雙生兄妹。

袁磊看到綠意走過去，自然而然地從綠荷的手裡接過掃帚，替她掃了起來，綠荷則輕輕揉了揉手腕，朝著綠意露出一個甜甜的笑容。

到現在為止，袁磊閉上眼睛都能夠在腦海裡記起綠荷的那個笑容，像是春花綻放，眼睛裡滿是信賴，無比眩目。那大概就是一見鍾情的感覺吧？袁磊一直如此深信著。

後來才知道，這一對兄妹並不是武館裡誰的孩子，而是成為了孤兒之後被館主收養的。

他們沒有親人，除了彼此。但之後袁磊再偷偷地過來看綠荷和綠意的時候，卻發現在他們二人的臉上從沒有出現過痛苦的表情。

綠荷一個小小的丫頭，只有哥哥可以依靠，她卻努力著讓別人覺得她是有用的，無論做什麼事情，她都盡自己全部的力氣去做，無比的認真。

袁磊身邊稱呼他為「小磊哥」的人慢慢地變少了，因為他變得無聊了，整日也不知道在做什麼，一個人神神秘秘的，一點意思都沒有。

等到袁磊要跟著父母離開的時候，他再次站到了綠荷的面前，想要跟她再一決勝負，結果卻沒有打成，綠荷的哥哥將他狠狠地收拾了一頓。袁磊再次鼻青臉腫地離開，卻對著站在一旁的綠荷大吼：「我以後一定會贏妳的，堂堂正正地贏妳！」

袁磊閃身躲過鞭子，透過層層光影看著裡面滿臉嚴肅的綠荷。他後來變得不愛在外面報自己老爹的名號了，甚至身旁的小廝無意中提到他都會發火，弄到最後袁老爹無比哀怨，覺得是不是兒子長大了，嫌棄他了……

自己從小兵開始打拚，或許也還是沾了家族的光才會升得這麼快，但袁磊能拍著胸口保證，他的每一次戰功都是實打實的，是他拚了命掙來的，這樣的戰功，總有資格站在綠荷面前了吧？袁磊知道綠荷和綠意被收進了蕭府做事時，著實鬆了一口氣。蕭將軍的為人他知道，對夫人更是百般依順，必然不會對丫鬟動心思，但也不能不防著蕭夫人心血來潮將人給許配出去了，所以袁磊這次活著回來後，便趕緊跟蕭將軍提了求娶一事。

「綠荷姊姊加油！」

「加油加油加油！」

素年欣慰地看著這些小丫頭們自動自發地為綠荷助威，平日裡被拘束的性子放開了不少，一個個鮮活的水靈樣，嗯，瞧著真舒服！

綠荷也沒有辜負大家的期待，英姿颯爽，防守得滴水不漏，還能找到空隙攻擊袁磊。

「你說誰會贏？」素年有些著急地想知道結果，便悄聲地問一旁的蕭戈。

蕭戈摸了摸下巴。「不好說啊……要是袁磊不想贏，那就是綠荷贏；要是他想贏，那就是袁磊贏。」

「怎麼說來說去，決定權都在袁磊的手裡？他有那麼厲害？沒見到綠荷的攻擊讓他寸步難行嗎？」

蕭戈想了想，道：「這麼說吧，若是他們倆要比賽殺人，妳覺得誰殺得多？」

「這怎麼能亂比？」

「嗯，是不能亂比，可就是這樣的。袁磊經歷過的和綠荷經歷過的完全不一樣，綠荷沒有在生死之間徘徊過，所以她不可能贏得了袁磊，要想勝利……那大概只有袁磊這小子故意放水吧。」

素年鼓著腮幫子，將平哥兒舉到面前。

平哥兒不明所以，下意識地咧開小嘴，露出牙床上一顆白白的小米牙尖兒。

場上仍舊是風生水起、絢麗異常的攻勢，看著氣勢十足，只是那些武將心裡都有數，儘管綠荷姑娘已經算是十分厲害了，但她是贏不了的。

綠荷卻一點都不在意，仍舊專注地跟袁磊對抗，她見袁磊能將大部分的鞭子輕易閃過，便用鞭子作為掩護，閃身衝了上去。

砰！綠荷的腿踢在袁磊阻擋的手臂上，只一下就讓圍觀的人熱血沸騰，那群武將甚至有的都打算捉對比劃了，而這只是開始，綠荷和袁磊的近戰交鋒拉開了序幕。

素年看著場上兩人你來我往的身影，隱隱有些擔心。綠荷的體力再好，她也只是個女孩子，如何能夠跟久經沙場的男子相提並論？可她看著綠荷卻一點都沒有保留，一點都沒有退縮，招招都透著狠勁，這樣下去，她能堅持多久？

這個疑問慢慢地在大家心中都出現了，包括那些看不大懂、只知道加油的姑娘們。她們沒發現綠荷的動作在變慢，沒看見綠荷髮鬢滲出的汗水，僅僅是看到了綠荷從頭到尾都保持認真的姿態，便知曉綠荷定然消耗很大。

「綠荷姊姊加油！」

阿蓮的聲音嚇了她們一大跳，轉頭看見阿蓮瞪著眼睛的樣子，她們不禁將頭轉回去，一個個都慢慢地放開了聲音。

「綠荷加油！」

「必勝必勝必勝！」

這邊的熱鬧將武將們的目光都吸引了過來，看著小丫頭們不再顧及禮數，全力給場上的綠荷助威，他們眼中的戲謔也都收了起來。這個小姑娘也許贏不了袁磊，但她能支持到現在已經很讓人吃驚了，雖敗猶榮啊！

第一百六十二章　以身說法

比試已經進入了白熱化，綠荷覺得自己的身體有些麻木，只是本能地在動，她知道自己的動作在變慢，自己的氣息變得不均勻，呼吸開始紊亂，這樣子很容易讓對手乘機擊殺。這怎麼可以？如果對方真的是衝著她要保護的人來的，那自己如何能夠保護得住？強烈的挫敗感讓綠荷再次爆發，不要命一樣地繼續出招。

素年看到綠意不自覺地往前走了一小步，臉上是掩飾不了的擔憂。

突然，袁磊伸手將綠荷的手腕抓住，人繞到了綠荷身後，一條腿將她的雙腿封住，姿勢從素年的角度來看……嗯……有些曖昧。

這下綠意是真的忍不住了，立刻就要往場上走，卻在看到綠荷的表情時停了下來。綠荷的臉上是素年從未見過的空洞，眼神似乎沒有焦點，素年覺得，如果不是袁磊扶著，也許綠荷自己都站不穩了。

這種茫然到失去自我的表情，綠意只在綠荷臉上見過一次，是在他們父母離世的時候，小小年紀的綠荷，就這麼跪在墳前，茫然地看著前方，完全不知道該何去何從。

綠意是知道妹妹的，綠荷看著人長得柔順，其實性子比他還要強硬，從父母雙雙離世的打擊中醒過來後，綠荷就一直很怕再被拋棄。館主收養了他們，綠荷就表現得非常乖巧，每件事都爭取做到最好，因為她害怕被嫌棄，害怕讓人失望。而現在，綠荷輸了，這丫頭定然不會原諒自己的。她會不會又變成從前那個讓自己心疼又束手無策的樣子？

「我記得我說過，女孩子家家的，打打殺殺多不好，然後妳將我教訓了一頓，說妳只能靠著打打殺殺才能活下去。」袁磊將綠荷錮在懷裡，聲音在她耳邊響起。「後來我才發現，自己有多糟糕，我想贏妳，特別想，想要只靠著我自己的力量贏。在戰場上殺敵的時候，每次遇到絕境，我都會靠著這個意志堅持下來，我可不能隨便死在妳不知道的地方，那樣的話，就不能再跟妳比試一次了。」

綠荷的眼睛慢慢地回了神，這人在說什麼？他死不死跟自己有什麼關係？不過是小時候打了他一頓而已，難不成真的要討回來不成？

「現在我變厲害了，也有資格站到妳面前了，我想說的還是那句話，打打殺殺雖然妳做起來很好看，但還是不好，這種危險的事情，以後都由我來做吧……」

綠荷慢慢地扭過頭，眼睛裡有著不解和疑惑。那她要做什麼？除了這些，她還能做什麼？在武館裡學得傑出才能留下來，變得厲害才能有活兒幹。看，就是因為她和哥哥的努力，才會被蕭大人挑中的，不是嗎？如果連這個都不用做了，那她還能做什麼？那麼自己是不是就沒有存在的意義了呢？綠荷的眼睛裡又開始茫然了，睜得大大的。

她眼裡面的情緒讓離她那麼近的袁磊止不住心疼。「我會保護妳的，我不會讓人欺負妳的，我會賺錢養家，我的爹娘人都很好，他們會把妳當成女兒一樣對待，真的，我不騙妳！」情急之下，袁磊脫口而出，甚至忘了控制聲音。

然後，就聽到「嗷——」的一陣喧譁，武將那裡頓時徹底爆棚，各種起鬨的都有。

素年這邊的小丫頭一個個都紅了臉，眼睛裡卻有著隱隱的羨慕。

綠意大步地走過去，黑著臉，伸手就將綠荷拉了過來。「袁公子，還請您顧及我妹妹的名節。」

「大哥，我不是——」

「誰是你大哥！」綠意瞪了他一眼，拉著綠荷就走。

「不是啊，大哥！我是認真的，你就將綠荷嫁給我吧，我保准對她好！」袁磊急了，跟在旁邊死皮賴臉地懇求，跟切磋之前禮數周全的模樣天差地別。

他每說一句，綠意的臉就黑一分，偏偏袁磊一點自覺都沒有，還在說他家的人都很好的，也都知道他有這麼一個喜歡的姑娘，說他靠著自己的本事掙了多少家底，一定不會讓綠荷吃苦！

綠意的臉黑成了炭，停下來猛地回頭，惡狠狠地說：「那是你家的事情！今日是舍妹學藝不精，袁公子莫非是想跟我也『切磋』一場？」綠意「切磋」兩個字說得格外咬牙切齒。

袁磊趕忙擺手。「不敢不敢！要不，我讓您打一頓？」

「……」綠意深吸了一口氣，強忍住想要動手的衝動，拉著綠荷走到素年身後。在蕭戈和素年的面前，袁磊不敢太放肆，只是眼睛落在綠荷身上，收不回去了。

蕭戈咳嗽了一聲。「這次的比試……」

「平手，自然是平手！說起來我也已經沒力氣了，剛剛能制住綠荷姑娘純屬巧合！我今兒出門特意算了一卦，今天時運非常好！」袁磊立刻開口。

「這麼說，你都已經沒力氣了還能這麼輕易地將綠荷拿下……」素年握著平哥兒胖胖的小手，慢吞吞又陰陽怪氣地說。

袁磊一愣，立即接收到來自綠意的滿滿殺氣，趕緊改口。「不對不對不對，哎呀，我太累了，一下子就說錯了話。我可是盡了全力的，就是一時走運而已！」

「那麼，是我們綠荷運氣不好？真是奇了，綠荷丫頭的運氣向來不錯的，怎麼今日運氣就不好了呢？難道說……有什麼人影響到了她的運勢？」素年皺著眉頭。

平哥兒以為她在跟自己做鬼臉，「格格格」地笑個不停。

「……」袁磊不敢說話了，可憐兮兮地轉過頭看向蕭戈。大人，您不能對屬下的困境視而不見啊……

「今日是我輸了。」出乎意料地，綠荷開了口，聲音冷清。

綠意卻是鬆了一口氣，綠荷的狀態比剛剛要好太多了，他的眼睛掃了一眼袁磊。

「確實是我技不如人，綠荷甘拜下風。」

袁磊趕忙搖頭，想說什麼卻又小心翼翼地看了一眼繼續做鬼臉逗平哥兒開心的素年，然後放輕了聲音。「綠荷姑娘，那我們……」

「誰跟你是我們？」綠意插了話，臉還是臭的。這人懂不懂規矩？他妹妹還是個清清白白的姑娘，可他竟然在這麼多人面前說什麼父母、說什麼賺錢養家！

「喔，現在還不是，但是大哥，我真的是很有誠意的，我會對綠荷好的，真的，我保證！」

綠意的臉又有黑化的趨勢，眼看著要再循環一遍，素年這才幽幽地開口了。「這可怎麼辦呢？綠荷都這麼厲害了，你竟然比她還厲害，若是以後綠荷真的嫁給了你，要是你們動了手，她打不過你怎麼辦？」

「不會的、不會的，我會讓著她的……」

「這麼說，你還當真會跟綠荷打起來?!嘖嘖……」素年滿臉遺憾。

袁磊的臉都木了，自己剛剛說什麼了？

蕭戈有些不忍心，朝著袁磊揮了揮手，讓他先離開，免得情況更糟糕。

袁磊一步一頓地往回走，頻頻回頭，臉上委屈的表情跟他一點都不相配，幾步以後，他聽到了綠荷的聲音——

「你贏了，我收回我曾經說過的話，現在是我贏不了你。夫人說過，上過戰場的男子，是用血肉保護了我們的人，他們是不可戰勝的。我從前只是知道，今日才真正體會到。」

袁磊一怔，眼裡滿是驚異，明亮亮的，竟然有些可愛。他就知道，自己沒有看錯人，當初的一見鍾情，在再次見到之後竟然一點都沒有消退，反而更加的濃烈！

蕭戈上過幾次戰場，但他卻不曾聽素年當著他的面這麼說過，不禁也轉過頭，看著素年素美純然的側臉。

「東風吹，戰鼓擂，美人醉，盼君回，捷報飛，壯士歸……」素年輕輕地低喃。

那些丫頭們也跟著唸，蕭大人不在家的時候，她們都瞧見了夫人的樣子，知道夫人有多擔心，可夫人跟她們說了，她的夫君，是為了麗朝離開京城的，不只是蕭戈，還有那些將士們，他們為了麗朝百姓的安危，在偏遠的地方拋頭顱、灑熱血，她們必須以此為榮！

「東風吹，戰鼓擂，美人醉，盼君回，捷報飛，壯士歸……」

武將們站在那裡，聽到從校練場另一邊傳來的輕輕柔柔的女音，一下子心裡也不知道是什麼感覺。自己的付出有人能夠知道、能夠感激，這是多麼幸福的一件事情。他們從軍，或許是迫於一些私人的原因，但在軍營裡摸爬滾打的這些年，軍隊的榮譽已經將他們徹底洗禮，他們一旦敗了，身後的百姓就會受到踐踏，所以他們不能輸，永遠都不能……

院子裡，素年抱著平哥兒坐著，綠意和綠荷站在她對面，刺萍在屋裡收拾，阿蓮則混在素年身邊跟著忙前忙後，她覺得這裡比較有意思。

「袁大人跟夫君求娶綠荷，三書六禮，明媒正娶，綠荷雖然是我的侍女，可這種機會不是時時都有的，夫君已經幫我尋了別的會功夫的侍女，所以我只想問問妳的意思，妳，可願意？」

綠荷低著頭不說話，倒是綠意忍不住開口了。「夫人，我們只是一介平民，如何能高攀得了袁大人那麼尊貴的人？袁大人的好意，綠荷無福消受。」

「你是怕袁大人以後會欺負綠荷？」

綠意抿著嘴不說話。他當然怕！也許袁磊這會兒對綠荷感興趣是真的，想要娶她也是真的，可以後呢？以後的事情誰知道？等袁磊的興趣不再，綠荷的出身如何能夠留住袁磊的心？一個曾經做人家侍女的女子，沒有了夫君的寵愛，那是誰都能作踐的！綠意不同意，他希望綠荷能嫁給一個老實人，不需要太高的地位，只要人好、對綠荷好，兩人情投意合，成了親之後再一起努力也是行的。

素年嘆了口氣，賊頭賊腦地左右瞄了瞄，覺得蕭戈不會這麼早回來，才輕聲輕氣地開口問：「你們覺得我和蕭大人如何？」

綠荷和綠意不明所以，都直直地望著她。

素年幽幽地說：「我當初只是個醫娘，帶著兩個小丫頭混日子，無父無母的，而且還沒有洗脫罪臣之女的名頭，跟你們比起來，好像更慘一些吧？那個時候我就想，我若是要嫁人，定然要找一個可以過安穩日子、不會欺負我、不用靠著他過日子、不用看他臉色過活的人嫁了。後來手裡有些錢了，我就想著，要不乾脆招婿吧，找個小白臉回來養著，心情不好的時候還可以欺負欺負啊，哈哈哈哈……」

綠荷和綠意表情僵硬，他們臉上一點端倪都不敢顯露，假裝沒有看到院子門口蕭戈露出的半個身子……

「所以，當我知道蕭戈想要娶我的時候，那是如遭雷劈啊！我就想，我怎麼就遇到了這種事情呢？怎麼跟我料想的不一樣呢？蕭戈是什麼身分，我又是什麼身分？萬一我嫁過去了後，發現他人面獸心，整天花天酒地，還對我始亂終棄，我豈不是連哭的地方都沒有？真是太慘了！」

綠荷才要哭了，低著頭一點兒都不敢抬起來，夫人真是……太敢說了！

「可是，我最難過的時候，陪在我身邊的是他，我最想哭的時候，陪在我身邊的也是他，我失去了師父，失去了最親的羈絆時，蕭戈跟我說，還有他在呢。」素年的聲音不再神經兮兮的，她想起自己何嘗不也是這麼瞻前顧後？可蕭戈慢慢地瓦解了她心裡的防線，能有這樣一個人肯對自己用心，還有什麼是不能嘗試的呢？「所以我答應了，我願意盡最大的努力去改變，我願意相信蕭戈。如果真的出現了我曾經預想過的結果，我也想要去扭轉局面。憑什麼我就能平白無故地享受別人的感情而不需要努力？這種事情是不存在的，沒有人只願意付出而不期望回報。我願意小心地經營我和蕭戈之間的婚姻——如果是蕭戈的話。綠荷，我不想妳因為世俗的眼光而錯失了自己的良緣，也許很難，因為袁磊的家裡有兄弟姊妹，妳想要融入進去定然需要一段時日，但妳只需要問問妳自己，妳願不願意為了袁磊去學習這些事情？」

綠荷抬起頭，看到素年認真的眼神。夫人是這麼認為的嗎？她也可以跟夫人一樣嗎？

「當然，若是妳真的不願意也沒事，饒是袁磊的身分地位高，也不能強迫妳。我的人可不是誰想娶就能隨隨便便娶走的，就是用蕭戈的名頭也能壓死他啊！哈哈哈哈……」

素年覺得剛剛的話題太沈重了，便空出時間給綠荷自己思考，她則站起來，抱著平哥兒在院子裡走動。「看，這是樹，好大的樹。這是花，漂亮的花，不過這會兒沒有開，姑且將它看作草吧，綠色的小草。」

平哥兒眼睛圓溜溜地到處看，也不知道他看到了素年指的東西沒有，頭抬得累了就搭在素年的肩膀上。

素年輕輕地拍著他的後背，繞過來繞過去，在他的耳邊不停地說著。據說經常跟孩子說話，孩子說話就會很早。

忽然，平哥兒興奮起來，小胖爪子拍著素年的肩膀。

素年轉過頭去，看到蕭戈從院子門那裡走了過來。不是說兒子跟娘比較親的嗎？素年看到平哥兒特別興奮，只好將平哥兒遞過去。

啪！平哥兒一巴掌拍在了蕭戈的臉上，聲音極大。

阿蓮一溜煙地跑了，她剛剛也瞧見了蕭大人站在院子外的身影，關鍵是，蕭大人也看到她了！阿蓮心裡鬱悶，早知道應該學綠荷和綠意低著頭，死都不抬才對的！

蕭戈被兒子的手拍了之後一點反應都沒有，不疼不癢的，甚至連個紅印都沒有出現，若無其事地抱著他坐下。

「今日伍嬸子一早採買了不少新鮮的魚，我讓阿蓮挑了兩條大的做乾鍋魚，記得你上次吃了許多。還有脫骨扒雞，刷了蜂蜜炸後燜製。還想吃點什麼？我讓阿蓮去做。」

素年讓刺萍送上茶水，她不能喝茶，桌上擺的都是白水。

蕭戈正有些口渴，也不去等茶水，直接拿起素年的杯子一飲而盡，這還不過癮，又倒了一杯喝盡。「我很好養活的，不挑食。」

「……」大概平哥兒給什麼吃什麼的好習慣就是遺傳自他爹的吧？真是太好了。

「袁磊那小子天天見著我就找各種藉口湊過來探消息，我嫌煩了，便找了藉口回來。原本覺得這小子挺沈穩的，一直也都覺得不錯，沒想到竟這麼煩人。」蕭戈伸手將平哥兒死死掐住自己脖子的小手摘下來。蕭戈覺得兒子是不是在嫉妒他啊？嫉妒他跟素年的感情好？每次見到自己都手舞足蹈的，外人看了以為兒子跟他多親呢，誰知道他在自己身上就沒有一刻是閒的，那手總會不自覺地捶一下、抓一下、打一下……

綠荷剛剛抬起來的頭又低下去了，她、她還沒有想好呢！

「急什麼呀急？娶媳婦兒是那麼容易的事嗎？想娶綠荷還沒有耐心了？那多的是有耐心的人啊！」素年瞧見綠荷的窘態，開口給她解圍。「行了，妳回去慢慢想，不著急，啊？」

「夫人……」綠荷的臉熱得像火燒一樣，也不知道要說什麼，急急忙忙下去了。

綠意卻沒有走，他看著妹妹匆匆離開的身影，慢慢低下頭，也不知道在想什麼。

第一百六十三章　緣分天定

這邊蕭戈跟平哥兒玩得正歡，一個非要用手揪蕭戈的脖子，一個不讓，一開始平哥兒還有些耐心，結果蕭戈阻止了幾次以後，小嘴就癟了，要哭不哭的樣子。

正好月娘才洗完平哥兒的貼身衣物，淨了手過來打算抱平哥兒去玩一會兒，平哥兒見到月娘之後，原本只是有一點點不開心的，眼淚卻突然迅速地就掉落下來了，癟著嘴委屈的小樣子讓月娘心疼得不行。

「少爺，不是月娘說您，小少爺還這麼小，您就別逗他哭了！」月娘一邊將平哥兒接過去，一邊有些埋怨。

誰逗他了啊？他不逗人就不錯了！蕭戈瞪了平哥兒一眼，也不知道平哥兒是不是以為蕭戈在跟他做鬼臉，竟然笑了起來。「這臭小子……」蕭戈哭笑不得地看著月娘將他抱到一旁榻上去玩。「對了，上次妳說從蕭家手裡拿到了兩樣東西，是放在書房了嗎？」蕭戈忽然問道。

素年點了點頭。

「唔……」蕭戈看了一眼不遠處正滿臉溫柔笑意跟平哥兒做伸展操的月姨。「妳跟我去一趟。」

素年站起身，雖然不知為什麼，但她沒有立刻發問，只是跟在蕭戈的身後來到書房。

將書房的門關上，素年還沒有轉過身，就被蕭戈從身後抱住，素年一愣，腦子裡「轟」地一下，曾經看過的古言小說裡，似乎在書房裡那什麼的橋段很頻繁啊！只是她是個保守的孩子啊！咱不要跟這個風好嗎？誰知蕭戈只是靜靜地抱著她，並沒有下一步的舉動。

素年慢慢冷靜下來，將那些亂七八糟的想像畫面甩出腦袋，狠狠地嚴肅了一下，才伸手扶住蕭戈環住自己的手。「怎麼了嗎？」

蕭戈沒有吱聲，只是想著剛剛素年說的那些話。從自己決定娶素年為妻的時候，他就知道素年是個沒有安全感的人，無論遇到什麼事情，她第一時間想的總是如何脫身，做好了最壞的打算。這樣的女子往往十分理智，知道自己想要的是什麼。蕭戈知道素年會答應嫁給他，也許一開始有很大的感恩成分在裡面，但蕭戈不管，不論素年是怎麼想的，他都會履行自己曾經對她的許諾。蕭戈決定用以後的時間慢慢讓素年心安，讓她敞開心扉，可今天蕭戈才知道，原來素年也一直在努力著。

她願意為了自己去嘗試，願意相信自己，這些蕭戈從來沒有聽她說過。蕭戈原以為有些事情只要知道就好了，卻沒想到親耳聽到素年這麼說，會這麼令他心蕩神馳！

素年歪了歪腦袋，這又是鬧哪齣啊？怎麼跟一隻撒嬌的大型犬一樣？

「剛剛，妳說要找個小白臉……」

蕭戈低沈的聲音讓素年嬌軀一震，神遊著的思緒頓時急速收了回來。「你剛剛在哪裡聽到的？這個……這個我可以解釋的……」

「雖然我不是那麼白，也不是那麼弱，但姑且也能算得上吧？而且……我也挺好養的……」

素年這會兒腦子不夠用了，蕭戈說的這是啥？「那個……那只是一種善意的比方，我那不是在開解綠荷嘛，就隨便想了一個例子而已，假設，那都是假設啊！」

「如果我沒有娶妳，妳是不是就真打算招一個小白臉了？」

素年不想騙蕭戈的，於是她努力地想，但想來想去，自己應該都會走那條路的吧？招贅個小白臉多方便啊！又乖又聽話，沒事還能打打罵罵。但這話素年死都不會說的，只能憋得臉都扭曲了。「哪能呢，有那麼多可以選擇的……」

結果蕭戈更哀怨了。「對了，還有可以選擇的呢，比如說訂親那個、狀元郎什麼的……」

「你還能不能好好說話了？」素年將蕭戈的手拉開，轉過身面對他，皺著眉。「他們又不叫蕭戈，我怎麼可能嫁！」

蕭戈的眼睛瞬間就晶亮無比，裡面的光芒看得素年都心驚，然後瞬間又重新落回了蕭戈的懷抱。素年閉著眼睛，誰說過男人有時候就跟個孩子似的需要哄？說得他媽太對了，素年給他點一萬個讚！

聖旨總算是下來了，蕭戈帶著素年虔誠地去接旨。

平定國公為麗朝立下汗馬功勞，然留下一身傷病，需尋一處山水宜人之地好生養著。

皇上准許平定國公離京，只是，京中永遠留有平定國公府。

蕭戈身上全無職位，然而他一點兒也不在乎，同素年肩並肩，跪下謝恩。

一身傷病，終於能夠守著他最重要的人，蕭戈十分感恩。

回到府中後，兩人相對坐下，一時相視無言。

好一會兒蕭戈才笑著說：「去青善縣吧，若不是我去了那個縣城，又如何能夠遇得見妳？」

素年搖了搖頭。「能的，不管你我在哪裡，總能夠遇上的，否則，你便不是如今的你，我也不會是如今的我。」

風在院中輕輕地颳過，似是籠上一層薄薄的煙霧，讓兩人的心中都起了深深的沈醉。

是啊，若不是遇見對方，他們又怎能成為今日的模樣？往後，他們更是會永遠在一起，相互扶持，相互依偎，共同走完這剩下的日子。蕭戈想想都覺得無比期待，正想說點什麼，忽然聽到一陣中氣十足的哭嚎，瞬間將旖旎的氛圍給打散了。

素年看著蕭戈臉上的挫敗，哭笑不得，抿著嘴上前在蕭戈的臉頰上親了一口，轉身安慰兒子去了。

蕭戈摸著臉，嘴角邊慢慢扯出令人心醉的笑容。又有什麼需要說呢？左右他會一直守著，守著這個對他而言最重要的女子，守著他們的孩子。帶著笑容，蕭戈也慢慢地往屋子裡走去。

風打著旋兒，帶著一股淡淡的香氣，那是幸福的味道……

——全書完

番外一　蕭家女兒

蕭晚晴出生的時候，蕭安平六歲半，早已有了屬於自己的獨特審美觀。所以作為有幸很早見到蕭晚晴的人之一，蕭安平不答應了。

怎麼別人家的妹妹個個都粉粉嫩嫩的，他的妹妹卻跟核桃皮一樣？這不公平！

於是，蕭安平恨不得讓他娘將妹妹塞回到肚子裡重新生一個，對妹妹的執著也頓時煙消雲散了，只覺得老天是嫉妒他娘太好看了，所以才送來一個核桃妹妹中和一下。

這種情況一直持續到蕭晚晴快一歲的時候。那日，嘴裡冒出了幾顆小白牙的蕭晚晴坐在素年的懷裡，奶聲奶氣地朝著蕭安平咧著嘴，叫了他一聲「哥哥」，蕭安平頓時就傻了。這是他的妹妹嗎？那個核桃小娃娃？什麼時候變得這麼玉雪可愛了？

他忽然發現那個皺巴巴的小孩子不見了，變成了一個粉嘟嘟、雪白白的漂亮小娃娃，所有自己見過的孩子，都沒有自己妹妹的一根指頭好看！

從那一天開始，蕭安平便成了徹頭徹尾的好哥哥。

蕭晚晴慢慢長大了，三、四歲的孩子，那是不分男孩還是女孩，可愛起來如同天使一般，可淘氣起來，令素年都恨不得打上一頓出出氣的時期。

蕭安平卻覺得自己妹妹多可愛啊！於是不管蕭晚晴做了什麼錯事，蕭安平這傢伙一律都能咬著牙將黑鍋往自己身上揹。

「你是自己傻啊還是覺得你娘我傻?!」素年忍無可忍地跟蕭安平狂吼。

蕭安平抿著嘴想了想。「我傻，我傻。」

「你們就可著勁兒地慣吧！」素年無奈，家裡大的小的都一個德行，蕭戈也是一樣，晚晴做了什麼他都無比驚喜且激動！激動個毛線啊？又不是只有自家的閨女聰明！

「娘……」蕭晚晴小朋友撲到素年的腳下，軟萌萌地抱著她的腿。「娘不生氣了，晚晴下次不會了。」

素年是真沒轍了，蕭晚晴認錯總是特別給力，態度也端正，雖說比平哥兒小時候更淘氣，可她一點兒壞性子都沒有，知錯就改，嘴甜討喜，這還能生什麼氣呢？

蕭晚晴在這個家裡唯一能制得住她的就是素年，蕭戈和蕭安平不助紂為虐就不錯了，管教？那是什麼東西？可蕭晚晴最喜歡黏著的也是素年，娘親的身上香香的、軟軟的，還會說好多有趣的故事，自己乖乖的時候，娘親笑起來最好看了，說話也好聽。

蕭晚晴於是一直霸占著素年，一直到她三歲時，晚上才肯跟素年分開來睡。

就這樣，蕭戈都沒辦法有意見。因為蕭晚晴只要睜著大大的眼睛，軟軟的臉蛋紅撲撲的，嗲聲嗲氣地叫聲「爹」，蕭戈上過戰場有什麼用?立刻就自動自發地抱著鋪蓋去書房蹲著了，等小傢伙睡了才可憐兮兮地又溜進來。

蕭晚晴繼承了蕭戈的大半長相，包括素年心心念念的蕭戈那好似蝶翼一般的睫毛，卻也繼承了素年的惡趣味。

蕭晚晴在蕭安平眼中的重要性，讓她很莫名地在女孩子圈裡十分吃香，還都是比她要大不少的女孩子，壓根兒玩不到一塊兒去的。

可每次總有許多小姑娘願意耐著性子帶她玩，素年看著一點自覺都沒有、繼續用各種玩意兒逗晚晴開心的蕭安平，覺得真是作孽啊！平哥兒對這些事情極不敏感，可憐了那些嬌花似的姑娘們淪為晚晴的玩具，醉翁之意平哥兒也完全沒有領會到……

晚晴出生之後，皇上每年都會來一趟青善縣，等晚晴會說話、會滿地跑了，皇上的眼睛「蹭」地就亮了。「朕的皇子今年——」

蕭戈上去打斷了皇上的話，說是有要事要跟他詳談。

跟皇上在書房裡關了一會兒再出來後，蕭戈終於鬆了一口氣，皇上卻十分怨念。

幹麼啊幹麼啊？他們皇家的皇子、皇女，人家求都求不來的好嗎？

蕭戈後來說，他才捨不得晚晴嫁到皇族裡去，太麻煩、太費心了。不過如果她自己願意，那就另當別論，女兒的想法才是最重要的。所以他跟皇上求了恩典，是豁出臉皮的，連陳年往事都翻出來了，只為了不讓皇上刻意給他的子女們指婚。

可皇上不甘心啊！他瞧著平哥兒就不錯，可堪重用，性子又好，以後必然能夠撐得起麗朝；再看晚晴，雖然還小，可憑良心說，真是太可愛了！這要是成了自己的兒媳，那多好？

於是皇上開始曲線救國，不是不讓指婚嗎？那萬一他們看上了自己的皇子、公主，也沒辦法不是？從那以後，時常會有皇子被送過來，美其名為「來跟從前的護國大將軍拜師學藝」。

「京城缺武館啊？皇家缺將軍啊？排著隊送來有意思嗎?!」素年吼著吼著，忽然發現跟在皇子們身後還到了一批物資，說是皇子們的學費……那好吧。

蕭戈看著素年財迷的樣子就覺得好笑，晚晴跟她娘一樣，也是個小財迷，才一點點大就愛跟在素年的身後數金子、銀子玩。

蕭安平瞧見之後十分堅決地說，以後蕭家所有的財產都給妹妹，他自己可以重新賺的。當下感動得晚晴抱著蕭安平的腿直哼唧，喊著「哥哥最好了」。

素年扶額，她有預感，未來這對兄妹們的嫁娶絕對要成問題！蕭安平要真放棄家產，哪家願意將女兒嫁過來？就算他真有本事再賺出一個蕭家來那也不成！至於晚晴……得了吧，有這樣的爹、這樣的哥哥寵著護著，她看夠嗆。

素年這一生就這麼一子一女，蕭戈在見識過女子生產之後，嚇得差點又失語了，那一盆盆的血水幾乎讓他暴走，等蕭晚晴出生之後，他不顧規矩地衝進產房，看到失去意識、毫無血色的素年後，蕭戈就決定了，他不會再讓素年冒這種危險！兒子女兒都有了，他已經很滿足了，若是因為生產而失去了素年，蕭戈不知道他們現在這麼美滿的家會變成什麼樣子。

蕭晚晴是這個家裡最小的女兒，她見證了爹娘甜蜜的一輩子；見證了哥哥蕭安平表面溫文爾雅，骨子裡卻淡薄，對每個女子都很好，卻沒有一個能夠走進他的心裡，最後極其慘烈地落在嫂子手裡的過程。蕭晚晴這一輩子都過得特別幸福，娘說，她是受到所有期待降生的，她也希望自己能對得起那些期待。

那麼，等到這輩子結束的時候，她也許還能這麼幸福地繼續做蕭家的女兒……

——全篇完

番外二 泥巴雞

我叫莫宜春，家裡排行老三，前兩個都是哥哥，我是家裡的第一個女兒。

從我出生開始，我就在濃濃的藥香中長大，誰讓我爹是個太醫呢，還是個十分厲害的太醫。

爹經常很忙，忙著給宮裡的貴人瞧病，忙著配藥，忙著用銀針在假人上頭戳過來戳過去，或是去藥鋪裡坐診。

不忙的時候，爹會將我們三兄妹叫到跟前，繼續抓藥配藥，用銀針戳過來戳過去給我們看。

爹說，我們是大夫的後人，以後也要走這條路，還說要在我的兩個哥哥裡選一個天分比較好的改姓柳，繼承柳氏醫術。

我看還是算了吧，我的兩個哥哥聽到爹說醫術，跑得一個比一個快，他們明顯對別的東西更感興趣，而不是這些散發著濃郁藥味的藥材。

不過我倒是覺得很有意思，這些東西煮成湯汁喝下去，再用銀針戳一戳，就能讓人的痛苦消失，多神奇啊！於是在哥哥們消極抗爭的時候，我卻聽得津津有味。

爹總算發現了哥哥們志不在此，強扭的瓜不甜。娘讓爹就放棄吧，說是要想傳授醫術，傳授給我也是一樣的。

「這怎麼一樣呢？宜春可是女子。」

「夫人也是女子，你敢到她跟前這麼說說看？」

爹立刻就沒了聲息，臉上還一點兒不甘心都沒有。

娘說的夫人是爹的師父，我從來沒見過，卻聽過不少關於這個夫人的事情。

聽說，夫人是一個比爹更高明的大夫，可她不是夫人嗎？女子怎麼能夠行醫呢？還比爹更高明？

娘還說，夫人是這個天底下最好、最善良的女子了，對誰都是一樣的好，跟菩薩似的。

我對這個夫人越來越感興趣，想著若是什麼時候能夠見上一面，定要去看看是不是跟娘說的一樣。

有一日，我難得能夠安靜地在家裡完成繡娘師傅交給我的功課，家裡卻鬧騰起來。住我家附近的田老伯帶著他虛弱的二兒子來找我理論，說我給他兒子亂吃東西，現在身體虛弱，要我給個說法。

身體虛弱臥床休息就好啦，還帶出來，那不是更虛弱了？

爹沒有先責備我，而是給他二兒子瞧了瞧脈，才問我給他吃了什麼？

「瓜蒂。他跟別人打賭敢吃藥鼠的藥丸，不肯落了面子，當真吃了，我才給他灌了湧吐藥催吐的。」

爹的眼睛似乎亮了不少，轉身嚴肅地跟田老伯說，不要栽贓他的女兒，若不是我機靈，說不定他兒子這條小命都沒了，讓他趕緊將人帶回去好生休養著，日後好好教教，不要再做這種不知所謂的打賭。

田老伯和他兒子走了之後，爹坐到我的旁邊，我猜想這會兒大概輪到我了吧，便趕在他之前承認錯誤。「爹我錯了，我不該隨隨便便就亂給人用藥，我以後一定改。」

爹卻搖了搖頭，伸手在我的頭上摸了摸，似乎很是欣慰的樣子。

等又過了兩日，爹說，讓娘帶我去一個地方，他要讓師父看看我是不是有資格承受「柳」這個姓氏。

我很開心，爹的師父不就是夫人嗎？娘也很開心，我看得出來，娘也很高興可以見到夫人。那該是一個多麼慈祥的人，才能有如此大的魅力啊！

我跟娘坐了很久的馬車才到了青善縣，這裡跟京城比起來安靜得多，也是人來人往的，卻總是帶著一份淡然。

到了青善縣，找人打聽一下蕭府，居然都知道。我很奇怪，夫人不是爹的師父嗎？為什麼他們都說是開武館的那家呢？

車夫剛剛問路的時候似乎不認真，駕著馬車走到一半，居然又不記得路了，真是一點都不可靠。

我在娘的阻攔下跳出馬車，自己去問，攔了人才發現，自己居然攔下了這麼一個讓人能看呆掉的人。

不過我是誰啊？就算看呆了，我也能將問題問出來。

「蕭府？」那人笑了，彎起了好看的眼睛。「就在前面。如果不介意的話，我可以帶妳們過去。

「那就麻煩公子了。」

我估計我娘一定在瞪眼睛了吧，可沒辦法啊，我從來沒見過這般風姿卓越的人，被迷惑一下也是正常的。再說，有娘在呢，娘才不會讓我吃虧呢。

跟著這位公子來到蕭府後，沒想到他也走了進去，一邊走，一邊還用好聽的聲音跟那個長得凶神惡煞的教頭打招呼，然後朝著裡面喊——

「娘，有客人。」

那大概是我僵硬得最嚴重的一次了吧，我看到有個出塵的女子從裡面緩緩走來，後面還跟著一個小女孩。

這女子是那個好看公子的娘親嗎？可為什麼她看上去那麼年輕？

我娘見到這位女子之後，紅著眼眶上前行禮，口裡喊著「小姐」，這就是娘說的夫人？

那是我第一次見到蕭夫人，那種驚豔往後許多年我都還能記得起來。她說話十分溫柔，跟娘親在屋子裡哭了一陣子之後，就將娘親給逗笑了。

我娘是家裡最嚴肅的一個人啊，夫人可真能幹！

聽娘說了來意後，蕭夫人將我拉到眼前，仔細地看了許久才緩緩笑了，眉眼跟那個好看的公子一模一樣。

夫人問了我一些關於藥材的問題，又問了我一些病症，這些我熟啊，張口說得頭頭是道，夫人一直看著我微笑，像是在鼓勵一般。我覺得，我回答得比在家裡回答爹提問的時候要流利多了，誰讓爹說這些的時候從來沒笑過。

「真是個好孩子，關鍵是對這些感興趣。跟子騫說我同意了，是個好苗子。」

夫人大概就說了這麼一句關於我們這趟的主要目的吧，接下來就開始呱唧呱唧地跟娘聊起了別的事情。

娘一直柔順地聽著，不時地回答幾句，臉上似乎也年輕了許多，這真好，我想。可是我聽不懂，於是我便自動自發地出去了。夫人家裡還有一個小姑娘，不知道我們能不能玩到一起去？

事實證明，我的選擇簡直太正確了，除了那個小姑娘，還有好看的公子，他也在呢！

我跟人混熟的能力讓爹都驚訝過，完全行雲流水、不動聲色，他們兄妹很快就接受讓我一塊兒加入將一隻雞裹上泥巴、埋到地底下烤火的遊戲。

結果，我被我娘狠狠地訓了一頓，夫人也是極其無語，可大概也不願意多加責罰，只是將他們兄妹晚上的晚飯換成了這隻泥巴摳都摳不下來、還沒有開膛破肚、死狀極其慘烈的雞，嘔……

我和娘是客人，自然沒有這麼高級的待遇，於是我仗著客人的特權，忽然想要吃饅頭這種方便攜帶的東西，然後連同切好的火燒、醬肉一起，偷偷找過去跟可憐兮兮、還在跟泥巴雞奮鬥的兄妹分享。

「不對啊，我明明瞧見珊瑚就是這麼做的，為什麼她做出來無比美味，我們的就只能散發著這種味道……」

我們三人一邊啃著軟軟的饅頭，一邊吃著滋味濃郁的醬肉火燒，圍著壽終正寢的泥巴雞繼續研究。小孩子之間的友情，就是那個時候建立起來的。

從青善縣離開之後，我時常會回想起那段日子，比我在京城裡孤軍奮戰的淘氣要有意思多了。

回到京城後，我改了姓，叫做柳宜春，還算挺好聽的，然後正式拜在爹的門下，成為了柳氏醫術的傳人。我很努力很努力地學習，時刻爭取能夠提出連爹都無法解釋的難題，然後就能名正言順地到青善縣請教夫人去了。夫人可是爹的師父呢，爹不會的，可不就要去問夫人才好？再說了，我到現在都沒有嚐過他們口中美味的泥巴雞，那東西如何能夠美味得起來？

夫人知道我改了姓後，莫名地抬起頭看向屋頂，等低下來以後，眼圈一周都是通紅的。

夫人的相公在我待在青善縣的時候，帶著夫人和我去了一個地方，夫人似乎都不知道要去哪裡，可等她看到之後，那是我唯一一次見到夫人哭成一個淚人兒，可依然好看。

那是一座墳墓，後來我知道，那是夫人的師父的，我應該叫做祖師爺。

夫人哭過之後，讓我跪在墳前，恭恭敬敬地磕頭。

「妳現在算正式成為柳家的人了，往後希望妳能夠將柳氏醫術發揚光大。」夫人跟我這麼說的時候，她的神色是從未有過的嚴肅。我認真地點了點頭，我會的。

我希望做爹那樣厲害的大夫，我也希望能像夫人這般超凡脫俗，這個「柳氏」，定然寄託著夫人的期望。

「那夫人，我能夠經常來叨擾您嗎？有好些病症，爹說得不是太清楚呢！」

「可以。」

我抿著嘴唇笑了，卻沒看到夫人略顯擔心的表情。

若干年後我才明白，夫人的擔心是正確的，我以為我的小心思沒有人發覺，卻沒想到，只是想讓他發覺的人沒發覺罷了。

夫人說得很對，女孩子，若是世界裡只剩下如何才能找一個好婆家，是很可憐的事情。我除了想要卻得不到的東西，還能擁有他們兄妹的友誼，還能擁有一手出眾的醫術，讓我這個弱質女流到哪裡都能受人尊敬，被稱一聲「醫聖」。

還有什麼，比這更好呢？

——全篇完

番外三　翡翠

北漠清王府的王妃，是一個不得了的女子。

這個不得了，具體體現在王妃的身分上。

能獨霸北漠的清王府，王妃自然是地位尊貴，可是據說，王妃從前也只是個別人的丫頭。

幾乎每一個剛來到清王府的侍女、小廝們，都會被這個消息所震撼，然後開始找尋一切機會去證實這個消息到底是不是真的，這就好像是慣例一樣。

月桂進入清王府的時候，特別慶幸，清王府這次採買的一批侍女中，她長得最出挑。清王跟王妃的感情很好，月桂雖然孤陋寡聞，但清王府裡只有一位女主人這件事，她也是知道的。

所以王府挑人，若是相貌太好的話，被選上的機會就很低，畢竟誰也不希望將一個可能會成為威脅的人放在身邊，哪怕是傳說中備受寵愛的王妃。

結果來選侍女的管事丫頭第一個就將月桂挑了去，月桂特別驚詫，卻也十分高興，北漠的人都知道，在清王府裡做事不僅月錢豐厚，主子也好伺候，清王在北漠可是相當有人氣的。

月桂心裡暗喜，但很快她就發現，來採選的侍女挑的人都是長相姣好的，有些看上去就不像是能做事的人，長得嬌美可愛也能被選中，難道這次清王府選她們去不是做下人嗎？

到了清王府之後，月桂才知道，她們就是做下人的。並且，將她們挑來的侍女不知道是有意還是無意，還沒入府呢，就告訴她們，清王妃的出身跟她們一樣，曾經是下人，所以要小心伺候。

月桂向來明白事理，她暗暗下決心，定然會小心謹慎。她的願望很簡單，在清王府裡攢一些錢，以後能嫁個本分的人，她就知足了。

選她們進去的姊姊名叫小綠，據說她原本的名字好像叫做翠櫻還是什麼別的，端的是詩情畫意、旖旎芬芳，可後來因為跟王妃的名字衝撞了，清王親自給改了，隨口改成了小綠。

小綠的容貌並不輸給月桂，因為名字的關係，小綠心裡很不服氣。王妃叫啥名？叫小翠啊！自己的名字可要好聽多了，可現在呢？小綠！這是為什麼啊？

小綠覺得自己長得比王妃漂亮多了，而且她還是清清白白好人家的女兒，知書達禮，不過是家境有些貧寒罷了，哪一點輸給王妃了？

於是小綠便動了心思，王妃不也是低賤的下人出身嘛，憑什麼她能成為王妃，自己就不可以？清王雖然平日裡面色冷峻，可一表人才不說，兼之地位高貴，對王妃更是極為遷就疼愛，光是這一點，就足夠讓她心生愛慕。

自己的名字還是清王親口改的呢，小綠覺得清王定然是記得她的，自己在清王府裡也是數一數二的漂亮！

小綠之後便開始有意識地在清王面前多走動，打扮也越發嬌媚，她似乎能夠感受到清王對她的關注越來越多，終於有一天，清王停下來，主動跟她說話了。

「妳是哪個院子的？身上搽的香粉扔了，王妃只喜歡蘭花香氣的，下次記得了。」

小綠呆在原地，看著清王皺著眉頭轉身離去，居然都忘了行禮。

不對啊！怎麼會這樣？自己的香粉可是花了大價錢讓人從外面帶的，是大家小姐們最喜歡的味道，比一成不變的蘭花香要甜蜜多了！

況且，清王居然都不知道她是哪個院子裡的？這怎麼可能？她……就是王妃院子裡的啊！

更讓小綠不能接受的是，第二日，她就從王妃的院子裡被調離了！

小綠明白了，一定是王妃！平日裡好像對她們都很好，背後卻不知在清王面前說她們什麼呢！

王妃定然是覺得自己長得漂亮，讓她感到威脅了。呵呵，果真是下人的出身，只會這些下三濫的手段！

這次由小綠負責挑一些新的侍女入府，她早就想好了，王妃不過是因為跟清王殿下相識的時日比較長，可男人嘛，哪能抵禦得住誘惑？

她會好好地挑選侍女，這些個漂亮丫頭整日在清王面前晃悠，還怕清王不動心嗎？到時候，她可要看看王妃還能有什麼手段！

這些月桂自然是不知道的，她只想著要規規矩矩做事，認認真真賺錢。在王府被調教了一陣子規矩之後，她和另外兩個也十分漂亮的姑娘被分進了王妃的院子。

一入府就能來到王妃的跟前，月桂心裡是既激動又緊張，她想好好表現表現，又害怕出個錯就會被趕出王府，畢竟這可是王妃，是清王府裡第二尊貴的人兒。

「別擔心，小綠姊姊說了，王妃曾經也是做下人的，性子軟和，就算做錯事，只要認認錯、求求饒，一準沒事！」另兩個姑娘可是一點都沒有擔心的表情，因為小綠這段日子或多或少地跟她們透露的情況，在她們面前似乎鋪開了一條康莊大道。

清王妃身分低微，又沒有個娘家撐腰，而清王身邊沒有妾室。

窮苦人家的女兒被苦怕了，不免會有些憧憬，希望能夠嫁入豪門，過上錦衣玉食的日子，哪怕是做人妾室。

而清王的妾室，那更是可望而不可及的存在。然而，現在似乎有點可及了……

月桂不置可否。

三人被送到王妃的院子，被人領著來到了王妃面前磕頭。

這是王妃啊！月桂有些顫抖，磕頭的時候頭垂得低低的，也不敢抬眼看，恭恭敬敬地跪在王妃面前。

「起來吧，我這裡不講究這些規矩，以後妳們便會明白的。」

王妃的聲音清清脆脆的，月桂跟著站起來，卻仍舊不敢抬頭。

好一會兒，她忽然聽到王妃的聲音——

「站右邊的丫頭，抬起頭來我瞧瞧。」

月桂一下子沒反應過來，等她數了三遍才發現，站在最右邊的，似乎正是自己。

這是月桂第一次見到王妃，她抬起頭，看到一張並不是多麼傾國傾城的臉，只能稱得上是清秀。王妃身上並未佩帶太多的飾品，頭上也不過是一支簡簡單單的碧玉雕花髮簪罷了。

然而王妃眼睛裡的通透，卻給月桂留下了極深的印象。

開始在王妃這裡做事之後，月桂就好像她決定的那樣盡心盡力。跟她一塊兒進來的兩個小丫頭常在暗地裡嗤笑她，月桂心裡知道，可她並不在意。

月桂也知道她們想幹麼，雖然這裡的侍女都穿一樣的衣裙，可她們愣是能穿出不一樣的味道，每日在裝扮上也花了不少時間。

月桂很清楚，可她不屑。她雖然出身貧窮，窮到要做下人來賺取月錢，可她也是不願做人妾室的，就算是清王的妾室也是一樣。

娘說了，女人這輩子最最不能的，就是自甘墮落去做人家的妾室，那樣整日都會抬不起頭，連孩子都會從出生開始就低人一等。

月桂覺得很奇怪，這兩個小丫頭的舉動已經很明顯了，每日在清王來王妃這裡的時候兩個小丫頭都特別的積極，但王妃看在眼裡，卻依然是那樣淡然的模樣，就跟沒看見似的。

憑良心說，王妃的性子很好，很容易伺候，她的需求很少，也不會折騰下人，月桂有一次給王妃倒了茶，王妃居然很流暢地跟她說了謝謝，讓月桂差點將手裡的茶壺給打碎。

王妃看到她驚恐的樣子，很開心地笑了，笑著笑著，卻慢慢地失了神，盯著手邊的茶杯，也不知道在想什麼。月桂離開的時候，發覺王妃的眼眶有些泛紅。

這麼好相處的王妃，月桂有些不忍心看到她在背後被人唸叨。那兩個小丫頭不知道是不是因為發現王妃的脾氣太好了，有時候說話也開始不注意了起來。

月桂有一次聽見了，實在忍不住，上去為王妃說話。這樣好的王妃她們居然還不本本分分地服侍，淨想那些個么蛾子，太不知道感恩了，她們拿的月錢可是相當豐厚的！

結果兩人當時是消停了，可第二日，月桂的鞋子就莫名其妙地出現在了水井裡。

月桂很委屈，她覺得自己並沒有做錯，這裡這麼好的待遇，不珍惜是會遭報應的！那日，月桂跟別的丫頭借了一雙鞋撐過了一天。

月桂只記得後來王妃將她叫到了面前，她從頭到腳被看了好幾圈後，才聽到王妃嘆了口氣，聲音極低地喃喃自語——

「小姐說得對，老虎不發威，會被人當作哈囉凱蒂的。」

月桂不知道哈樓開地是什麼，她只知道，那兩個小丫頭，自己後來再也沒有見到過了。

還有小綠姊姊，似乎也消失在了清王府裡，而王妃還是那副輕飄飄、對什麼都不上心的模樣，只是讓自己到她的跟前服侍。

「月桂，這名字真不錯。」王妃笑著說道。「一定很有典故吧？可惜我沒有小姐那般才華。」

「娘說，她本來想叫我肉桂的，可喊著喊著，就變成月桂了。」月桂十分老實地回答，心裡想著，王妃所說的「小姐」，應該就是王妃曾經服侍過的那位吧？也不知道是誰這麼有福氣，能讓現在的清王妃服侍過。

王妃聽到月桂的回答，愣了好一會兒才忽然笑起來，笑得身子直顫，末了才拭了拭眼淚。「是個有趣的丫頭，就好像從前的我一樣……」

王妃平日裡性子很是活潑，還喜歡親自動手做一些好吃的，她總說，現在沒有以前的手藝了，可月桂總在心裡驚嘆，長這麼大，她還是頭一回吃到這麼好吃又稀奇的東西啊！

王妃見月桂感興趣，便會教她一些，讓月桂再次慶幸自己能夠來到清王府做侍女。

只是，王妃的心情也不是一直很好的，她總會有些日子情緒不高，就愣愣地坐在那裡，或是盯著自己做出來的小點心發呆，又或者晚上時坐在窗邊抬頭看月亮，一看就是老半天。

月桂在這種時候總是不敢去打擾王妃，她覺得這個時候的王妃身上，瀰漫著一種莫名的感覺，濃重，又讓人沈醉。

「月桂，妳會唸詩嗎？」

「月桂愚鈍，並未學過。」

「我也不會，可我卻一直記得那麼一首，我唸給妳聽可好？」

「王妃請說。」

「莎草江汀漫晚潮，翠華香撲水光遙，玉樓春暖笙歌夜，妝點花鈿上舞翹。妳知道是什麼意思嗎？」

「月桂不知道，可是聽起來，好像很好看、很耀眼的樣子。」

「那是翡翠，小翠的翠……」

——全篇完

番外四 安寧

在麗朝的史書上記載了數名文武官臣，然而最耀眼的只有那麼兩位——武官戰神蕭戈，文官首輔劉炎梓。

蕭戈，威名在外，就好像守護神一樣，鎮壓住麗朝周遭蠢蠢欲動的外族野心，讓麗朝百姓享受了數十年無戰事的和平。

劉炎梓，為麗朝的持續繁榮立下了不可磨滅的功勞，他從一舉奪得狀元開始便出現在大家的眼中，憑藉著同安寧長公主的親事，迅速獲得了重權。

然而不久之後，許多人都忘記了他是如何掌權的，而是被他自身的魅力所折服。

美人如玉，溫文爾雅，這種辭彙彷彿就是為了他所創造，跟他接觸過的人無一不被他身上淡然優雅的氣質打動。

再加上劉炎梓有真才實學，對各個領域似乎都有涉獵，他會成為陛下最看重的臂膀之一，毫無懸念。

官位上平步青雲，為百姓謀得了無數好處的劉炎梓，在生活作風上也是讓人挑不出一絲錯處。跟尋常的寵臣不同，劉炎梓的生活十分平靜。

因為尚主，除了安寧長公主之外，府裡並無其他妻妾，也從不曾傳出劉炎梓有任何情事。京城閨秀名媛無一不對安寧長公主眼紅，能夠得到劉炎梓這般儒雅男子一世的專情，她該多幸福？

安寧長公主知道，自己在世人眼中，必然是幸運的，極其的幸運。

夫君年輕有為、忠誠上進，跟自己又是相敬如賓，府裡沒有多餘的人，膝下子女雙全，該是多麼令人豔羨。

事實上，她也確實很應該感恩，自己能夠嫁給劉炎梓，真真是她的福氣。

雖沒有甜膩肉麻的情話，夫君對自己卻是十分尊重，府裡的事情從來都由她作主，自己使小性子、耍小脾氣的時候，他也只是如常地淡淡笑著，然後用特有的溫潤聲音安撫著自己，就好像清泉一般，潺潺地就能將自己心頭的躁火給熄滅。

安寧這一輩子，過得極其舒心，然而，也極其幽怨。

她知道，如果自己這樣還幽怨的話，那就是作死，有多少女眷在深深的後宅裡要跟妾室、通房們鬥智鬥勇，但她不用。

有多少女眷被婆婆壓制、妯娌管束，為了後宅裡自己的一點落腳之地而愁得容顏消逝，自己也沒有那樣的顧慮。

夫君不爭氣的話，也是十分困擾的事情，那意味著自己在女眷裡壓根兒就站不住腳。可安寧長公主在京城的社交圈子裡，但凡她出席，幾乎所有目光都會落在自己的身上，各種羨慕的、嫉妒的、討好的……她知道，這些很少是因為自己的長公主身分，大部分還是她劉夫人的頭銜帶來的。

安寧這一輩子受足了恭維，生活在別人憧憬的目光中，然而她卻知道，若是京城裡有那個人在，那麼也許，自己就不會有這般的風頭。

沈素年，這個跟自己相識已久的女子。安寧到後來子孫滿堂時，對她的印象都極為深刻。

真正的恩愛不是自己這般平淡如水，發乎情而止於禮，而是應該像蕭戈和沈素年那樣，夫唱婦隨，甜膩得讓人都打顫！

平定國公雖然一直在京城之外，可他的事蹟，她身在京城裡還是時時會有耳聞。

據說他們開了一家武館，那可是平定國公開的啊！京城裡只要是武將世家，誰人不想子孫能夠學到平定國公哪怕一分的風采？於是呼啦啦地，不少富貴人家特意將有出息的子孫往蕭戈那裡送，就連皇上都不例外。

能夠讓皇上開口指定誰去平定國公那裡受點教訓，那他再回到京城裡必然會炙手可熱。

平定國公跟他的夫人在京城之外的小鎮子上活得十分滋潤，雖子嗣薄弱，可平定國公到死都沒有沾染上風流韻事。

安寧覺得，蕭戈跟劉炎梓遠離妻妾之擾的行為，似乎是不一樣的。

蕭戈是因為對蕭夫人的喜愛，他看不上除了素年之外的任何人，所以終身只有素年一個妻子，而劉炎梓……大家都以為他是對自己的尊重才會嚴以律己，只有安寧知道，劉炎梓只是對誰都淡漠而已，包括對她。

他將所有熱情都分給了國事，為了天下百姓，劉炎梓能夠做到廢寢忘食。

安寧十分心疼他，不時得勸說他身子才是頂頂重要的，麗朝也不止他一個臣子。

然而，劉炎梓雖然很感謝安寧的勸說，轉過臉去卻依舊挑燈夜戰，像是要將他所有的生命力都燃燒起來，奉獻給整個麗朝一樣。

這樣的劉炎梓必定會有所建樹，還是極利國利民的，讓皇上很是看重。

安寧在嫁給劉炎梓之前就知道他才華橫溢，她幾乎以為這就是劉炎梓的性子，對國事之外的事情，都是一視同仁的平淡。

然而，安寧卻看過一次劉炎梓的反常，就那麼一次。

春闈趕考，多少胸懷大志的年輕學子匯聚一堂，京城裡瀰漫著濃濃的書卷氣息和緊張的味道。

那時的劉炎梓已是名滿天下的大才子，想要得到他指導的學子們，想盡了辦法走門道、遞名帖，若是能夠入了劉大才子的眼，那簡直比中了狀元還要讓人激動。

劉炎梓對這些年輕學子們也很是愛護，從中挑了一些文章作得好的，或是有不一樣思想的學子，讓他們進府。

也不說教導，只是讓大家一起在水榭內席地而坐，共同討論一些無傷大雅的國事，希望能夠在這些可造之材心中，提早埋下造福人民的種子。

這些學子裡，安寧看到了一個熟悉的名字，蕭安平。

那是蕭戈和素年的兒子，是他們十分疼愛又極為驕傲的孩子，小小年紀已中了小三元，面若潘安，卻又全然沒有文弱書生的孱弱，據說在蕭氏武館裡，那是當仁不讓的，自小習武的皇子們在他的手下也走不過幾個回合。

素年的影子讓安寧的心「咯噔」了一下，她一直不願意去想素年在劉炎梓的心中有著什麼樣的位置。

她以為時間長了以後，沈素年的影響也會慢慢消逝。可當她看到了這個名字，素年從前的一顰一笑，她竟都能記得清清楚楚。畢竟那樣特立獨行、身上有令人著迷氣息的女子，想要忘記是很不容易的。

自己尚且忘不掉，那麼……劉炎梓呢？

那次文會，安寧打算親自去給他們送上茶水點心，她想要親眼看一看，蕭安平到底是個什麼模樣？劉炎梓是否因為他是素年的兒子才讓他入府。

劉府的水榭文會極有名，能夠得到機會出席的人也必然都是格外珍惜、盛裝打扮，想著要將自己最高雅傑出的一面展示出來。

水榭裡不分主賓之位，大家隨意地坐著，由劉炎梓提出議題，所有人激發思維，踴躍發言。

這些學子都是有真才實學的，劉炎梓如何會讓走後門的人入府？就算是求到安寧那裡，安寧也是不敢答應的。

她知道劉炎梓的脾氣，別的事情好商量，一旦關乎學問，那幾乎是劉炎梓的死穴，她不敢去碰觸。

水榭內不斷傳來年輕稚嫩的聲音，他們神采飛揚、侃侃而談，引經據典、熱鬧非凡。有劉炎梓不斷點頭微笑作為鼓勵，一些束縛也都漸漸消失了，只留下無盡的暢快。

能夠有一群可以引起共鳴的人，大家提出各種論調，就算是爭論得面紅耳赤，也是一種幸運，不是嗎？

蕭安平坐在劉炎梓的右側，他的臉酷似素年，都說兒子肖母，說的真真不錯。素年是個大美人，蕭戈的相貌也是人中龍鳳，蕭安平自然長得讓人挪不開眼。

小小年紀已經有潘安之貌、才子之學，若是再過上幾年，性子再沈穩一些，到時候，會勾得多少閨閣中的少女趨之若鶩？

劉炎梓面帶微笑地看著他，神情絲毫不變，眼中卻透著讚賞。

蕭安平的眼睛跟素年一樣通透，帶著靈動，他一開始只是安靜地聽著周圍人的爭論，只在適當的時候才會出聲。可他每每出聲，總會讓爭論暫停，使所有人都陷入思考，然後順著他的思路，繼續往深了去想。

而蕭安平仍舊低調，嘴邊帶著令人放鬆的笑容，不驕不躁地坐在那裡，繼續聽著。是個好苗子。素年和蕭戈的兒子，如何會差了？

爭論告一段落之後，劉炎梓會將他珍藏的一些古籍拿出來供他們傳閱，這些雖然並不是會試的重點，然學無止境，多看看對他們總是有好處的。

今兒天色並不是太好，光線並不充足，蕭安平看了一會兒，覺得眼睛有些吃力，便將書卷放下，用手在眼睛周圍按了起來。

「蕭兄，你這是何故？」一旁的學子瞧著有趣，蕭安平這樣眉眼如畫的人做起這樣的動作別有一番樂趣。

蕭安平揉了一會兒才將手放下，微笑道：「這是家母教授與我的，可以讓眼睛放鬆休息，以達到明目作用的動作罷了。」

「說到明目，學生聽聞劉大人也有一番獨特的手法呢，似乎跟蕭兄的又有所不同？」

劉炎梓一愣，臉上的僵硬慢慢散開。「說是不同，然萬變不離其宗，也不過是按壓眼睛周圍的穴位，以達到放鬆的目的。」

蕭安平這時忽然笑起來。「想必劉大人的按壓動作定然比學生的這套要優雅得多，家母曾經跟學生說過，教與我的這套動作，實在有些……不大好看，雖然效果不錯。家母說，就是因為不好看，她本來曾想要將這套揉壓的手法教給一位如同謫仙般的人，後來發現不妥，因為那人是她見過最讓人覺出仙氣之人，所以她不願破壞。至於學生，家母就沒有那麼多顧慮了，基本是怎麼難看怎麼來的！」

「哈哈哈哈，蕭兄這話著實有趣……」

周圍的學子都因為蕭安平委屈的話而笑了起來，水榭內盡是一片輕鬆的氣氛。然而這些笑聲，慢慢地在劉炎梓耳邊變得淡薄。

他突兀地起身，連招呼都沒有來得及打，快步走出了水榭。

假山石邊，劉炎梓站住了腳步。他以為自己已經淡忘了，可青竹叢、丁香花，那一團團的紫色和翻動紙張的唰唰聲響，自己閉著眼睛似乎都還能夠看見。

他選擇了自己的抱負，所以他從不敢懈怠，他想要活得更加有價值，可終究，心中還是會有後悔出現。

若是當初放棄一切陪在素年身邊，如今又會是個什麼模樣？

劉炎梓閉著眼睛，嘴角是苦澀的笑容。如何後悔？他已然選好了自己要走的道路，還有什麼資格去後悔？

這一世，劉炎梓沒有虧待過任何人，卻獨獨虧待了他自己。

他睜開眼睛，眼眶還留著沒有消失的紅色。那就下一世再彌補吧，他不再要任何遠大的抱負，只希望能夠遵從自己的心意……

劉炎梓離開後，從一旁的假山石邊，安寧走了出來，後面的侍女手中捧著茶點。

世人羨慕她一世安寧，有尊榮的身分、聽話的子女……和恭敬的夫君。

安寧的臉上是掩飾不了的苦笑，然後，歸於平靜。

——全篇完

2015年10月出版

吸金妙神醫

文創風 340～345

他知她、懂她，可她卻避他、逃他，
只因為面對他時，她的情緒極易波動，
她曉得這代表了什麼，所以始終不願正視啊……

嗔癡愛恨　化作一聲嘆／微漫

前世她拖著病重的身子，年紀輕輕就蒙主寵召，
幸好上天垂憐，給了她重生，但……重生就好了，為啥還得穿越呀？
她是不奢求穿成大富大貴啦，可穿成個窮得快死的小姐是哪招？
日子都這樣緊巴巴的了，據說之前的「小姐」還要求吃好的、喝好的，
虧得小丫鬟自己省吃儉用的，要不她們主僕倆早餓死在院子裡啦！
這樣下去不行，她難得中大獎獲得重生，豈能活活餓死？那簡直太虧了啊！
伙食問題無論如何都得先改善才行，家裡沒錢，那就賺唄！
上山採藥、做女紅兜售、出門猜謎贏賞金，只要能掙錢，她是來者不拒的，
她想買間大宅子，養一批奴僕護院伺候著，整天舒舒服服地過日子，
而要想實現這種生活，就得趕緊賺錢，賺大大的錢才是正經的啊！
雖說她真的沒啥生存技能，可她不還有一手針灸好本事嗎？
即便醫娘的身分卑微，還有男女之防的禮教大帽子在那兒，
但她是誰？她沈素年骨子裡那就是個現代到不行的現代人啊！
這些不過是雞毛蒜皮大的小事罷了，壓根兒都難不倒她的，
在她這個大夫面前，沒有男女之分，亦無性別之異，看到的就是一團肉啊～～

為流浪貓狗加油 和貓寶貝 狗寶貝

廝守終生(一定要終生喔！)的幸福機會

對人來說，貓寶貝狗寶貝只是生活的一部分，但妳（你）對牠們來說，卻是生活的全部，領養前請一定要考慮清楚——

▲ 活潑乖巧的帥哥小黑！

性　　別：小男生
品　　種：米克斯
年　　紀：大約3、4個月大
個　　性：活力十足
健康狀況：已結紮，已施打第一劑預防針，也有體內驅蟲
目前住所：屏東縣九如鄉（中途之家）

本期資料來源：http://www.meetpets.org.tw/content/61330

『小黑』的故事：

與小黑相遇在某個下雨的午後。那時在路邊停車，看到想躲雨的牠不停被人用棍子驅趕，只因為牠身上多處掉毛，被認為會帶來跳蚤。看到牠已然被逼到角落的盆栽堆躲起來，但驅趕的人依然不放棄，執意拿著棍子在一旁等牠出來。我跟先生看不下去，只好先用紙箱將牠帶走，以免牠繼續被打。

大概知道我們是來救牠的，在我們抓起牠時，小黑完全沒掙扎。讓我們不禁慶幸，還好牠沒因為被排斥嫌惡而失去對人的信任。回程路上，牠可能累了，更是一直乖乖待在箱子裡睡覺，不吵也不鬧。

剛撿到牠時，牠患有脂漏性皮膚炎，全身的毛幾乎掉了一半以上，是名符其實的癩痢狗。不過除此之外，小黑健康狀況良好，並無其他問題。而經過幾個星期的治療後，皮膚炎就幾乎痊癒了，毛髮恢復牠應有的烏黑亮麗。然而由於家住大樓，且已有一貓，還有一個一歲多小孩和即將卸貨的孕婦，讓我們無暇照顧牠。於是目前只能先將牠安置在熟識的動物醫院中。

我們如果有空都會去帶牠出門散步放風。小黑個性活潑，也正是好動的年紀，所以吃飯很急，幾乎餐餐秒殺。不過帶牠散步還算輕鬆，只要有牽繩牠就會乖乖跟人走，相信只要好好訓練，牠會是很適合相伴的小家人。近期便會帶牠去中途之家，衷心希望帥氣活潑的小黑能等到有緣人，給牠一個溫暖的家。有意者，歡迎來信wupingho@seed.net.tw(何小姐)。

認養資格：

1. 認養者須年滿20歲，有獨立經濟能力，並獲得家人與同住室友或房東的同意。
2. 學生情侶或單獨在外租屋的學生，須提出絕不棄養的保證。
3. 同意送養人後續之追蹤探訪，希望偶爾能照相讓送養人看看，對待小黑不離不棄。

來信請說明：

a. 個人基本資料：姓名、性別、年齡、家庭狀況、職業與經濟來源等。
b. 想認養「小黑」的理由。
c. 過去養寵物的經驗，及簡介一下您的飼養環境。
d. 若未來有當兵、結婚、懷孕、畢業、出國或搬家等計劃，將如何安置「小黑」？

吸金妙神醫 6 完

國家圖書館出版品預行編目資料

吸金妙神醫 / 微漫著. --
初版. -- 臺北市 : 狗屋, 2015.10
冊 ; 公分. --（文創風）
ISBN 978-986-328-514-4（第6冊：平裝）. --

857.7　　　　104016085

著作者　微漫
編輯　黃淑珍
校對　黃亭蓁　蔡佾岑
發行所　狗屋出版社有限公司
地址　台北市104中山區龍江路71巷15號1樓
電話　02-2776-5889～0
發行字號　局版台業字845號
法律顧問　蕭雄淋律師
總經銷　知遠文化事業有限公司
電話　02-2664-8800
初版　2015年10月
國際書碼　ISBN-13　978-986-328-514-4
原著書名　《素手医娘》，由起點女生網（www.qdmm.com）授權出版

定價250元
狗屋劃撥帳號：19001626
網址：love.doghouse.com.tw　E-mail：love@doghouse.com.tw